항구의 니쿠코짱!

항구의
니쿠코짱!

漁
港
の
肉
子
ち
ゃ
ん

니시 가나코
장편소설
이소담 옮김

소미미디어
Somy Media

일러두기

* 모든 주석은 옮긴이 주입니다.

차례

니쿠코는 우리 엄마다.

원래 이름은 기쿠코인데, 뚱뚱하니까 다들 니쿠코라고 부른다.*

니쿠코는 서른여덟 살. 7월 3일 출생, 게자리 A형이다. 생일이 같은 사람으로 영화배우 이케노 메다카와 톰 크루즈가 있다. 술에 취하면 맨날 저 둘의 이름을 들먹이고 혼자 깔깔대며 웃으니까 나도 기억한다. 니쿠코는 말한다.

"메다카도 톰 크루즈도 나도 키가 작지!"

메다카의 키가 작은 건 안다. 톰 크루즈도 키가 작은 줄은 몰

---

* '니쿠(肉)'는 일본어로 고기, 살점이라는 뜻이다.

랐다. 니쿠코는 151센티미터, 몸무게는 67.4킬로그램이다.

"일요일(151), 유치하사(674)!"

이렇게 니쿠코는 뭐든 억지 말장난에 끼워 맞추기를 좋아한다. 남의 휴대전화 번호를 들었을 때나 학교의 학부모 참관일 날짜를 들었을 때.

"3월 4일, 삼촌 사팔뜨기!"

그중에는 이렇게 3인지 4인지 8인지 헷갈리게 할 때도 있고,

"8812, 팔팔일이장이야!"

갑자기 중국어처럼 들리는 엉뚱한 소리도 한다.

한자를 가지고 말하는 건 더 좋아한다.

"짐승 변(犭)에 교차하다(交)라고 써서 교활하다(狡)!"

다만 이런 식이니까 어쩌라는 건가 싶다.

"스스로(自) 크다(大)라고 써서 냄새난다(臭)!"

무슨 말을 하고 싶은 거람.

니쿠코의 말투는 항상 끝에 느낌표가 붙은 듯이 시끄러운데, 심할 때는 시옷 받침까지 추가된 것처럼 들리는 강한 느낌표가 붙는다. 저렴한 공동주택에 살 적에 이웃집이나 아랫집에서 툭 하면 시끄러워 죽겠다고 항의했다. 니쿠코는 술에 취하면 기세 등등해져서 "생활 소음 아인교!" 하며 적반하장으로 화를 내니까 늘 조마조마했다.

니쿠코는 간사이 지방의 소도시에서 태어났다. 오빠가 둘 있

다고 한다. 그러나 가족 이야기는 거의 안 한다. 그래서 나는 내 할아버지와 할머니, 삼촌들과 만난 적이 없다.

니쿠코는 열여섯 살에 오사카로 나와 번화가의 스낵바에서 일했다.

지금은 호쿠리쿠*의 작은 항구 마을에서 산다.

오사카의 스낵바에서 이 항구에 이르기까지의 우여곡절은 썩 거지 같다. 니쿠코의 남성 편력이란 정말이지 한심하다.

미나미**의 스낵바에서 일할 때 만난 사람은 카지노 딜러였다.

니쿠코가 말하기를, 키가 아주 크고 그늘이 진 남자였다고 한다. 니쿠코가 말하는 '그늘'은 성적인 매력이 아니라 '나쁜 일'에 직접 연결되는 것 같다. 니쿠코가 "그늘이 져서…… 멋지다!"라고 말한 연예인이 후에 어떤 사건으로 체포된 적이 세 번쯤 있고, "우와, 저 사람 근사하다!"라고 말한 게 게시판에 붙은 지명 수배범 사진이어서 간담이 서늘해진 적이 있다.

딜러남은 어느 날 실수를 저질러 가게에 거액의 빚을 졌다. 카지노 영업 자체가 위법이므로 변제 조건도 독촉하는 방식도 끔찍했다.

---

* 일본 열도의 섬 중 가장 긴 혼슈 북쪽의 니가타현, 도야마현, 이시카와현, 후쿠이현을 말한다.
** 난바나 도톤보리 등을 총괄하는 오사카의 한 구역이다.

결국 남자는 니쿠코에게 빚을 떠넘기고 도망쳤다. 니쿠코는 망연자실할 여유도 없이 죽을 각오로 일해서 빚을 갚았다고 한다. 이 '죽을 각오'에 해당하는 부분은 수다 떨기 좋아하는 니쿠코답지 않게 절대 말해주지 않았다.

니쿠코의 당시 사진을 본 적 있다.

험상궂어 보여서, 말하자면 인도에 사는 들개 같은 얼굴이었다. 거기에 뚱뚱하다. 옆에 다른 여자가 있었는데 그 사람이 워낙 예뻐서 니쿠코의 추함이 더욱 두드러졌다. 니쿠코는 동료라고 했는데, 동료라고 부를 만한 사람이 있을 직장이 아닌 것쯤은 사진을 보고 바로 알았다.

빚을 다 갚은 니쿠코는 나고야로 갔다. 신세를 진 스낵바의 마마가 고향으로 돌아가 가게를 연다고 해서 쫓아갔다. 스물일곱 살. 너덜너덜했다.

나고야에서는 번화가인 사카에의 스낵바에서 일했다. 그곳에서 만난 사람이 바의 보이로 일하던 자칭 학생이다. 자칭 학생남은 학비를 마련하기 위해서 어쩔 수 없이 이런 일을 한다고 말하며, 오사카를 떠나 불안정했던 니쿠코의 공감과 동정을 동시에 움켜쥐었다. 물론 거짓말이었다.

자칭 학생남은 니쿠코의 집에 신나게 굴러 들어와 학교에 가는 척하고 대낮부터 마작, 파친코, 밤에는 니쿠코에게 뜯어낸 돈으로 카바레클럽과 윤락업소에 다녔다.

즉, 거지 같은 놈이었다.

"머리를 밀었으니까 진짜 학생인 줄 알았다!"

말도 안 돼. 애초에 박박 민 머리가 학생 이미지인 건 전쟁 전이나 학생 강제 동원 시절의 이야기 아닌가.

자칭 학생남은 니쿠코가 출근한 사이에 멍청해 보이는 여자를 집에 데려왔다. 니쿠코가 그 사실을 안 것은 여덟 번째 여자 때였다. 니쿠코는 자칭 학생남을 집에서 쫓아냈다. 결국 나고야를 떠났다. 서른 살. 너덜너덜했다.

니쿠코가 다음으로 향한 곳은 요코하마였다. 도쿄로는 가지 않으려던 니쿠코의 심정은 잘 모르겠는데, 아무튼 니쿠코는 이세자키의 스낵바에서 일을 시작했다.

심기일전해 일에 몰두한 니쿠코 앞에 나타난 사람은 손님인 회사원이었다. 니쿠코는 또 그 남자를 외모만 보고 쉽게 판단했다.

"앞머리를 7 대 3으로 나눴으니까 성실한 사람인 줄 알았다!"

니쿠코는 도대체 어떤 만화를 읽고 어떤 드라마를 봤을까.

그러면 그렇지, 회사원남은 아내도 있고 자식도 있었다. 니쿠코에게는 부부 사이가 이미 식었으니까 자식이 초등학교에 올라가면 헤어지겠다고 말했다. 당연히 거짓말이었다.

즉, 거지 같은 놈이었다.

어느 날, 회사원남이 아내에게 이혼하자고 말을 꺼냈다며 위

자료가 필요하니까 돈을 빌려달라고 부탁했다. 하하, 시작했네. 그런데 니쿠코는 질리지도 않는 호인이고 회사원남을 진심으로 믿었으니까 빌려주었다. 처음에는 50만 엔. 다음에는 70만 엔. 그다음은 기억하지 못한다.

몇 번쯤 그랬을까, 합계 300만 엔에 이르렀을 때 회사원남에게 둘째가 생긴 것을 알았다. 니쿠코는 눈이 뒤집혀서 남자가 사는 집에 쳐들어갔다. 그러나 니쿠코는 회사원남의 집 앞, 현관에 놓인 아동용 자전거를 보고 말았다. 니쿠코는 순순히 발걸음을 돌렸다.

"아는 죄가 없으니까!"

니쿠코는 다정하다. 그런데.

"눈(目)이 아니(非)라고 써서 죄(罪)라고 한데이!"

그건 뭔데.

그 후, 드디어 도쿄로 향했다. 서른세 살. 너덜너덜했다.

두 번 다시 나쁜 남자에게 걸리지 않겠다고 단단히 결심했으니까, 도쿄에서는 스낵바에서 일하지 않았다. 니쿠코는 그렇게 말했는데, 그저 니쿠코를 고용해줄 가게가 없었기 때문이라고 나는 생각한다.

니쿠코는 반찬 가게에서 일을 시작했다. 또 얼마 지나지 않아 새로운 남자에게 반했다. 니쿠코에게는 나쁜 남자를 끌어들이는 자석 같은, 뭐 그런 게 있다.

이번 남자는 '자칭 소설가'였다. 지금 나는 겨우 열한 살이지만 '자칭' 어쩌고 하는 사람은 믿지 않는다. 그런데 니쿠코는 아무리 수상쩍어 보여도 사람이 하는 말을 쉽게 믿어버린다.

"안경을 썼으니까 진짜 줄 알았다!"

이쯤 되면 그냥 대단하다.

자칭 소설가남은 일단 소설가를 꿈꾸는 건 사실 같았다. 글이 안 써진다면서 니쿠코의 가게에 와서 푸념을 늘어놓았다. 반찬 가게에서 푸념이나 늘어놓는 소설가 지망생 남자라니 극적으로 성가시기 짝이 없는데, 니쿠코는 다정하다. 이야기를 열심히 들어주더니 결국 '예술가로서 고뇌하는' 자칭 소설가남을 도와주고 싶다고 생각하기에 이른 모양이다.

그 남자는 역시나 니쿠코의 집에 굴러 들어왔다. 소설은 단한 장도 쓰지 않으면서 니쿠코의 돈으로 책만 잔뜩 샀다.

즉, 거지 같은 놈이었다.

다만 그 남자는 아무래도 니쿠코를 진심으로 좋아했나 보다. 다른 남자들처럼 여자와 놀아나지 않았고, 내가 기억하는 한 집 밖에 나가는 일도 거의 없었다.

그러니 니쿠코는 그 자칭 소설가남을 대단히 아꼈고, 나도 그 남자만큼은 다른 남자 정도로 싫어하지 않았다. 무엇보다 그 남자가 사오는 책이 좋았다.

어른들이 읽는 어려운 책이라도, 모르는 한자가 수두룩해도 글을 쫓는 일은 즐거웠다. 글에 몰두하는 그 몇 시간은 나의, 참 한심한 꼬락서니인 생활 속의 작지만 확실한 빛이었다.

자칭 소설가남은 열심히 책을 읽는 나를 때때로 만족스럽게 지켜보았다. 나는 속으로 어쩌면 우리 세 사람이 이렇게 계속 살아갈 수도 있겠다고 생각했다. 태어나서 처음으로 그렇게 생각했다.

하지만 어느 날, 자칭 소설가남이 '고향에서 생을 마감하겠어'라는 글을 남기고 사라졌다.

역시 거지 같은 놈이었다.

어디서 읽어본 뻔한 수법 같아서 나는 완전히 기가 막혔는데, 니쿠코는 안색이 달라졌다. 이런 극적인 부분에도 좋다고 어울려주는 것이 니쿠코다.

어린 내 손을 꼭 잡고(당시 나는 굳이 손을 잡아주지 않아도 될 정도로 나이를 먹었지만) 북쪽을 향하는 상황도 마음에 들었을 것이다. 차를 타서는 세상에, 스카프로 얼굴을 칭칭 감싸기까지 했다. 지금이 어느 시대냐고.

안타깝게도 니쿠코는 볼이 통통하고 발그스름한 복스러운 얼굴이어서 비장감이라곤 전혀 느껴지지 않았다. 제일 커다란 마트료시카 같았다. 걱정하느라 안절부절못하는 마음은 진실이겠지만 배고픔은 참을 수 없었나 보다. 도시락을 네 개나 먹었다.

"마음(心)이랑 닭(酉)이랑 나 자신(己)이라고 써서 걱정이라고 하제!"

그건 마음(心)을 나눈다(配)로 쓴다고 표현하는 게 낫지 않나. 왜 모든 한자를 해체하는데.

나는 자칭 소설가남이 두고 간 책을 읽으며 점점 달라지는 경치를 바라보았다. 여덟 살이었다. 아주 즐거웠다. 자칭 소설가남이 정말로 죽어주면 이 책은 전부 내 것이 된다. 그러기를 바랐다. 진심으로.

이 항구에 도착한 계절은 겨울이었다.

눈이 내렸다.

눈을 본 적은 있지만, 이런 식으로 토지에 단단히 뿌리를 내리는 눈은 처음 봤다. 내가 봤던 눈, 도쿄의 눈은 흐느적흐느적 힘이 없어서 땅에 닿자마자 금방 사라졌다. 이곳의 눈은 또렷한 의사를 지녀서 내린다기보다는 하강한다는 표현이 어울렸고, 자기들이 건드린 모든 것을 하얗게 물들이겠다고 결의한 것처럼, 녹지 않겠다고 외치는 것처럼 보였다. 아주 강인했다.

나는 처음으로 눈이 좋아졌다.

항구에서 배가 흔들리며 끼익끼익 우는 듯한 소리를 냈다. 어디를 봐도 사람이 없어서 나는 이 세계에서 동떨어진 기분을

---

* 걱정, 근심을 일본어로 '心配'라고 쓴다.

느꼈다. 니쿠코도 어쩌면 그랬을지도 모른다. 말없이 항구를 바라보았다. 세상 끝에 왔다고 생각했다. 일본의 혼슈는 아직 더 이어진다고 배웠지만, 여기가 끝인 것 같았다.

결국 자칭 소설가남은 찾지 못했다.

니쿠코가 과거에 나눈 몇몇 대화에서 자칭 소설가남의 고향을 호쿠리쿠의 이 항구라고 추측했을 뿐이다. 항구 사람들에게 남자의 이름을 물으며 돌아다닌 끝에 니쿠코는 아무 인연도 없는 땅에 왔다는 사실을 깨달았다. 망연자실했다. 칭칭 감은 스카프는 눈이 쌓여 새하얬고, 니쿠코의 뺨은 떨어지기 직전의 사과처럼 새빨갰다. 꼭 만화 같았다.

이곳 사람들은 다정했다. 눈을 맞으며 여덟 살 먹은 여자애의 손을 잡고 사라진 남자의 행방을 찾는 거대한 마트료시카의 소문은 순식간에 항구에 퍼졌다. 아주 작은 마을이었다.

니쿠코와 나는 한동안 이 마을에서 지내기로 했다.

나는 강인한 눈과 항구에서 풍기는 냄새, 흔들리는 배가 마음에 들었고 니쿠코는 항구 사람들의 다정함에 기댔다.

없는 돈을 털어 흥신소에 의뢰한 니쿠코는, 사라진 거금 대신에 자칭 소설가남이 삿포로 스스키노에서 다른 여자와 산다는 정보를 얻었다.

니쿠코는 지금까지 사랑을 잃을 때마다 성대하게 울고 성대하게 슬퍼했다. 그럴 때의 니쿠코를 보면, 본 적도 없는 '오페라'라는 단어가 생각났다. 아주 극적이었다. 그런데 그때 니쿠코는 조용히 입술을 올려 웃을 뿐이었다.

나중에 물어보니, 그때의 항구 풍경, 작은 여관에서 보인 하얗고 조용한 항구 풍경이 자기 심정과 너무 잘 어울려서 웃었다고 했다. 눈이란, 항구란 대단하다.

"비(雨) 밑에 요(ㅋ)를 써서 눈(雪)이다이!"

한자에다 이제 가타카나까지 섞네.

니쿠코는 이 항구에서 살기로 했다. 서른다섯 살. 너덜너덜했다.

나는 기뻤다. 자칭 소설가남이 두고 간 책이, 그 빛이 전부 내 차지였다.

니쿠코는 항구 마을의 고깃집에서 일한다.

고깃집 이름은 '우오가시'라고 한다. 장사가 제법 잘 된다.

어업에 종사하는 항구 마을이라도 다들 생선만 먹지 않는다. 관광객이 찾아오는 항구도 아닌 데다 다들 신선한 생선에는 질렸다. 나와 니쿠코도 처음 생선회를 먹었을 때는 신선하다고 대단히 감동했으나 매일 먹으니까 그게 당연해져서 점점 고마움도 흐릿해졌고, 자연스럽게 역시 고기가 먹고 싶어졌다.

니쿠코와 나는 '우오가시' 뒤편의 작은 단층집에서 산다. 가게 주인이 집주인이다. 그러니까 니쿠코는 말하자면 더부살이 일꾼이다. 월세는 아주 저렴하다. 월급에서 제한다. 채용할 때의 유일한 조건이 나도 니쿠코도 '절대 배탈 나지 않을 것'이었다. 전혀 다른 원인이라도 우리가 배탈이 나면 '우오가시'의 고기가 의심받기 때문이다. 이 마을은 좁아서 소문이 금방 퍼진다.

나도 니쿠코도 위장은 튼튼하니까 그 점은 안심이었다.

'우오가시'의 주인은 일흔 넘은 할아버지로 이름은 사스케 씨다. 니쿠코는 사스케 씨를 삿산이라고 부른다. 그 호칭이 어느새 다른 사람에게도 침투했는데, 동네 사람들이 부를 때와 니쿠코가 부를 때의 억양이 다르다. 니쿠코가 말하는 삿산은 두 번째 사에 살짝 힘이 들어간다. 동네 사람들은 첫 번째 사에 힘을 준다. 니쿠코의 억양은 누가 들어도 오사카라는 인상이다.

나는 어디에 가도 오사카를 버리지 않는 니쿠코의 고집스러움이 마음에 안 든다. 한심하다. 애초에 오사카 출신도 아니거니와 복잡한 과거가 잔뜩 쌓여서 그 오사카도 버린 거나 마찬가지면서, 어디에 살더라도 꼭 "오사카로 말하면"이란 소리를 한다. 도쿄의 야마노테선을 보고 "오사카로 말하면 환상선 아이가!", 요코하마의 재일 한국인이 많이 사는 동네를 보고 "오사카로 말하면 쓰루하시 아이가!"라는 식으로 말한다.

나는 다르다.

여기 왔을 때부터 이곳의 말을 제대로 사용한다. 이곳 말이라고 해도 아이들 말은 표준어와 억양만 조금 다를 뿐이라 식은 죽 먹기다. 그런데 남자 어른들이 쓰는 사투리는 조금 어렵다. 지금도 삿산이 무슨 말을 하는지 제대로 못 알아들을 때가 있다. 니쿠코 앞에서는 오사카 사투리를 쓰는 나를 삿산은 '바이링구얼'이라고 했다.

삿산의 부인은 나와 니쿠코가 이 마을에 오기 1년쯤 전에 세상을 떠났다. 아이 없이 부부끼리 가게를 꾸렸던 삿산은 고독감에 절망해 '우오가시'를 정리하려고 했다.

그때 니쿠코가 나타난 것이다.

삿산은 고기의 신이 강림했다고 생각한 모양이다.

니쿠코를 고용한 후로 '우오가시'는 더욱 번창했다. 니쿠코는 과한 오사카 사투리가 그렇듯이 좋은 의미에서도 나쁜 의미에서도 사람을 끄는 힘이 있다. 여기에 온 후로 애인도 둘이나 생겼다. 둘 다 어부이고 '우오가시'의 손님이었는데, 한 명은 빚을 져 원양 어선을 타러 간 후 소식이 끊어졌고, 다른 하나는 알고 보니 유부남이었다.

둘 다 피부가 까무잡잡하고 술꾼에 딱 봐도 여자를 밝힐 것 같은 외모였다. 여자를 몇 명이나 안아봤다느니 하는 소리를 나나 다른 애들 앞에서도 해대서 삿산은 그 두 사람을 아주 싫어했는데, 가게에 오는 것을 막지는 않았다. 항구는 폐쇄적인 동시에 어쨌든 사람을 품어주는 대범함이 있었는데, 삿산은 그 분위기의 현신 같은 사람이었다.

다들 니쿠코가 그 두 사람한테 왜 반했는지 모르겠다고 수군거렸다. 나는 니쿠코의 과거 편력을 아니까 아주 잘 이해했다.

어느 날, 남자의 부인이 '우오가시'에 그 남자를 끌고 찾아왔다. 그때 나는 집에 있었으니까 어떻게 됐는지는 몰랐는데, 몰라서 다행이었다. 삿산에게 들어보니 "그런 수라장이 또 없었지"라는 모양이다.

니쿠코는 '남자를 낚아챈 도둑 돼지'라고 욕을 먹었다고 한다. 아무리 흥분해도 니쿠코의 외모를 보고 '고양이'가 아니라 '돼지'라고 제대로 바꿔 말한 부인이 대단하다 싶어 감탄했다.

니쿠코는 욕을 먹고 마구 얻어맞으면서도 남자가 독신이라고 주장해 나를 속였다고 밝히지 않았다. 남자는 니쿠코에게 진심으로 고마워했는데, 얼마 후 진실을 안 부인이 남자를 버리고 결국 니쿠코와 친해졌다. 어른은, 특히 여자 어른들은 잘 모르겠다.

배탈만 나도 소문이 퍼지는 마을에서 그런 '수라장'이 펼쳐졌으니 니쿠코는 한동안 유명인이었다. 학교에서도 '항구 마을의 그 니쿠코의 딸'이라고 불려야 했고, 어땠느냐고 흥미진진하게 물어보는 아이도 있었다. 그때 나는 내 인생이 고작 열 살도 안 된 지금 끝장났다고 생각했는데, 소동은 금세 가라앉았다. 삿산에게 들으니, 이 마을에는 그런 연애 놀음이 끊이지 않아 다들 '수라장'에 익숙하다고 한다.

누구누구 엄마는 누구누구 아빠의 옛날 애인이고, 이혼한 사람들끼리 사이좋게 술을 마신다나. 좁은 마을이라 금방 소문이 퍼지고 손가락질당하는 일도 많은데, 결국은 공동체의 형태 없는 유대 속에 녹아든다. 지금껏 도시에서 살아온 나로서는 그런 분위기를 도무지 이해할 수 없었다. 니쿠코는 결국 '불륜 상대의 부인과 사이좋아진 성격 밝은 뚱보'로 모두에게 인식되었는데, 그건 그것대로 다행이다.

원흉인 남자도 종종 '우오가시'에 오고, 니쿠코도 "오랜만이네!" 하며 가볍게 말을 건다. 니쿠코는 정말로 바보인가? 하는 생각이, 그럴 때면 든다.

나쁜 남자를 찾아내는 자석이 최근은 쉬는 중인가 보다. 벌써 1년 가까이 아무 일도 생기지 않았다. 게다가 이쪽에 온 후로 남자를 집에 데리고 오는 일이 사라졌다. 곧 사춘기인 나를 뒤늦게나마 배려하는지도 모르겠다.

니쿠코는 점점 살이 불었다. 나는 니코코의 몸에서 지방 대신에 '여자' 같은 부분이 점점 사라지는 것 같다고 생각했다.

사실 '여자' 같은 부분이 뭔지는 모른다.

나는 귀엽다는 소리를 듣는다.

눈은 호두처럼 생겨서 큼지막하고, 눈동자 색도 조금 옅다. 코는 작고 뾰족하고, 얇은 입술은 연한 복숭아색이다. 머리카락은 아무것도 안 했는데 살짝 갈색이고 파마한 것처럼 부드럽게 물결친다. 피부는 조가비 안쪽처럼 투명한 흰색이고 팔다리가 길쭉하다. 가장 뚱뚱한 부위가 팔꿈치와 무릎인, 한마디로 비쩍 마른 체형이어서 머리가 짧았을 때는 혼혈 남자아이로 종종 혼동되곤 했다.

지금까지 여기저기 옮겨 다니며 살았는데 단 한 번도 괴롭힘을 당한 적이 없다. '항구 마을의 그 니쿠코의 딸'이란 소리를 들었을 때도 괴롭힘을 당하지 않은 것은 어쩌면 이 외모 덕분일지도 모른다.

니쿠코도 나를 대놓고 칭찬한다. 남들에게 당당하게 자랑하니까 부끄럽다.

"기쿠린은 참말로 귀엽제!"

사실 내 이름도 '기쿠코'다. 한자는 다르다. 니쿠코는 '菊子'고 나는 '喜久子'다. 엄마와 딸 이름이 같다니 이상하다는 소리를 지금까지 살던 곳에서는 매번 들었다. 그래도 여기에서는 니쿠코와 내가 같은 이름인 걸 기억하는 사람이 거의 없다.

니쿠코는 태어날 때부터 '니쿠코'였을 것 같은 풍채다.

그건 그렇고 기쿠린이라고 불리는 건 솔직히 별로다. 니쿠코는 하여간 감각이 떨어진다. 또 언어 감각만 떨어지는 것도 아니다.

예를 들어 오늘 니쿠코의 옷차림은 이렇다.

평퍼짐한 티셔츠에는 베티 붑*을 모방한 여자 그림이 있다. 형광 같은 주황색 후드 달린 파카를 걸치고, 청바지 '무늬'가 그려진 타이츠를 신었다. 꼼꼼하게도 엉덩이에 찢어진 주머니처럼 보이는 프린트까지 있다. 발에는 사보 슈즈** 같은 나무 샌들, 머리카락은 크고 동그란 경단처럼 묶어 올리고 앞머리를 살짝, 아주 살짝 내린다.

저 앞머리를 내리는 작업이 진짜 싫다.

일단 바짝 묶은 뒤에 빗으로 일부러 두세 가닥을 내린다. 빗을 쥔 니쿠코는 부르릉부르릉 콧소리를 거칠게 내며 세면대를 한동안 점거한다. 니쿠코 나름의 최적량이 있나 보다. 그러나 조금 내려봤자 결국 벌레의 더듬이처럼 뽕 말리는 앞머리의 효용을 나는 전혀 모르겠다. 촌스럽다고 말하는 것도 아까울 정도다.

집에는 공룡 발 모양의 슬리퍼가 있고, 고양이 발바닥 젤리가 한쪽 면을 장식한 이불이 있고, 만국기 무늬 잠옷이 있다. 옷

---

* 엉덩이와 머리가 커다랗고 늘 속옷 같은 옷을 입고 있는 애니메이션 여자 캐릭터.
** 발등 앞이 가죽으로 둥글게 막혀 있고 발꿈치 부분은 트인 스타일에 굽이 두꺼운 신발.

장 위에는 '100만 엔을 모으는 저금통'이 놓였고, 바닥에는 반쯤 공기가 빠진 버드와이저 캔 모양의 오뚝이 인형이 있다.

아침에 눈을 떠 우스꽝스러운 달마 무늬 이불을 보면 진절머리가 난다. 이런 거 대체 어디서 팔아? 니쿠코는 쓰레기 남자를 불러들이는 것처럼 촌스러운 무언가도 넘치도록 손에 넣는다.

오늘 아침에는 그 형편없는 옷차림에 옛날 도둑이나 쓸 법한 덩굴풀 무늬 배낭을 메려고 해서 전력을 다해 막았다.

나는 유치원에 다닐 때부터 내 옷을 직접 골랐다. 지금보다 뇌 용량이 훨씬 적었을 때도 니쿠코의 감각이 말도 안 된다는 것을 절실히 느꼈다.

"기쿠린은 왜 그리 심심한 옷을 좋아하노?"

내 남색 치마나 단조로운 흰 블라우스를 보면 니쿠코는 신기하다는 표정을 짓는다. 니쿠코의 '신기하다는'은 이마에 '신기해'라고 적혀 있다. 알기 쉽다.

"이래 귀엽게 생겼으니까 하느작하느작한 걸 입으면 잘 어울릴 거다!"

부탁하지도 않았는데 니쿠코가 자신만만하게 사 온 내 옷은, 분홍색 레이스 달린 원피스이거나 색색의 하트가 덕지덕지한 후드티 따위니까 건드리기도 싫다.

같은 반에 몇 명쯤 '그런' 옷을 좋아하는 애는 있다. 어울리고 말고를 떠나 섬세한 레이스나 귀여운 체크무늬에는 확실히 시선이 모인다. 5학년은 아직 어리니까.

그래도 나중을 생각하면 심플한 옷을 입어두는 게 당연히 최고다. 지금은 귀여운 디자인으로 보여도 장래에 어떻게 될지 모른다. 종종 텔레비전에서 연예인의 예전 사진을 보며 다들 낄낄 웃곤 한다. 보통 그 옷차림 때문에 웃는다. 니쿠코도 텔레비전을 보며 "머 저런 옷을 다 입나!"라며 폭소하는데, 잘도 웃네 싶다. 과거가 아니라 현재 진행형으로 이상한 옷을 입고 있는 니쿠코.

니쿠코의 어린 시절 사진은 본 적 없는데, 어디에 숨겨뒀는지는 안다. 나는 그걸 일부러 안 보려고 한다.

마리아와 함께 하교하는데, 남자애들이 쫓아왔다.

신발장에서 신발을 갈아 신을 때부터 세 명의 남자애가 힐끔힐끔 이쪽을 보는 걸 알았다. 옆 반 애들이다.

"저거 봐라, 쟤들 이쪽을 본다. 싫어라."

마리아는 말은 그렇게 하면서 은근히 기뻐 보였다.

마리아는 분홍색 머리끈으로 머리를 하나로 묶었다. 원피스도 그에 어울리게 분홍색 도트무늬이고, 레이스 양말을 신고 신발은 반짝반짝 빛나는 하얀 스트랩 슈즈다. 나는 티셔츠에

베이지색 치마, 흰 양말과 까만 운동화. 아무도 나와 마리아를 친구로 보지 않겠지.

"쟤들, 2반의 니노미야랑 사쿠라이랑 마쓰모토야."

곁눈질로 남자들을 힐끔거리며 마리아가 속삭였다. 마리아의 머리카락에서는 좋은 향기가 난다. 달콤하다.

마리아의 집은 아주 큰데, 예전부터 이 일대를 장악한 선주였다고 한다. 이름은 마리아지만 순수한 일본인으로, 한자로는 '眞里亞'라고 쓴다. 왜 그런 이름인지는 마리아의 집에 가보고 알 수 있었다.

마리아의 집은 항구를 내려다보는 조금 높은 지대에 있었는데, 뜬금없는 서양식 저택이다. 항구로 돌아오는 배에서 보이는 곳에 있으니까 전갱이나 가자미를 잔뜩 실은 어부들이 보기에 새하얀 저택은 시야를 흐릴 정도로 박력이 넘친다고 한다.

"항구 근처까정 오다 저 성이 보이면, 우리가 이만큼 쌓아온 전갱이 따위가 뭔 랍스터나 진주담치 아인가 싶데."

젠지 씨가 니쿠코에게 너스레를 떨었다.

젠지 씨는 마흔 살쯤 된 어부로, 소유한 배의 이름은 야마토마루다. 늘 진지한 표정으로 농담을 하니까 가끔 농담인지 아닐지 헷갈릴 때가 있다.

"랍스터!"

니쿠코가 갑자기 요란하게 깔깔거렸다. 몸을 꺾으며 바닥에

주저앉았다. 농담이 먹힌 줄 알고 신난 젠지 씨가 "기래, 나도 세일러복을 입고"라고 말했는데, 거기에는 호호호 하고 시시한 반응을 보였다. 아무래도 랍스터라는 단어의 울림이 재미있었나 보다. 그날 밤, 니쿠코는 냉장고에 붙여 놓은 화이트보드에 실실거리며 '라스버터'라고 썼다. 그런데 며칠이 지나자 진지한 표정으로 물었다.

"기쿠린, 라스버터가 뭐지! 사야 하는 거?"

"라스버터가 아니라 랍스터야."

내가 알려줬으나 호호호 하고 역시 반응이 시시했다.

나는 랍스터를 먹어본 적 없다. 랍스터 이외에도 못 먹어본 게 많다.

'그레이비소스를 뿌린 티본 스테이크'도 '바닐라 퍼지'도 '피칸'도 '루바브 파이'도 먹어본 적 없다.

외국 책에 나오는 본 적 없는 음식들이 좋았다. 어떤 모양일지 상상하며 늘 황홀해한다. 형태도 냄새도 전혀 짐작이 안 가지만, 그 음식들의 '울림'이 좋았다. 그 시간에는 내 주위를 둘러싼 촌스러운 달마나 촌스러운 공룡 발이나 촌스러운 저금통을 잊을 수 있다.

마리아는 아마 랍스터를 먹어봤겠지. 매년 여름방학이면 부모님과 함께 외국에 간다고 했으니까. 작년에는 이탈리아에 다녀왔다고 한다. 마리아라는 이름도 외국인이 기억하기 쉽도록 마리아네 엄마가 지어주었다. 마리아네 엄마는 늘 피카소의 그림이 그려진 원피스나 소프트 아이스크림 무늬 치마 같은 독특한 옷을 입는다. 감각도 유전이다.

마리아가 이탈리아 여행 사진을 학교에 가져와 반 친구들에게 자랑했다. 마리아는 자랑에 서툴다. 아주 멋진 사진을 꺼낼 때면 꼭 "별로 대단한 건 아닌데"라는 소리를 연발한다. 처음의 흥분은 온데간데없이 모두의 마음이 마리아의 사진에서 멀어지는 것을 나는 민감하게 느꼈다. 이탈리아는 멋진데, 정말 멋진 곳인데 마리아의 서툰 발표 때문에 흥미를 잃다니 안타깝다.

"저거 봐, 아직도 쫓아와. 싫어라."

"진짜네. 다들 마리아를 좋아하나 봐?"

"에이, 싫어, 싫어라."

마쓰모토였나, 저 초록색 모자를 쓴 남자애가 그저께 학교 구름다리 복도에서 "너, 신발 무슨 색이야?"라고 물었다. 까만색이라고 대답하자, "그럴 줄 알았어!"라고 외치고 뛰어갔다.

사쿠라이라는 마른 남자애는 지난달에 우리 집까지 찾아왔었다. 니쿠코가 알려주었다. 왜 왔는지 묻자, 진귀한 조개를 발견했다고 대답했다고 한다. 그 조개는 해변 어디에나 있는 것이었다.

니노미야라는 남자애는 오늘 처음 봤다. 한 학년에 두 반뿐인 학교에서 여전히 모르는 아이가 있다니 신기했다.

"너희, 따라오지 마라!"

마리아가 하늘하늘한 원피스를 펄럭였다.

"뭐? 따라가는 거 아니거든!"

"우린 말이다, 산에 일이 있거든!"

마쓰모토도 사쿠라이도 화를 냈다. 니노미야는 말이 없었다. 눈매가 참 어두운 아이다.

결국 세 사람은 질질다리까지 따라왔다. 질질다리의 본래 이름은 고토토이다리다. 동네를 빙 둘러싼 좁은 수로에 걸린 빨간색 다리다. 그러나 빨간색은 다 녹슬었고 몹시 낡았다. 건널 때마다 끽끽 소리가 나서 천천히, 다리를 질질 끌며 걸어야 하니까 다들 '질질다리'라고 부른다.

수로에는 조그만 물고기가 헤엄친다. 담수에서도 해수에서도 사는 물고기라고, 여기 막 왔을 때 샷산이 알려주었다. 그래서 잡아먹으면 안 된다고 한다.

담수와 해수 양쪽에서 사는 물고기를 왜 먹으면 안 되는지는 모르겠지만 샷산의 말에는 설득력이 있다. 이 지역에서 나간 적 없는 샷산인데 내가 모르는 세계를 뭐든지 알 것 같다. 하얗게 자란 멋진 턱수염 때문일까? 얼굴에 짙게 새겨진 주름 때문일까?

질질다리를 건너면 야트막한 산이 나온다. 차가 한 대 간신히 지날 거친 자갈길이 이어지는데, 마리아의 집으로 가는 길이다. 나는 오른쪽으로 꺾어 산길을 지나 항구 쪽으로 간다. 우리 집은 항구 바로 근처다. 그래서 우리 집에서도 마리아의 집이 보이고, 마리아의 집에서도 우리 집이 보인다.

"기쿠린네 집, 작아서 귀엽다."

우리는 매번 질질다리를 건너서 헤어진다.

"마리아, 그럼 잘 가."

그런데 마리아가 나를 멈춰 세웠다.

"기쿠린, 조금만 얘기하다 가자."

우리가 멈추자 남자애들도 멈췄다. 다리 앞의 커다란 느릅나무의 줄기를 벅벅 깎거나 발로 흙을 파고 있다.

마리아는 그쪽을 힐끔 보고, 소리 내지 않고 입만 움직여 "진짜 싫어라"라고 말했다. 나는 빨리 집에 가고 싶어서 거짓말을 했다.

"우오가시를 도와야 하거든."

마리아의 눈이 동그래졌다.

"그렇구나. 기쿠린, 대단하다."

"뭐가 대단해."

"아니야, 대단해. 나는 기쿠린을 진심으로 응원해."

"고마워."

손을 흔들고 달리기 시작하자, 남자 중 누군가가 "아" 하고 외치는 소리가 들렸다. 나는 그 소리를 뿌리치려는 듯이 달렸다. 가방이 달칵달칵 요란한 소리를 냈다. 질질다리처럼 낡아빠진 빨간 가방.

"너희, 따라오지 마라!"

마리아가 또 외쳤다. 그 소리가 산을 울려 메아리쳤다.

질질다리에서 한참 걸으면 산기슭에 신사神社가 있다. 미즈카와 신사라는 오래된 신사. 썩은 도리이*나 경내로 이어지는 얕은 돌계단의 유난스러울 정도로 움푹 팬 모양새. 언제나 "나는 유서가 아주 깊단다"라며 내게 말을 건다. 그러나 다들 이 신사를 '에로 신사'라고 부른다. 중고등학생 커플이 밤에 '야한 짓'을 하러 오기 때문이다.

"저기, 유서 깊은 내 이야기를 들어줘."

에로 신사는 수다쟁이다. 일단 붙잡히면 말이 도무지 끝나지 않는다. 무시하고 지나가려는데, 맴맴 하고 높이 우는 매미 소리가 들렸다. 멈춰 서서 돌아보자, 나무의 초록색이 훨씬 진해졌고 부드럽게 커브를 그리는 저 앞에서 벌써 바다 냄새가 풍겼다.

여름이 왔다.

---

* 두 개의 기둥 위에 가로대를 놓은 문. 일본의 신사 입구에 주로 세운다.

'우오가시'에는 '준비 중' 팻말이 붙어 있었다.

영업은 11시부터 2시까지 하고 잠깐 쉬었다가 저녁 5시부터 11시까지 한다.

안을 들여다보니 아무도 없었다. 가게 시계가 3시 반을 가리 켰다. 환하게 웃는 소의 앞다리가 시침과 분침인 시계다. 삿산 이 오래전 정육 협회에서 받았다고 한다.

삿산은 잠깐 집에 돌아가 자고 있겠지. 그렇다면 니쿠코도.

'우오가시' 뒤로 돌아가 좁은 길을 건너면 우리 집이다. 마당 이 자게 딸렸는데, 나는 이 마당이 좋다. 지금까지 산 곳은 전부 공동주택이나 오래된 아파트여서 마당이 없었다.

담이나 문은 없다. 그래도 아스팔트에서 마당으로 한 걸음 들어가면 집에 왔다는 생각이 든다. 우리 집 마당이다. 흙은 생 각보다 부드럽고 냄새가 난다. 언제나 놀란다.

뭔가가 앞을 가로질렀다. 풀이 흔들리는 쪽을 보니 조그마한 도마뱀이었다. 도마뱀은 온종일 안달복달한다.

'늦겠어, 늦겠어, 늦겠어, 약속은 없지만.'

도마뱀붙이처럼 당당하면 얼마나 좋아. 가끔 욕실 창문에 달 라붙는 작은 도마뱀붙이는 늘 불손하면서 듬직하다. 내가 자욱 하게 낀 수증기 때문에 사과하면 "수증기는 방해가 안 돼. 방해

라고 생각한 적도 없어"라고 중얼거리며 용서해준다. 이름 때문인지는 모르겠는데, 관록이 있다.'

"수증기는 보이지만 만지지 못해. 만지고 싶지도 않아."

나는 네 살 때부터 혼자 목욕했다. 그래도 도마뱀붙이나 수증기나 창문이나 따뜻한 물이 자주 말을 걸어주니까 전혀 외롭지 않다. 세계는 참 활기차다.

도마뱀은 수국 그늘로 달려갔다. 몸이 반짝여서 예쁘다.

수국은 시들시들하다. 원래는 푸른 보랏빛이었는데. 대신 지금은 과꽃이 푸른 보랏빛으로 반짝인다. 이사 왔을 때 삿산이 심어준 피튜니아도 푸른 보랏빛이다. 내가 좋아하는 색이다. 석양이 완전히 가라앉고 조금 지난 하늘의 색.

우리 집 지붕도 파란 기와. 페인트칠한 벽에 드문드문 풀이 섞였다.

문패는 평범한 널조각에 니쿠코가 썼다.

'見須子 菊子 喜久子'

성은 '미스지'라고 읽는다. 성에도 이름에도 '子'가 들어가니 무슨 만담가 이름 같아서 이상하다. 문패만 보면 여자 세 명이 사는 것처럼 보인다. 나는 반 친구들이 놀리기 전에 이걸 시시한 농담거리로 삼았다.

---

* 도마뱀붙이는 한자로 '수궁守宮'이다.

"우리 집은 꼭 여자 셋이 사는 문패 같다니까!"

다들 손뼉을 치며 웃었다. 한바탕 웃고서 다들 잊었다. 안심했다.

삿산만은 우리 성씨를 자랑스러워한다.

"미스지는 소에서 가장 귀한 부위야. 부챗살이지!"

가끔 손님에게는 내지 않는 고급 '미스지'를 우리에게 먹여주기도 한다. 삿산이 구워준 '미스지'는 정말, 최고로 맛있었다.

"미스지가 미스지를 먹는다니!"

니쿠코가 기뻐서 외쳤다. 말이 더 이어질 것 같아서 잠깐 기다렸는데, 니쿠코는 아무 말도 안 했다. 그럴 때도 종종 있다.

마리아도 그렇게 맛있는 고기는 아마 먹어본 적 없을 거다.

미닫이문에 손을 댔는데 잠겨 있지 않았다. 천천히 여는데, 니쿠코의 코골이가 벌써 들렸다. 휴식 시간에는 늘 잠을 잔다.

신발을 살살 벗고 살금살금 방으로 들어갔다. 다다미 네 장짜리 부엌과 니쿠코가 잠든 여섯 장짜리 거실, 내 책상과 책장과 옷장이 있는 여섯 장짜리 방. 마리아는 작다고 했지만, 방이 두 개인 집에 사는 건 태어나서 처음이다.

거실 시계가 째깍째깍 소리를 낸다. 니쿠코가 어디선가 받아온 종이로 된 시계. 귀에 붕대를 감은 고흐 초상화가 그려졌다. 무섭다.

니쿠코는 거실에서 이쪽으로 등을 보인 채 잠들었다.

"대그으윽…… 대그으윽……."

니쿠코의 코골이다.

위아래 회색 옷을 입은 거대한 몸이 위아래로 움직인다. 대그으윽, 대그으윽. 엉덩이 주머니가 분홍색 하트 모양이다. 대그으윽, 대그으윽.

니쿠코가 깨지 않게 조심조심 몸을 넘어가 책상에 가방을 걸었다. 달그락, 쇠가 닿는 소리가 났지만 니쿠코는 깨지 않았다. 책상 위에 종이가 있었다.

'기쿠린에게. 일어났을 때 자지 않았으면 깨워줘.'

니쿠코가 쓴 쪽지는 늘 혼란스럽다. 이때까지 이런 편지를 몇 번이나 봤다.

'기쿠린에게. 다녀올게. 돌아온다!'

'기쿠린에게. 잠깐이야. 저녁에 기대하래이!'

앞의 쪽지를 두고 갔을 때는 '평소처럼 일하러 가지만 평소처럼 돌아올 거야'라는 의미였고, 뒤의 쪽지는 '잠깐 뭐 좀 사러 다녀올게. 저녁밥 기대해'라는 의미였다.

냉장고를 열었는데 푸딩 위에 '기쿠린에게. 간식은 냉장고에'라는 쪽지가 놓였던 적도 있고, 자는 중인 니쿠코의 배에 '옆집 사람에게 느긋하게 물어봐'가 놓였던 적도 있다.

그래도 그런 메시지를 반복해서 접하다 보면 어느 정도는 이해할 수 있다. 오늘 쪽지는 아마 출근할 시간에도 계속 자고 있으면 깨워달라는 뜻이겠지. '우오가시'에는 4시 반에 가니까 4시 지나서 깨우면 된다.

나는 책을 펼쳤다. 읽는 도중인《프래니와 주이》다. 지금, 집 '카우치(카우치가 뭔지 모르지만)'에서 주이와 프래니가 대화를 나누는 부분을 읽는다. 내용은 이해하기 어려운데, 주이 나름대로 프래니를 사랑하고, 프래니 역시 그러지 말라고 울면서도 주이에게 사랑받는 것을 알고 있다.

책을 읽는 동안에는 내 용모나 니쿠코의 과거 남자들이나 마리아의 의도적인 수다나 남자애들의 유치한 접근을 잊는다.

주인공이나 등장인물에 완전히 몰입하고, 이야기에 빠져들어 헤어나오지 못하고, 단어의 나열에 몰두해 두둥실 취한다.

"대그으윽…… 대그으윽……."

프래니에게는 주이가 있어서 좋겠다.

꼬르륵, 배꼽시계가 울렸다. 요즘은 늘 이런다. 아무리 먹어도 금방 배가 고프다. 한밤중에 깨서 라멘을 끓여 먹을 때도 있고, 니쿠코가 사온 롤케이크를 절반이나 먹어치운다. 니쿠코는 나를 부러워한다.

"좋겠다, 기쿠린. 몇 시에 뭘 먹든 하나도 안 찌지 않나!"

니쿠코는 몇 시에 뭘 먹든 찐다.

부엌에 가보니 잼 마가린빵이 있었다. 냉장고에서 우유를 꺼내 컵에 따르고 한 모금 마셨다. 빵 봉지를 뜯자 팡 소리가 났다.

"허억!"

니쿠코가 눈을 떴다. 3시 55분.

"찾~아~냈~구~나!"

잠에서 깬 순간부터 니쿠코는 니쿠코다.

"찾아내긴, 대놓고 보이는 곳에 뒀으면서. 간식 놓는 곳에."

"그렇지, 그렇지. 기쿠린이 배고플 줄 알았다! 요시토쿠에서 빵 세 개 골라잡아 180엔이라카데, 잔뜩 사뒀데이."

"요시토쿠는 항상 빵 세 개 골라잡아 180엔이야."

"어! 참말? 엄마는 속은 것이었어!"

"나머지 두 개는?"

"나머지 두 개는……."

"먹었어?"

"그래도 요구르트 크림빵과 건포도빵이었어!"

"그래도는 뭐가 그래도야."

나는 잼 마가린빵을 제일 좋아한다. 마가린은 너무 기름지고 딸기잼도 너무 달지만, 우유와 함께라면 순식간에 먹어버린다.

"니쿠코, 이 쪽지는 가게 가는 시간이 되어도 일어나지 않으면 깨워달라는 거지?"

"그렇지! 그래도 엄마, 기쿠린이 깨우기 전에 깼지, 대단하제, 대단하제!"

자기 코골이 같은 소리를 외치며 니쿠코가 일어났다. 키가 작은데 뚱뚱하니까 일어나기만 해도 왠지 압박감이 있다. 아니면 니쿠코가 풍기는 공기 자체가 숨 막히는 걸까.

니쿠코는 화장실에서도 노래를 흥얼거린다. 하여간 소란스럽다. 저렇게 수다를 떨고 노래를 부르면 어느 정도 열량을 소모할 텐데, 니쿠코는 도무지 살이 빠지지 않는다. 태어났을 때부터 쭉 그랬는지 예전에 물어본 적이 있다. 태어났을 때는 미숙아였다고 한다. 못 믿겠다.

화장실에서 나온 니쿠코가 출근 준비를 시작했다. 그래봤자 흐트러진 머리카락을 다시 묶으면 끝이다. 그 지긋지긋한 '앞머리를 살짝, 아주 살짝 내리기' 작업이다. 니쿠코는 밤일을 그만둔 후로 화장을 전혀 하지 않는다.

뚱뚱하고 주름도 없어서 피부가 매끈매끈하니까 서른여덟 살이어도 훨씬 젊어 보인다.

"기쿠린, 텔레비전 켜도 되나?"

책을 읽는 나를 배려해서 니쿠코는 항상 이렇게 묻는다. 니쿠코는 나와 다르게 종일 텔레비전을 켜두지 않으면 불안한가 보다.

"괜찮아."

"고맙데이!"

푸슛, 전파가 터지는 소리가 나고 방이 시끄러워졌다. 텔레비전을 트는 것은 샤워기의 물을 세차게 트는 것과 비슷하다.

이미 익숙하고 잘 알고 있으면서 매번 놀란다.

화면에 버라이어티 쇼가 나왔다.

"아! 기쿠린, 이 사람 또 나온다! 오컬트! 엄청 족집게 외인!"

아마 외국인 영매사를 말하는 거겠지. 요즘 텔레비전에 자주 나온다. 무섭도록 뚱뚱한 여자로, 눈썹이 연결되었고 수염이 짙게 자랐다.

"진짜 뚱뚱한 외인이네!"

텔레비전을 켜도 되는지는 물어보면서 말을 거는 건 나쁘다고 생각하지 않나 보다.

"니쿠코, 외인이라고 하면 안 돼."

"외인? 왜?"

"차별 용어거든."

"거짓말! 그러면 뭐라 불러야 하노?"

"외국인."

"외국…… 똑같잖아! 뭐가 다른데!"

"외인이라고 하면 약간 깔보는…… 느낌?"

"깔보다니……!"

"업신여기는 것 같대."

"그러면 뚱보랑 비만이랑 똑같네! 말 듣는 쪽의 기분은 똑같으니까!"

니쿠코가 그럴싸한 소리를 했다는 표정을 지었다. 이중턱.

"바깥(外)의 사람(人)이라고 써서 외인이라고 해!"

"그렇지."

"그리고 타토(夕卜)라고 써서 바깥(外)이라고 하제!"

니쿠코가 허공에 바깥 외를 썼다.

"니쿠코, 그래도 밖에서 외인이라고 하면 안 돼."

"타, 토!"

학교에는 도덕 수업이 있다. 쓰면 안 되는 단어가 있고, 잊으면 안 될 역사가 있고, 특별한 역사가 있는 토지가 있다고 도덕 수업에서 배운다. 그런데 말하면 안 되는 단어를 집에 있는 책에서 몇 번인가 본 적이 있다. 말하면 안 되는 단어도 시대에 따라 달라지나? 유행어 같다. 니쿠코 시대에는 '외인'이라는 단어가 '차별'이 아니었을까.

"아아아아아아, 벌써 20분이야! 가야겠다!"

"아, 니쿠코. 가기 전에 프린트에 이름 써줘."

"뭔데, 뭔데, 뭔데, 뭔데?"

"수영장. 보호자 허가가 없으면 수영을 못 하거든."

"오케이!"

니쿠코는 내가 건넨 프린트를 읽어보지도 않고 이름을 썼다.

"아니야, 니쿠코! 거긴 내 이름을 쓰는 칸!"

"아이고, 실수해뿟네! 그라면 기쿠린 이름을 보호자 칸에 쓰고…… 요래 화살표를 그리면 된다이!"

"괜찮은가."

"마, 괜찮다! 걱정되면…… 짜잔!"

니쿠코는 자기 이름 옆에 뭔가 적었다.

'학생 이름 : 미스지 기쿠코 → 수영에 무진장 찬성입니다!!

↕

보호자 이름 : 미스지 기쿠코'

글자가 아주 커다랗다. 니쿠코의 몸처럼 동그란 글자.

"좋았어! 그럼 다녀오겠습니다!"

"잘 다녀와."

"저녁은 7시부터 8시 사이에 온나!"

"응. 니쿠코."

"왜?"

"눈곱 끼었어."

"오오, 우짜꼬! 고맙데이!"

니쿠코는 눈곱을 떼고, 굽이 높은 보라색 비치 샌들을 신었다. 너무 촌스럽다.

"기쿠린, 뭐 읽나?"

"샐린저."

"샐린저! 무슨 군대 이름 같네!"

그러고는 활기차게 출근했다.

니쿠코가 없는 방은 한색이다. 니쿠코가 둔 촌스럽고 화려한 물건들은 그대로인데, 주황색이나 빨간색이나 노란색이 얌전해지고, 대신에 파란색이나 보라색이나 까만색이 힘을 내뿜기 시작한다.

색이 시간에 따라 주인공을 교체한다는 것을 이곳에 와서 알았다. 난색과 한색은 다 능력이 있다. 세계를 확실하게 물들인다.

한색이 된 방에서는 모두가 일제히 수다를 떤다. 이불이나 의자나 5엔 동전이나 전화기가.

"만져봐, 내 이 폭신폭신한 등뼈."

"한쪽만 짧아."

"한 바퀴 돌아야 간신히 재미있는 느낌."

"억지 부리긴."

"심호흡하자!"

세계는 활기차다. 언제나, 언제나.

잼 마가린빵을 먹은 뒤, 컵을 싱크대에 가지고 갔다. 니쿠코가 커피를 마시고 뒀을 컵도 있어서 같이 설거지했다. 스펀지는 초록색 개구리 모양이고, 니쿠코의 컵에는 명필로 '불효'라고 적혀 있다. 내가 어렸을 때부터 늘 이걸 썼다.

이사할 때마다 버려, 제발 좀 버려, 버리라니까, 하고 생각했다. 그런데도 이 컵은 끈질기게도 쫓아왔다. 게다가 어찌나 튼튼한지. 한 번 떨어뜨렸을 때도 쿵 소리만 나고 깨지지 않았다. 불효에는 근성이 필요한가?

"그렇지!"

'불효'가 보이지 않게 컵을 엎고, 병아리 무늬 수건으로 손을 닦았다. 니쿠코는 아마 '심플'이라는 단어를 모를 거다.

화장실에 가서 오줌을 눴다. 휴지를 뜯으려고 했는데, 걸이에 새것이 걸려 있었다. 시작점을 찾는데 거꾸로였다. 휴지를 바깥 방향으로 걸어야 하는데 안쪽으로 걸어놓았다. 니쿠코가 걸면 늘 이렇다.

"시작점이 쭈글쭈글하잖나? 방향이 어딘지 모르겠다!"

니쿠코는 시작점을 찾는 게 서툴다.

랩의 시작점을 매번 놓친다. 테이프를 붙여놓고 찾으면 된다고 하면, 테이프의 시작점을 또 못 찾는다.

니쿠코는 인간관계를 시작하는 것도 서툴다. 상대가 자기를 어떻게 생각하는지, 어떻게 대해야 분위기가 이상하게 꼬이지 않는지, 그런 것을 전혀 생각하지 못한다. 첫인사도 제대로 안 하고서 성큼성큼 남의 영역에 발을 들이민다. 나로서는 믿을 수 없는 일이다. 분위기를 읽는다거나 지금 상황을 확인한다거나, 니쿠코의 머리에는 그런 게 없다.

누구 앞에 설 때도 언제나 전력으로 '니쿠코'다. 그러니 성가

신 인간 취급을 당하고, 업신여김을 당하고, 속아 넘어간다.

삿산은 니쿠코가 '우오가시'에서 일하기 시작한 때를 제대로 기억하지 못한다. '고기의 신'이라고 강렬하게 생각한 순간이 지나고 정신을 차리고 보니 이미 니쿠코가 가게에서 당연하다는 듯이 일하며 손님의 어깨를 퍽퍽 치거나 손님과 불륜을 저지르고 불륜 상대의 부인에게 마구잡이로 얻어맞았다.

"이걸 뭐라고 하면 좋을꼬. 그 녀석은 사고인 기야, 사고."

나도 그렇게 생각한다. 니쿠코는 사고다.

저녁은 늘 '우오가시'에서 차려주는 직원용 밥을 먹는다. 이 것도 언젠가부터 그렇게 정해졌다.

보통 고기를 쓴 요리인데, 가끔 젠지 씨가 가져다준 생선조림이나 삿산이 취미로 만드는 라멘일 때도 있다. 라멘은 숨은 메뉴여서 삿산이 내킬 때만 만드니까 손님들에게 아주 인기가 좋다. 남은 돼지고기나 갈비뼈로 국물을 내 몇 시간이나 끓인 국물은 맑고 반짝반짝 황금색이어서 신비롭다.

방금 잼 마가린빵을 먹었는데 삿산이 만드는 '직원용 밥'을 생각하자 배가 고팠다. 내 위장은 대체 어떻게 생겨먹었을까. 그래도 니쿠코의 말처럼 나는 전혀 찌지 않는다.

반에는 브래지어를 하는 애도 있고 생리를 시작한 애도 있다. 5학년에 막 올라갔을 때, 체육관에 여자들만 모여 성교육도 받았다.

내 몸은 아무리 시간이 흘러도 예전 그대로다. 비쩍 말랐고 가슴은 납작하고 다리는 나뭇가지 같다. 그래도 나는 내 몸이 좋다. 남자애 같아서 좋고 피부가 하얘서 마음에 든다. 앞으로도 계속 가슴도 커지지 않고 생리 따위도 시작하지 않으면 좋겠다.

몰래 안을 들여다보니 '우오가시'는 붐볐다. 여섯 개 있는 테이블 중 다섯 개에 손님이 앉아 있었다. 니쿠코는 세숫대야를 들고 테이블 사이를 오갔다.

세숫대야에는 고기가 담겼다. 주문이 들어오면 삿산에게 가서 고기를 받는다. 그 고기를 집게로 세숫대야에서 손님 접시로 옮긴다. 그러면 설거지해야 할 접시가 줄어든다. '우오가시'의 고기는 전부 한 종류의 '양념'으로 먹으니까 같은 세숫대야를 써도 걱정 없다.

니쿠코의 살짝 내린 앞머리가 뿅뿅 튄다. 고기가 부족한 손님을 탐지하는 다우징* 같다. 손님은 1번과 3번 테이블 이외에는 아는 사람들이었다.

2번은 근처에 사는 하타케야마 씨 부부. 신혼인데 12년을 사

* 'L'자 모양의 막대나 추 따위로 수맥이나 광맥을 찾는 일

귀고 결혼한 사이여서 오래 함께한 관록이 있다. 고기를 먹는 동안 둘 다 말 한마디 안 하는데, 가게의 텔레비전을 볼 때 화를 내는 부분이 똑같다. 나 같은 딸을 갖고 싶다고 항상 말한다. 부인은 곧 서른아홉 살이 되고 남편은 아마 서른네 살이었지.

4번은 자주 오는 남자 삼인조. 20대 후반의 건설업자다. 무릎을 조이는 자주색이나 빨간색 반바지를 입는다. 고기보다 밥을 더 달라고 할 때가 많다. 밥 추가는 무료니까. 우걱우걱 정말 기분 좋게 먹어서 니쿠코가 늘 곁에서 히죽히죽 웃는다.

5번은 늘 그렇듯이 젠지 씨와 어업 조합의 동료들. 빚을 져 원양 어선을 탄, 니쿠코의 첫 남자의 동료다. 그 남자와 비교하면 다들 굉장히 좋은 사람들이다. 과묵한데 가끔 큰 소리로 웃는 면이 남자답다.

젠지 씨 일행은 거의 매일 오니까 고기를 많이 먹지 않는다. 주로 육회나 생간, 김치를 조금씩 집어 먹는다. 그래도 술을 잘 마시니까 좋다고 삿산은 말한다. 가끔 생선을 들고 올 때도 있어서 삿산도 젠지 씨 일행에게는 서비스한다.

"여."

삿산이 나를 보고 말을 걸었다. 그게 인사다. 니쿠코가 반가워하며 "기쿠린!" 하고 부르니까 손님들이 모두 나를 본다.

나는 늘 빈자리에 앉아 밥을 먹는다. 자리가 없을 때는 삿산이 용기에 담아준 걸 가지고 집에 가거나, 일단 집에 돌아가서 자리가 생겼다고 니쿠코가 연락할 때까지 기다린다.

그래도 오늘처럼 밖에서 슬그머니 안을 살피기 시작한 후로는 그럴 필요가 없다. 만석일 때는 들키지 않게 가만히 집에 돌아간다. 삿산을 귀찮게 하기 싫다.

"안녕하세요."

아는 사람들에게 인사하고, 주방 근처 6번 테이블에 앉았다.

맞은편 벽에 텔레비전과 세상을 떠난 삿산 부인의 사진이 걸려 있다. 테두리가 까만, 장례식 때 쓰는 영정사진이다. 이런 건 집에 걸어두는 거 아닌가. 고기를 구워 먹는 가게에 죽어서 화장한 사람의 사진이 있다니, 기분이 묘하다.

텔레비전에서는 그 '외인' 영매사가 연예인을 상대하고 있다. 요즘 정말 자주 나온다.

"당신은 전생에 나쁜 짓을 했군."

"나쁜 짓이요?"

"하얀 뱀을 잔뜩 죽였어."

"무슨…… 그런 기억 없는데……."

"전생이니까."

"저주라면…… 어떤 저주죠?"

"이마가 짓물러요."

"이마?"

"당신, 이마가 참 동글동글하네."

"짓무르지 않으려면 어떻게 해야 하죠?"

"험준한 산에 큰 나무를 심어요."

"나무를요?"

"그래요."

"큰 나무를?"

"그래요."

"예를 들면 어떤?"

"알 게 뭐야!"

멍하니 화면을 보다가 머리를 툭 얻어맞았다. 올려다보니 니쿠코의 동그란 얼굴이 나를 바라보고 있었다.

"기쿠린, 또 저 외, 국, 인이다!"

외국인이라고 힘을 준다. 이중턱.

"진짜. 정말 많이 나온다."

"달리시아라 카데. 진짜 잘 맞히더라!"

"지금 이상한 소리를 하는데."

"아까도 이 사람의 죽은 아버지 얼굴을 그렸는데, 시간이 너무 걸려서 생략됐지만서도 나중에 보여주면서 나온 게 아주 똑같았다 아이가! 그것도 색종이를 찢어서 붙인 그림!"

"왜 그렇게 그리는데?"

"똑같았어!"

"똑같아도 나중에 그려서 붙인다는 게 수상하지 않아?"

"그래 보인 거다!"

"보였을 리가."

"기쿠린, 그 아무개저는 다 읽었나?"

"아니, 아직."

"글자가 요만한데!"

니쿠코가 든 세숫대야에서 삿산 특제 양념이 형광등을 받아 번쩍번쩍 빛났다. 손가락을 넣어 핥으면 살짝 소름이 돋는다.

"어이, 기쿠. 오늘 저녁은 고기 야키소바다."

손이 빈 삿산이 수북하게 담은 고기 야키소바를 가지고 왔다. 기쁘다. 이 야키소바도 정말 맛있다.

"채소도 묵어라."

채소볶음용 채소를 잘게 썬 샐러드와 달걀국도 있었다. 꼬르륵, 배가 울었다. 부끄럽지만 어쩔 수 없다. 한창 자랄 때라서 그런다고 핑계를 댄다.

"잘 먹겠습니다."

젓가락으로 뒤적이자 폴폴 기름 냄새가 났다. 소기름이다. 삿산에게서도 이 냄새가 난다. 개나 고양이가 삿산 뒤를 졸졸 쫓곤 한다.

길고양이는 흔하게 봤지만, 이쪽에 와서 들개도 많다는 걸 알고 놀랐다. 들개는 집단을 이룬다. 집락을 이동할 때면 늘 입을 모아 "기다렸지!" 하고 외친다. 대조적으로 길고양이들은 조용하다. 가끔 인사를 하면 "허어?"라고 대꾸하지만 악의는 없다. 그게 맞장구다.

"맛나냐, 기쿠."

"응, 맛나요."

삿산은 만족스럽게 웃고 또 고기를 자르러 갔다. 덥수룩한 흰머리, 대조적으로 새까맣고 굵직한 눈썹. 고목 같은 피부.

고기를 씹다가 삿산의 부인과 눈이 마주쳤다. 얼른 시선을 피했다.

"매번 생각하는데 여기는 직원 밥이 더 맛나 보여."

젠지 씨가 웃었다. 얼굴이 새빨간데 술이 약해서가 아니다. 젠지 씨는 언제나 벌겋다. 정확하게는 검붉다. 술을 너무 많이 마시면 저렇게 된다고 니쿠코가 알려주었다.

"그리고 목소리가 아주 걸걸하데이! 주당은 다 저런다!"

니쿠코는 벌써 저녁을 먹었을까.

"기쿠, 니는 요즘 무슨 공부 배우나?"

젠지 씨는 늘 레몬사와를 마신다. 더 마실 때마다 레몬을 넣어달라고 한다. 자기가 몇 잔을 마셨는지 확인하고 싶다고 한다. 지금 젠지 씨의 술잔에는 레몬이 다섯 개쯤 들어 있다. 레몬의 부피가 느는 만큼 술의 양도 줄어들어서 딱 좋은가 보다.

"요즘? 예를 들면요?"

"예를 들면…… 거, 산수?"

"평행사변형 면적이요."

"기래."

그렇게 대화가 끝났다.

젠지 씨는 낯을 가린다.

술에 취하면 이렇게 내게도 말을 걸지만, 항구에서 만나면 무뚝뚝하게 "오오"로 끝이다. 그래도 묵묵히 생선이 든 양동이를 넘겨주거나 귀여운 조개를 던져준다. 다정한 사람이다. 마흔 정도인데 머리가 벗겨졌다. 생김새가 아주 뚜렷해서 수건을 두르면 인도 사람 같다. 독신인 젠지 씨는 부모님과, 이혼하고 돌아온 여동생과 함께 산다. 건실하게 일하고 다정하지만 절대 니쿠코가 좋아하지 않을 타입이다.

3번에 앉은 커플 중 여자가 나를 보고 생긋 웃었다. 화장이 진한데 빗장뼈가 도드라진 예쁜 사람이었다. 나는 살짝 웃어 보이고 달걀국을 마셨다. 뜨겁다.

텔레비전에서는 여전히 연예인이 시끄러웠다.

"그러니까 무슨 나무를 심으면 되냐고요!"

"당연히 목제 나무지! 바보!"

달리시아라는 사람은 텔레비전에 대체 왜 나오지? 수염 난 얼굴이 화면에 크게 비쳤다.

"전생일 게 뻔하잖아! 전생에 물어봐!"

전생에 물어보라니. 나는 화면을 외면하고 고기 야키소바에 집중했다.

니쿠코의 전생은 어떨까.

이런 가혹한 인생을 짊어져야 할 만큼 니쿠코는 아주 몹쓸 짓을 했을까. 달리시아에게 물어보고 싶다. 잘 맞힌다면, 니쿠코가 전생에 뭘 했고 우리는 앞으로 어떻게 될지 묻고 싶다.

니쿠코의 앞머리는 여전히 둥실둥실 흔들린다. 무언가를 탐색한다.

5학년 1반 여자들 사이에서 점심시간에 농구가 유행이다.

팀을 나누는 방식이 이상하다. 운동신경이 좋은 가네모토와 모리가 다른 팀이 되어 각자 팀에 넣고 싶은 아이를 순서대로 데려간다.

당연히 농구를 못 하는 애는 뽑히지 않고, 잘하더라도 어떤 역학관계 때문에 뽑히지 않을 때도 있다. 가네모토와 모리는 운동신경도 좋은 데다가 반을 이끄는 존재라서 그렇다.

어려서부터 '하나이치몬메*'를 너무 잔인한 놀이라고 생각했

* 두 팀으로 나눠 '하나이치몬메'라는 노래를 부르며 앞뒤로 오간 뒤, 팀에서 부모 역을 맡은 사람이 상대 팀에서 무작위로 한 명을 골라 가위바위보를 해 진 사람이 이긴 사람의 팀으로 들어가는 놀이.

다. 아무리 기다려도 "쟤를 데려올래"라는 말을 듣지 못하는 애도 있고, 끝까지 선택받지 못하면 혼자 "옷장과 궤짝*"이라고 노래를 불러야 한다. 솔직히 보고 있기 힘들다.

나는 늘 첫 번째로 "쟤를 데려올래"라는 소리를 들었다. 첫 번째로 선택되어도, 쟁탈전이 벌어져도, 나는 '하나이치몬메'가 싫다.

운동신경은 좋지만, 가네모토가 나를 첫 번째로 선택하는 이유가 그것만은 아닌 것 같다.

가네모토는 마리아를 절대 고르지 않는다. 마리아는 마리아대로 가네모토가 자기를 고르지 않을 것을 알기에 모리에게만 살갑게 군다. 모리는 마리아에게 귀여운 지우개를 몇 번 받은 적 있으니까 보통 네 번째쯤에 마리아를 고르곤 한다.

선택받지 못한 사람 중 몇 명은 교실에서 그림 그리기 같은 지루한 놀이를 하는데, 이상하게 다른 애들은 코트 밖에서 우리를 응원한다. 점심시간 내내. 응원만 하면 지루하지 않나? 각자 좋아하는 놀이를 하면 될 텐데 싶지만, 저 애들이 우리 곁에 있으려는 기분도 이해한다. 반의 인간관계에서 소외되기 싫은 것이다.

누군가 "이렇게 나누는 건 그만두자"라고 말해주기를, 다들

---

* '하나이치몬메'의 가사 중 하나.

분명히 기다린다.

나는 농구가 좋다. 공을 열심히 쫓고 사람 없는 공간을 찾아 마구 달린다. 틈을 노려 사람들 사이를 빠져나가 공을 넣을 때의 풀썩, 하는 그물망 소리는 최고다. 또 내 손바닥보다 훨씬 큰 농구공이 내가 원하는 대로 움직이니까 기분 좋다. 팀 나누는 방식만 평등하다면.

점심시간 20분 동안, 나는 결국 땀에 흠뻑 젖을 때까지 움직인다. 머리가 새하얘져서 개처럼 입을 벌리고 숨을 몰아쉰다.

점심시간 종료 5분 전을 알리는 종이 울려도 다들 개의치 않고 계속하는데, 그만 들어가자고 말하는 사람은 항상 마리아다. 가네모토는 목소리를 낮춰 "착한 척하기는"이라고 투덜거린다. 나는 그 소리를 못 들은 척한다.

교실로 들어가기 전에 정수기 앞에서 다투어 물을 마셨다. 물이 차갑다. 하는 김에 얼굴에도 뿌리고 고개를 푸르르푸르르 흔들었다. 다들 나를 보고 웃더니 흉내 냈다. 푸르르푸르르, 푸르르푸르르. 물방울이 사방으로 튀어 마리아가 조금 불쾌한 표정을 지었다. 모처럼 농구팀에 뽑혀도 마리아는 거의 공을 만지지 못한다.

"어이, 교실에 들어가라."

어디선가 선생님 목소리가 들렸다. 다들 꺅꺅 소리를 지르며 교실로 향했다. 문득 시선을 느껴서 뒤를 돌아보자 또 사쿠라이와 마쓰모토가 있었다. 나와 눈이 마주치자 허둥거리며 시선을 피했다. 뭐야, 싶었는데 둘의 등 뒤로 니노미야였나, 그 어두운 남자애도 보였다.

있었네, 이렇게 생각하고 끝이어야 했다. 그런데 나는 니노미야의 얼굴에서 시선을 떼지 못했다.

니노미야는, 이상한 얼굴을 하고 있었다.

찌그러졌다.

얼굴 모든 부위가 한가운데로 모인 듯한 얼굴이다.

어라, 싶었다. 내가 멈춘 것을 보고 사쿠라이와 마쓰모토도 멈췄다. 내 시선이 둘을 넘어 등 뒤를 향한 것을 알자 그 애들도 뒤를 돌아보았다.

니노미야는 이번에는 눈을 쭉 찢고 입술을 오므리고 있었다. 그러나 둘이 돌아보자 곧바로 평소 얼굴로 돌아왔다. 사쿠라이도 마쓰모토도 니노미야가 얼굴을 이상하게 만든 줄 모르나 보다.

"기쿠린!"

마리아가 나를 불렀다. 얼른 뛰었다. 모두를 따라잡자 마리아가 속삭였다.

"아이, 또 쟤들이네. 싫어라!"

다시 돌아보자, 니노미야는 아무 일도 없었다는 듯이 두 사람의 뒤에서 걷고 있었다.

그때부터 나는 니노미야를 볼 때마다 관찰했다.

구름다리 복도, 조회 시간, 방과 후 신발장.

그러나 내가 보고 있을 때 니노미야는 이상한 얼굴을 하지 않았다.

여전히 어두운 표정으로 항상 사쿠라이와 마쓰모토 조금 뒤에서 걸었다.

우리가 다니는 초등학교는 교내에 사루가쿠사라는 절이 있다. 따지고 보면 원래 절의 경내에 초등학교를 세운 것이니 우리가 후임이다.

절 입구가 곧 교문이고 정면에는 절, 그 뒤에 숨은 듯이 학교 건물이 있다. 우리가 농구를 하는 체육관은 그 뒤쪽이다. 운동장 가운데에 아름드리 벚나무가 있어서 봄이면 다 같이 송충이를 잡는다.

참배할 사람은 자유롭게 절에 올 수 있으니까, 당연히 교내에도 쉽게 들어온다.

도쿄의 초등학교에 다닐 때는 외부인이 자유롭게 교내에 들어오는 것은 말도 안 되는 일이었다. 운동회 때도 교내에 들어올 수 있는 보호자는 네 명까지였고, 그것도 사전에 예약해서 가슴에 입장 허가증을 달아야 했다.

이쪽 학교는 다르다.

운동회 때는 당연하고 수업 중에도 운동장에서 개를 산책시키는 사람이 보이고, 누군가 자기 마음대로 절의 종을 쳐서 소리가 들리기도 한다. 사루가쿠 초등학교. 당연히 절 이름에서 따왔다. 예전에 신이 부리던 원숭이가 경내에서 즐겁게 놀았다는 설에서 이런 이름이 붙었다고 한다.*

경내에서 원숭이가 놀고 있어서 붙은 이름이라는 유래가 적혀는 있지만, 경내에서 놀았다는 건 그 시점에 이미 절이 있었다는 소리니까 그렇다면 당연히 그때부터 이 절에는 이름이 있었을 텐데? 유래는 대부분 믿을 수 없다. 마을을 둘러싼 산에는 사슴이 상처를 치유하는 곳이라는 유래가 얽힌 폭포가 여섯 군데나 있다.

지금은 원숭이야 없지만, 때때로 운동장 모래사장에서 젊은 엄마가 아이들을 놀게 한다.

정문 앞 거리는 참배길이어서, 이 동네에서 가장 붐비는 일대다. 이름은 '긴자 사루가쿠거리 상점가'로, 다들 줄여서 '사루 상점가'라고 부른다. 도쿄의 그 유명한 '긴자'가 앞에 붙었으나 그 정도로 붐비지는 않는다. 쉽게 말해 쇠퇴한 상점가여서 녹이 슨 셔터가 눈에 띄고 스피커에서 들리는 음악은 소리가 찢

* '사루(猿)'는 일본어로 원숭이라는 뜻이다.

어진다.

항구 근처여서 생선가게나 생선을 쓰는 작은 요릿집이 많다.

그밖에 경박한 미용사가 있는 미용실 'MUSE', 미라 같은 노부부가 하는 '아카보시 이불', 난폭한 원숭이를 키우는 장난감 가게 '몽키매직', 늘 그윽한 커피 향이 나는 찻집(커피는 팔지 않는다) '시게마쓰', 커피는 맛없는데 카레가 무진장 맛있는 커피점 '호쿠토', 마키 씨라는 멋진 열쇠 기술자가 있는 '유자와 열쇠점', 항상 빵 세 개에 180엔인 슈퍼 요시토쿠 등이 있다.

같은 반 여자애들은 경박한 미용사를 좋아한다. 눈과 눈 사이에 앞머리를 촘촘하게 내리고, 1년 내내 부츠를 신는다. 아무리 봐도 수상한 놈 같은데 다른 애들에게는 '멋진 오빠'로 보이나 보다. 이름은 도모키 씨다. 다들 남자 어른을 '누구누구 씨'라고 부르는 것에 흥분했다.

마리아의 머리는 엄마가 잘라준다는데, 가끔은 도모키 씨에게 부탁해서 자른다고 한다. 도모키 씨는 좋은 냄새가 나, 달콤한 향이 나는 향수를 뿌리더라, 마리아가 말하자 다들 후유 하고 한숨을 쉬었다. 나는 점점 더 도모키 씨가 싫어졌다.

나는 열쇠점 마키 씨가 좋다. 머리도 어린 남자애처럼 짧게 잘랐고, 나처럼 심플한 옷을 입는다. 다만 피어스만 커다랗고 화려하다. 귓불이 쭉 늘어질 정도로 무거운 피어스를 달 때도 있는데 마키 씨에게는 잘 어울린다.

마키 씨는 잠들기 직전인 고양이 같은 얼굴이다. 이혼하고 고향으로 돌아왔다는데, 니쿠코와 같은 나이라고 해서 놀랐다. 니쿠코도 젊어 보이지만 마키 씨도 서른여덟 살로는 보이지 않는다. 20대 언니라는 느낌이다.

이 동네에 오자마자 마키 씨의 도움을 받았다. 니쿠코가 열쇠 구멍에 열쇠를 꽂았는데, 무슨 힘을 어떻게 줬는지 뚝 부러뜨렸다.

니쿠코도 나도 당황했다. 주로 쓰는 팔도 아닌데 왜 이리 힘이 세?

그날 '우오가시'는 휴일이어서 삿산은 주민 자치회 사람들과 함께 온천 여행을 갔다. 겨울. 눈이 내렸다.

"어떡해, 니쿠코?"

"기쿠린!"

제아무리 태평한 니쿠코라도 술기운이 단숨에 가셨나 보다.

그때는 아직 이 동네를 전혀 몰랐다. 사루 상점가의 술집에서 밥을 먹고 돌아온 참이었다. 어느 가게가 맛있는지 몰라서 결국 전국 어디에나 있는 체인점 술집을 골랐다. 니쿠코는 290엔짜리 츄하이를 과음해서 알딸딸하게 취했고, 나 역시 290엔짜리 닭튀김을 과식해서 위장이 더부룩했다.

일단 열쇠 가게에 전화하려고 했는데, 니쿠코는 휴대전화를 안 가지고 왔고 애초에 열쇠 가게가 어디 있는지도 몰랐다. 나는 나답지 않게 울고 싶어졌다.

니쿠코가 마당의 큼지막한 돌을 주워 창문을 깨겠다고 했다. 나는 필사적으로 하지 말라고 말렸다. 역시 나답지 않게 울 뻔했다.

"무슨 일이야?"

그때 기적처럼 마키 씨가 나타났다. 하얀 밴을 몰고 있었는데, 밴에 '유자와 열쇠점'이라고 적혀 있었다. 마침 우연히 근처의 집 현관문을 열어주고 가게로 돌아가던 중이었다.

삿산이 니쿠코를 고기의 신이라고 생각하는 마음을 이해한다. 나는 그 만 배 이상으로 마키 씨를 여신님이라고 생각했다.

"이런, 이거 시간이 좀 걸리겠는데?"

부러진 열쇠를 보고 마키 씨가 말했다.

"추우니까 두 사람 다 차에 타."

니쿠코도 나도 어찌할 바를 모르고 송구스러워했다. 심지어 마키 씨는 "대시보드 위 보온병에 따뜻한 호지차가 있으니까 마시고"라는 말까지 해줬다. 눈이 내려서 마키 씨가 쓴 까만 니트 모자가 새하얬다.

결국 마키 씨는 30분쯤 걸려 부러진 열쇠를 빼내 문을 열어주었다. 게다가 절대 잊을 수 없는 일인데, 니쿠코는 대량의 츄하이, 나는 대량의 닭튀김 때문에 호지차를 차 안에 전부 토하고 말았다. 은혜를 원수로 갚았다.

그래도 마키 씨는 화내지 않고 가볍게 인사하고 떠났다. 가게로 돌아가는 중이었으니까 괜찮다면서 돈도 아주 조금만 받았다.

유자와 열쇠점 앞을 지날 때면 니쿠코와 나는 대놓고 긴장한다. 여신님은 우리를 보면 늘 "여어" 하고 나직한 목소리로 인사를 건넨다. 니쿠코는 호들갑을 떠는데, 나는 수줍어서 마키씨의 얼굴을 제대로 보지 못하겠다.

상점가 끄트머리에 반려동물 가게가 있다. 'PET SALON 가네코'라는 곳인데 다들 '우라나이'라고 부른다. 점을 봐주는 것은 아니다. 가게 주인이 손님이 오는 족족 동물을 돌보는 게 얼마나 힘든지 하도 설교해서 '팔리지 않는다'는 뜻이다.* 가게 주인은 가네코 씨다. 머리가 반질반질 벗어진 50대 남자로 체구가 아주 크다. 그런 외모 또한 '팔리지 않는' 이유일 것이다. 너무 무섭거든.

원래 '가네코'는 새만 팔던 곳이었다고 한다. 가네코 씨의 아버지가 반려동물 유행을 틈타 개나 고양이도 다루기 시작했는데, 아들인 가네코 씨는 동물을 워낙 사랑해서 가벼운 마음으로 개나 고양이를 키우려는 사람에게 호전적인 태도를 보인다.

이 동네에 전입 신고를 막 마쳤을 때 들은 이야기인데, 새끼 고양이를 보러 온 가족에게 가네코 씨가 트라우마를 심어줬다

* 점(占い)과 팔리지 않는다(売らない) 모두 '우라나이'라고 발음한다.

고 한다.

"어차피 고양이는 개랑 다르게 손이 덜 간다는 소리를 들은 거겠지! 웃기고 있네! 이렇게 작고 귀여워도 똥 냄새는 지독하고 오줌은 독가스 수준이라고! 어디 아플 때 재깍 병원에 데려가지 않으면 죽어버리고, 여차하면 병원비가 월세를 넘어설 수도 있어!"

거침없이 떠든 후에 고양이의 똥오줌을 들이밀어 냄새를 맡게 하고, 고양이가 바퀴벌레나 쥐를 잡아서 가지고 놀다가 죽이는 동영상을 보여주었다. 마지막으로 가게 스피커를 최대 음량으로 키워 고양이의 심장 소리를 들려주었다.

두근, 두근, 두근!

"이거 보라고! 고양이는, 고양이는, 살아 있다고!"

그 이후로 그 집 딸은 CF에 고양이가 나오기만 해도 잠깐 몸이 굳어진다고 한다. 가엾게도.

신혼부부가 포메라니안을 데려오고 싶어서 갔을 때는 또 이랬다.

"이 새끼가, 설마 이 포메라니안이 위로라도 해준다고 생각하는 거냐! 동물이 인간을 쉽게 위로해준다고 생각하면 큰 착각이야! 포메라니안도 살아 있으니까 외로움을 타고 짖기도 해. 배가 고프면 울어, 작아도 깽깽 시끄럽게 울어대니까 위로는커녕 잠도 못 잘 거다!"

이어서 이번에도 포메라니안의 심장 소리를 커다란 음량으로 들려주었다.

두근, 두근, 두근!

"살아 있다니까!"

신혼부부는 포메라니안을 포기하고 후다닥 아기를 만들었다.

"동물은 가족이야!"

가네코 씨가 성장한 리트리버나 푸들이나 시바견을 여러 마리 데리고 산책하는 모습을 종종 본다. 다들 그 모습을 보면 도망치는데, 나는 가네코 씨가 좋다.

키우기 전까지는 저런 식이지만, 일단 가게에서 개나 고양이를 데려가면 죽을 때까지 걱정해주고 뭔가 곤란한 일이 생기면 당장 날아온다. 어쩔 수 없는 사정으로 집을 며칠 비워야 할 때 가네코 씨에게 부탁하면 밥과 산책을 도맡아준다. 다만 개나 고양이가 조금이라도 열악한 상황에 있으면 무시무시한 얼굴로 주인을 야단치고 환경을 개선할 때까지 계속 혼쭐을 낸다.

가네코 씨는 '우오가시'에도 자주 온다. 얼굴은 무섭지만 참 다정한 사람이다. 새끼고양이가 팔리면 행복을 빌며 합장하고, 수명이 다해 죽은 개를 떠올리며 엉엉 울기도 한다.

'기다렸지' 들개들과 사이좋게 지내는 사람도 가네코 씨뿐이다. 보건소 사람들이 처리하러 왔을 때 '기다렸지' 무리를 보호한 적도 있다. 늘 짖어대는 '기다렸지' 무리도 가네코 씨의 말은 잘 듣고 얌전하다고 한다. 가네코 씨는 동물의 친구 같다. 멋있다.

가네코 씨는 '우오가시'에 오면 소를 먹는다. 많이 먹는다. 내장부터 꼬리까지. 워낙 맛있게 잘 먹어서 가네코 씨가 오는 날이면 가게 매출도 좋다. 다른 테이블의 사람들도 덩달아 시키니까. 또 소를 '송아지'니 뭐니 하는 귀여운 말로 부르지 않는다. '소고기'라고 분명하게 부른다.

가네코 씨는 삿산이 미스지, 즉 부챗살을 대접하는 몇 안 되는 사람 중 하나다.

이유는 나도 모르겠는데, 나는 가네코 씨가 소를 잘 먹는 걸 다른 애들에게 말하지 않았다.

화장실 휴지를 사러 사루 상점가에 갔더니 본오도리* 행사의 알림이 붙어 있었다. 8월 10일. 한 달 넘게 남았는데 다들 벌써 의욕적으로 준비를 시작했다.

새해맞이와 본오도리 행사는 이 마을의 2대 이벤트다. 가게를 경영하는 사람들은 가게를 쉬거나 노점을 낸다. 어디에서

---

* 양력 8월 15일에 지내는 일본의 명절 오본 때 마을 주민들이 모여서 추는 춤.

왔는지 장사꾼이 모여들어 금붕어 건지기 노점이나 다코야키 노점도 서는데, 병아리 잡기 노점은 가네코 씨의 압력 때문에 오지 않는다.

"여어."

목소리만 들어도 움찔한다.

돌아보니 마키 씨가 손에 커피가 담긴 컵을 든 채 서 있었다. 마키 씨는 늘 자기 컵을 들고 찻집에 가서 맛있는 커피를 받아 자기 가게로 돌아간다. 커피점 '호쿠토'의 주인은 그게 영 마음에 들지 않나 본데, 찻집 '시게마쓰'도 마키 씨도 전혀 개의치 않는다.

"오늘은 참 덥네."

"네."

마키 씨를 보면 기뻐서 절로 헤실거린다.

"저기, 커피 뜨겁지 않아요?"

"응. 아무리 더워도 커피는 따뜻한 게 좋더라."

허물없는 말투도 최고다. 마키 씨는 이 지방 말씨를 쓰지 않는다. 표준어 억양을 쓴다. 컵은 하얗다. 컵은 이래야지. '불효'가 대체 뭐야.

오늘 마키 씨는 몸을 착 감싸는 하얀 티셔츠에 남자애처럼 청바지를 입었다. 접어 올린 바지 아래에는 갈색 가죽 샌들, 귀에서는 전에 본 적 있는 금색의 링 모양 피어스가 흔들린다.

"기쿠린, 벌써 커피 마시니?"

"네, 마셔요. 저는 1학년 때부터 마셨어요."

"오! 어른이네. 그럼 시게마쓰 씨한테 가서 달라고 하자."

마키 씨가 말을 마치자마자 발걸음을 돌렸다. 당황했다. 또 기뻐서 "아!" 하고 소리를 낼 뻔했다.

시게마쓰의 며느리는 서른 살쯤 된 마른 여자다. 항상 눈 밑에 다크서클이 있어서 어두워 보인다. 미국너구리처럼 생겼다. 마키 씨가 또 왔다고 말을 걸어도 꾸벅 고개만 숙이고 딱히 뭐라고 하지 않았다.

시게마쓰는 '시게마쓰 안주인'이라고 불리는 시어머니가 내리는 커피가 맛있다. 시게마쓰 안주인은 은퇴해서 미국너구리 며느리가 가게를 맡았는데, 커피는 반드시 안주인이 내린다.

"안주인, 기쿠린한테도 커피 좀 부탁해."

마키 씨는 연장자에게도 존댓말을 쓰지 않는다. 처음에는 놀랐는데, 마키 씨가 그렇게 말하면 멋있다. 시게마쓰 안주인이 가게 안쪽에서 고개를 내밀고 "오냐"라고 대답했다. 미국너구리 며느리와 달리 얼굴이 동글동글하다. 아들과 남편은 안쪽 공장에서 찻잎을 볶거나 포장한다. 미국너구리 며느리와 시게마쓰 안주인은 대화를 나누지 않는다.

잠시 기다리자 구수한 커피 향이 났다. 사실 블랙은 못 마시는데, 그런 소리는 못 한다. 우유와 설탕을 달라고 하면, 모처럼 가까워진 마키 씨와의 거리가 다시 벌어질 것 같다.

"여기."

시게마쓰 안주인은 손가락도 동그랗다. 커피는 새까맣고 소용돌이처럼 물결이 일었다. 고양이가 그려진 빨간 컵.

"저기."

"아, 괜찮아. 나중에 내가 돌려줄게."

생판 남인 나까지 커피를 받다니 면목 없다. 차든 뭐든 사야 하나 싶었는데, 시게마쓰 안주인도 미국너구리 며느리도 딱히 뭐라고 하지 않았다. 마키 씨가 고맙다고 가볍게 인사하고 나갔다. 나도 인사하고 마키 씨를 쫓아갔다.

블랙커피는 정신이 아찔할 정도로 썼다.

"맛있어요."

그래도 전력을 다해 거짓말했다.

"맛있지?"

유자와 열쇠점은 역사가 아주 길다고 한다. 열쇠를 깎는 커다란 기계. 벽에 걸린 수많은 열쇠와 누리끼리한 나무 책상. 원래 마키 씨의 아버지가 경영했고 지금은 마키 씨 혼자 일한다.

"담배 피워도 돼?"

"네."

마키 씨가 담배를 꺼내 불을 붙였다. 훅, 연기를 내뿜자 오래된 가게가 더욱 오래된 듯이 보였다.

"커피와 담배는 왜 이렇게 잘 어울릴까."

마키 씨의 옆얼굴이 연기로 흐릿하다. 아주 잘 어울린다.

"그나저나 뭐 하러 왔어?"

"아, 화장실 휴지를 사러요."

너무 방해하면 안 된다. 나는 서둘러 커피를 마셨다. 쓰다. 이게 뭐야. 사람이 마셔도 되는 거 맞아? 우유가 필요해. 뭐든 달콤한 거. 그래도 참았다. 마키 씨가 있으니까.

"니쿠코는 잘 지내?"

"네, 잘 지내요."

불효 컵으로 우유와 설탕을 듬뿍 넣어 더는 커피라고 할 수 없는 걸 마시는 니쿠코를 생각했다. 니쿠코가 만약 마키 씨와 같은 반이었다면 절대 친해지지 않았겠지. 아니면 나와 마리아처럼 아무리 봐도 친구 사이 같지 않은데 사실은 친구이려나.

"그거 다행이네."

마키 씨가 아직 절반이나 남은 담배를 껐다. 인사하고 가게를 나오자, 마키 씨가 손을 대충 팔랑팔랑 흔들었다.

"그거 다행이네."

나는 마키 씨의 말투를 작게 흉내 내며, 요시토쿠에 화장실 휴지를 사러 갔다. 니쿠코가 사는, 이상한 냄새 나는 것 말고 심플한 휴지를 살 테다. 마키 씨의 컵처럼 아주 하얀 것을.

수요일은 '우오가시'의 정규 휴일이다.

니쿠코는 휴일이라는 말을 들으면 들썩들썩 신이 난다. 그러나 니쿠코가 휴일을 기대하는 것은 특별한 용무가 있어서가 아니라 휴일은 기뻐해야 하는 법이라고 어려서부터 습득한 버릇처럼 보인다.

실제로 니쿠코는 휴일이면 대체로 뒹굴뒹굴 자며 보낸다. 텔레비전은 계속 틀어놓고, 손 닿는 범위에 모든 것을 두고서 화장실 갈 때 말고는 꼼짝도 안 한다. 그것도 나름 휴일을 행복하게 보내는 방법일지 모르나 솔직히 보기 좀 그렇다.

재해 예방 점검 때문에 우리는 4교시까지만 공부하고 학교에서 나왔다. 다들 반나절 방학이라고 신났는데, 집에 갈 때 즈음 비가 오기 시작했다.

학교에서 비를 피하는 아이들이 몇 명 있었는데, 나와 마리아는 비를 맞으며 달렸다. 흙탕물이 튀어 마리아가 비명을 질렀다. 비는 옆으로 내리는 데다 점점 강해졌다. 그래도 나는 괜찮았다. 질질다리에서 허둥거리며 헤어질 때 마리아는 반쯤 울고 있었고, 결국 자갈 깔린 길을 올라가며 화를 냈다.

"열받아!"

나는 웃고 말았다.

에로 신사 근처까지 왔을 즈음 비는 더욱 강해졌다. 태풍 같다. 비를 피하고 싶었으나, 그랬다가는 에로 신사의 유래를 지겹도록 들어야 한다. 나는 앞에서 덮치는 비에 맞서 싸우며 달렸다.

항구 근처쯤 가자 경트럭 한 대가 내 옆을 지나갔다. 빵빵 클랙슨을 울려댔는데, 빗줄기가 거세 누군지 모르겠다. 항구 쪽을 보니, 빗속에서 젠지 씨와 동료들이 우비를 입고 급하게 배를 정박하고 있었다.

집에 도착하자, 문을 열기도 전부터 "대그으윽, 대그으윽"이 들렸다. 아침에 나를 깨워 학교에 보내고 또 잠들었나 보다. 문을 조심스럽게 열고, 발끝으로 걸어 부엌 수건을 찾았다. 약간 곰팡내가 났다. 그 수건으로 얼굴과 머리를 닦았다.

방은 조금 어두웠다. 아직 낮인데 새파란 빛이 공기를 물들였다. 비가 창문을 마구 두드렸는데, 그 풍경도 파랬다. 갑자기 이유도 없이 울고 싶어져서 놀랐다. 코가 찡했다. 불을 켜고 싶었지만 니쿠코를 깨우기는 싫었다.

니쿠코는 책상 옆에 엎드려 잠들었다. 코를 골지 않았다면 죽었다고 착각했을 것이다. 왼손을 부엌 쪽에 뻗은 모습은 다잉 메시지를 남기려다가 힘이 다한 사람처럼 보였다.

수건으로 닦았는데도 방에 들어가자 물방울이 뚝뚝 떨어졌다. 양말로 물을 훔치고, 그 양말도 벗어 옷과 수건과 함께 세탁

바구니에 넣었다. 니쿠코의 옷과 양말, 팬티와 수건이 바구니를 답답할 정도로 채웠는데, 내 체육복만큼은 빨아서 욕실에 걸어놓았다. 분명 손빨래했을 것이다. 니쿠코의 커다란 손으로 짠 자국이 가슴팍에 새겨진 '미스지'에 선명하게 남았다.

나는 편한 옷으로 갈아입고 부엌에 갔다. 물을 살짝 틀어 설거지를 시작했다. 당연히 '불효' 컵도.

오늘은 급식이 없어서 배가 고프다. 어제 4교시까지 한다고 니쿠코에게 말했더니 점심을 준비해두겠다고 했다. 그러나 체육복을 빨고 나니까 졸음이 몰려왔겠지. "대그으윽, 대그으윽"은 이제 "대그으으윽, 대그으으으으으윽!"인 상황이다. 코골이에 '윽!'이 붙는 사람을 나는 니쿠코 이외에 모른다.

설거지를 마친 후, 식기장 아래 문을 열었다. 고등어 통조림이나 귤 통조림 사이에서 미트소스 통조림을 찾았다. 냉장고를 열자, 젠지 씨가 준 전갱이 회와 새송이버섯이 약간, 팽이버섯과 경수채가 잔뜩 있었다. 미트소스를 뜯어 프라이팬에 부었다. 불을 켜고 천천히 데우면서 새송이버섯과 팽이버섯과 경수채를 썰고, 다 같이 넣어 볶았다. 전갱이 회는 랩을 씌운 상태로 탁자에 놓았다.

삶아서 얼려놓은 스파게티를 냉장고에서 꺼냈다. 니쿠코가 1인분씩 나눠뒀는데, 그 1인분이 민망할 정도로 대량이다. 전자레인지에 넣어 해동 버튼을 눌렀다.

잠시 지나자 보글보글 미트소스에 구멍이 빠끔 올라왔다. 버섯과 경수채는 금세 흐물흐물해졌다. 100엔 균일 가게에서 산 나무 주걱으로 때때로 저어주자 맛있는 냄새가 났다. 니쿠코가 태워먹은 바람에 나무 주걱은 군데군데 까맸다.

"대그으윽, 대극!"

슬슬 깨겠다. 미트소스 냄새가 좋으니까.

전에 마리아의 집에서 미트 스파게티를 먹은 적이 있다. 마늘이 풍부하게 들어가서 맛있었는데, 나는 통조림 맛이 더 좋다.

전자레인지를 보니 앞으로 20초. 간장과 튜브에 담긴 버터를 조금 넣고 니쿠코를 불렀다.

"니쿠코, 밥 다 됐어."

"고엉?"

자다가 갑자기 끌려 나온 터라 코골이와 말이 뒤섞였다. 바닥에서 고개를 든 니쿠코는 방 안에 있었으면서도 비를 쫄딱 맞은 사람처럼 보였다.

"앗, 기쿠린, 어서 온나!"

잠에서 막 깼는데도 말끝에 느낌표가 붙는다.

"미트 스파다!"

스파게티를 '스파'라고 부른다.

니쿠코와 마주 앉아 점심을 먹는 건 오랜만이었다. 미트 스파게티와 전갱이 회. 포크와 젓가락을 따로 쓰기 귀찮은지, 니쿠코는 스파게티도 젓가락으로 먹었다. 전갱이에는 간장을 뚝 뚝 뿌린다. 왠지 젠지 씨에게 실례인 것 같아서 조마조마했다.

"맛있다, 기쿠린의 미트 스파!"

니쿠코는 메밀국수를 먹는 것처럼 스파게티도 후루룩 소리를 내며 먹는다. 내 미트소스가 아니라 '마·마'라는 상표의 미트소스가 맛있는 거고, 애초에 미트 스파게티를 이런 식으로 만드는 건 니쿠코다.

작년 개교기념일은 수요일이어서 니쿠코의 휴일과 겹쳤다.

이웃 마을에 아주 자그마한 수족관이 있어서 같이 보러 갔다. 수조가 있긴 했는데, 전갱이나 정어리가 헤엄치고 있어서 거대한 활어조 같은 풍경이었다.

수족관의 마스코트는 펭귄 칸코다. 그 아이는 관내를 자유롭게 돌아다녔다.

개관 당시 칸코는 그야말로 인기 스타였다. 뒤뚱뒤뚱 걷는 칸코 뒤를 아이들이 줄지어 쫓아다녔다. 지금은 인기도 시들해졌다. 다들 펭귄의 존재에 익숙해지기도 했고, 이 근방에서 점점 어린이가 줄어드는 이유도 있다.

칸코는 나이를 먹었다. 조금 철학적인 분위기를 풍긴다. 그게 다가가기 어려운 원인일지도 모른다.

지금 칸코는 수족관 직원처럼 관내를 배회한다. "으악!" 하고 놀라는 사람은 있어도, 예전처럼 귀엽다는 말은 듣지 못한다.

펭귄은 멀리서 보면 귀엽다. 하지만 가까이에서 보면, 눈빛이 아주 살벌하고 우락부락한 생물이다.

칸코는 가끔 꾸엑 하고 운다. 가만히 들어보면 "모두 살육하는 날!"이라는 외침이다. 무서워.

니쿠코와 나는 칸코를 처음 봤으니까 당연히 흥분했다. 니쿠코는 "귀여워!"라고 외치기까지 했다. 칸코는 순간 예전을 그리워하는 듯한 표정을 지었으나, 곧 시선을 돌리고 외쳤다.

"모두 살육하는 날!"

니쿠코는 칸코에게 펭타라는 이름을 지어주었다.

수족관에서 나와 크림 안미쓰*를 먹었다. 카페 이름은 까먹었는데 '호쿠토'보다 훨씬 멋지고 커피도 맛있었다. 게다가 리필이 공짜였다. 니쿠코는 커피를 세 잔이나 마셨다. 맛있다고 연신 외쳐대니까 가게 사람이 좋아했는데, 니쿠코가 커피를 세 잔이나 마시고 안미쓰에 팥소를 꽉꽉 채워 넣는 걸 보자 표정이 굳었다.

밤에는 니쿠코가 오랜만에 저녁을 만들었다. 오늘처럼 미트소스 통조림에 버섯과 남은 채소를 섞었다. 내가 어렸을 때부터 니쿠코가 자신 있게 만드는 레시피다. 레시피라고 부를 것도 못 되지만.

* 볶은 콩에 꿀과 각종 과일, 한천, 팥소 등을 얹은 일본 전통 간식.

나도 니쿠코를 따라 만들기 시작했다. 요리하는 기분을 조금
은 내려고 버터와 간장을 넣는다.

"기쿠린, 오늘은 뭐 할 거가?"

니쿠코의 입술에 미트소스가 덕지덕지 묻었다. 그 입에 전쟁
이 회를 던져 넣으니까 역시 회가 불쌍하다.

"뭐 하기는? 비 무지 내려."

"비가 오는 게 뭐! 모처럼 이래 우리 둘이 있는데!"

니쿠코와 있으면 우리 관계가 꼭 연인 같다는 생각이 든다.
니쿠코는 여자, 그것도 좀 귀찮은 여자이고 내가 바쁜 남자 같
은 느낌이다.

"음⋯⋯."

"뭔데? 기쿠린, 뭐 할 거 있나?"

"할 일이 있는 건 아닌데⋯⋯."

"괜찮지, 괜찮지! 그라면 펭타 보러 갈까?"

"으음⋯⋯."

"왜!"

"그 펭귄을 보면 슬퍼진단 말이야."

"우예서! 펭타, 아주 귀여운데!"

칸코에게 이 말이 들릴까. 펭타라는 안이한 가짜 이름으로
불러도 니쿠코는 정말로, 진심으로 칸코를 귀여워한다. 빗줄기
가 거세다. 그래도 나는 칸코에게 니쿠코의 "귀여워!"를 들려주

고 싶었다.

"그래, 좋아. 가자."

"앗싸!"

니쿠코의 앞머리가 뿅뿅 흔들렸다.

니쿠코가 우비를 입으라고 했지만 고집스럽게 거부했다. 니쿠코가 내민 무사시보 벤케이[*]가 새겨진 우비를 입느니 죽는 게 낫다. 먹은 것을 설거지하고 밖에 나왔더니 빗줄기도 약해졌고.

나는 파란 우산을 썼는데, 니쿠코는 두 손이 비는 게 좋다면서 벤케이 우비를 입었다.

마을 사람들은 다 니쿠코를 안다. 그야 '항구 마을의 그 니쿠코' 아닌가. 그래도 나는 같은 학교 애와 만나지 않기를 간절히 바랐다. 어디에선가 나타난 도마뱀붙이가 "학교 애랑 안 만나. 만날 것 같지 않아"라고 말했다.

"기쿠린, 뭐라고 말했나?"

"아니."

이웃 마을까지는 버스로 간다.

---

* 일본 헤이안 시대 말기의 승병.

이곳 사람들은 대부분 자동차가 있으니까 버스는 1시간에 두 대뿐이다. 그런데도 니쿠코는 버스 시간표를 따로 챙기지 않는다. 오늘도 결국 정류장에서 20분이나 기다렸다.

버스 정류장은 에로 신사 앞이다. '미즈카와 신사 앞'이라는 표시에 누군가가 장난으로 '에로'라고 적어놓았다. 에로 신사는 그래도 의연하다.

"호호호, 유서 깊거든."

"기쿠린, 뭐라고 말했나?"

"아니."

버스에는 우리 이외에 남자가 한 명 타고 있었다. 비닐 모자를 썼다. 이후 버스 정류장을 두 군데 지났는데 아무도 타지 않았다.

세 번째 버스 정류장 '노다 공원'에 가까워지는데, 남자애 한 명이 기다리고 있었다. 나처럼 파란 우산을 썼다. 다가오는 버스를 보고 고개를 든 얼굴에 나는 소리 내지 않고 '아' 하고 반응했다.

니노미야였다.

니노미야는 가장 뒷자리에 니쿠코와 나란히 앉은 나를 보고도 반응이 없었다. 늘 그렇듯이 어두운 얼굴로 제일 앞자리에 앉았다.

니노미야에게는 딱히 아무 감정도 없었지만, 그 무반응에 나는 동요했다. 꼭 내가 니노미야를 은근히 찾은 것 같잖아. 실제로 니노미야를 보고 '아' 하고 반응했으니까 역시 부끄러웠다.

니노미야는 유리에 이마를 대고 창밖을 내다보았다. 나는 니쿠코를 보았다. 니쿠코는 왠지 살며시 웃으며 마찬가지로 창밖을 보고 있었다.

니노미야가 버스의 커다란 백미러에 비쳤다. 나는 직접 보는 니노미야와 거울 너머로 보이는 니노미야를 양쪽 다 차분히 관찰할 수 있었다.

버스 정류장을 두 군데 정도 지났을 때 마침내 변화가 찾아왔다.

니노미야가 문어처럼 입을 내밀어 유리에 쪽쪽 키스했다. 그러면 그렇지 싶었다. 이상하게 흥분해서 등에 작게 소름이 돋았다. 미행하는 사람의 결정적인 순간을 목격한 탐정이 이런 기분을 느끼지 않을까? 나는 카메라 셔터를 누르듯이 손끝에 힘을 주었다.

니노미야는 문어 입 이후로 둑이 터진 듯이 차례차례 이상한 얼굴을 만들었다. 입을 O자로 벌려 눈을 크게 부릅뜨고, 사자처럼 이를 확 드러냈다. 마지막으로는 두 손으로 양 뺨을 있는 힘껏 잡아당겨 넙치 같은 표정을 지었다.

니노미야는 정말로 내가 있는 줄 모르나? 아니면 알고서 일부러 저런 표정을 짓는 건가?

곧 우리가 내릴 '수족관 앞' 정류장에 도착했다. 니노미야는 어딜 가는 걸까. 니노미야 옆을 지나면서 힐끔 보니, 니노미야는 눈을 부릅뜨고 자기 입술을 있는 힘껏 잡아당기고 있었다. 유리에 니노미야의 침이 축축하게 묻었다.

다른 애가 없어서 다행이다. 여자는 이런 니노미야를 보면 틀림없이 기분 나쁘다고 말할 것이다. 나도 기분 나쁘다고 생각했다. 그래도 니노미야의 '이상한 얼굴'에는 보통이 아닌 무언가가 있었다. 기분 나쁘다는 말로 정리할 수 없는 급박함이 있었다.

버스가 떠난 후에 정류장의 표시를 보니 다음 정류장은 '고토부키 센터'였다.

"비가 그쳤네!"

아까까지 비바람이 몰아치던 하늘이 거짓말처럼 파랬다.

"니쿠코, 덥지 않아?"

한시라도 빨리 니쿠코가 무사시보 벤케이 우비를 벗었으면 좋겠다.

"해(日)가 파랗다(靑)고 써서 화창하다(晴)고 하제!"

우산을 털자 빗방울이 반짝반짝 빛났다. 수족관이 얼마나 초라한지도, 칸코가 얼마나 사나운지도 알면서 기대하는 내가 부끄러웠다. 저학년 같잖아. 니노미야는 이제 없지만, 마주친 사람이 니노미야가 아닌 다른 동급생이었다면 폭풍우가 온 후에 니쿠코와 수족관에 가는 모습을 들켜서 부끄러워했겠지.

"니쿠코."

"왜?"

"고토부키 센터가 뭐야?"

"무슨 센터 아이겠나?"

"응, 됐어."

수족관이 있는 항구 마을은 '우오가시'가 있는 항구보다 멋지다.

체육관처럼 큰 수산물 가공 공장이 있고, 선물 가게가 쭉 있는 쇼핑몰도 있다. 우리 동네에는 거의 오지 않는 관광객도 이쪽에는 드문드문 보인다. 누가 관광객인지는 금방 알 수 있다. 수조나 냉장 진열장을 열심히 들여다보며 "호오" 하고 감탄하거나 "역시 싸다"라고 말한다. 내게는 여행지로 이곳을 고른 것은 실수가 아니었다고 확인하는 의식처럼 보인다. 돌아갈 곳이 있으니까 이 마을의 작은 규모, 고요함, 바다에 압도적으로 의존한 생활을 부러워하는 거다.

관광객이 있어도 예전처럼 성황을 이루지 않는다고 삿산이 말했다. 예전에는 임연수가 대량으로 잡혀서 큰돈을 번 사람들이 임연수 저택을 세웠다고 한다. 마리아의 집도 그 계통이라고 들었다. 그 새하얀 저택도 따지고 보면 생선으로 세웠다고 생각하니 조금 재미있다.

수족관은 어린이 100엔, 어른은 300엔이다. '어린이'와 '어른'이라고만 적혔고 구체적인 나이는 없다. 니쿠코는 당당히 400엔을 냈다. 직원 아저씨가 힐끔 나를 보고 환하게 웃었다.

"귀엽구나."

조금 놀랐다. 오랜만에 어린이 취급을 받은 것 같다. 게다가 이런 식으로 당당하게 귀엽다고 말하는 남자는 오랜만에 본다. 삿산도 젠지 씨도 가네코 씨도 이런 말은 절대 안 한다.

학교 선생님도 여학생을 다루느라 곤란해하는 티가 난다.

물론 어른은 아니지만 귀엽다는 실없는 말을 들을 만큼 어리지도 않다. 여자애들은 체육 시간에 선생님이 앞구르기를 도와주면 기분 나쁘다고 투덜거리기 시작했고, 나도 짧은 반바지 체육복에서 뻗은 여자애들의 새하얀 허벅지에 깜짝 놀랄 때가 있다. 역시 여자가 니노미야의 침을 보지 않아서 다행이다.

"고맙습니다아."

평소라면 어른스럽게 대답하지만, 나는 애처럼 말끝을 묘하게 질질 늘이며 아저씨에게 인사했다.

"오늘은 아무도 없으니까 전세 낸 셈이야."

"앗싸!"

니쿠코는 나의 '어린이답게 군 배려'도 깨닫지 못하고 나보다 더 순수하게 기뻐했다. 비 때문인지 땀 때문인지 앞머리가 이마에 달라붙어서 정말 추레하다.

"앗! 빙글빙글!"

들어가면 바로 정어리 수조가 있다. 원기둥 수조여서 정어리가 회오리처럼 빙글빙글 돈다. 니쿠코는 이 수조를 '빙글빙글'이라고 부른다. 이 수족관의 최고 볼거리다. 즉, 이후부터는 별거 없다.

정어리는 수족관의 푸른빛을 반사해 예쁘게 빛났다. 가끔 무리에서 홀로 떨어진 다친 정어리가 빈사 상태로 수조를 배회한다. 이 수조에는 그런 정어리가 반드시 한 마리는 있다. 무리가 일사불란하게 움직이니까 그런 한 마리가 유독 더 눈에 띈다. 나는 그 정어리만 눈으로 따라갔다.

"대단히데이! 이런 건 뭐라고 하나? 허리, 허리……."

"허리케인?"

"그래, 그거다!"

"같은 곳을 돌기만 하는데 정어리는 엄청난 거리를 헤엄치는 기분이겠지."

"청소기 선전 같네! 영향력은 다르지 않다는 그것!"

"흡입력이야."

"정어리는 대단하구만!"

예전에 텔레비전에서 인간이 조난되는 원리를 실험한 적이 있다.

눈을 가린 사람에게 축구장을 걷도록 했다. 오른쪽으로 꺾어

골까지 똑바로 가라고 명령했는데, 그 사람은 어째서인지 축구장 중앙에서 빙글빙글 원을 그렸다. 길을 잃으면 인간은 같은 자리를 배회하는 습성이 있다고 한다.

오싹했다.

방송 사회자는 그러니까 조난하면 움직이지 말고 가만히 있는 게 좋다고 말했다. 나는 영원히 빙글빙글 도는 나를 상상하고 조금 울었다. 니쿠코가 없어서 혼자 텔레비전을 보고 있었다. 생각해보면 나는 그때부터 텔레비전을 잘 보지 않게 된 것 같다. 대신 집에 있는 모든 것이 수다를 떨기 시작했다.

"눈이 핑핑 돌아!"

정어리(鰯)는 약한(弱) 물고기(魚)다. 니쿠코가 정어리의 한자를 몰라서 다행이다. 빈사 상태인 정어리는 가끔 둥둥 뜨다가도 고개를 아래로 하고 수조 바닥으로 점점 더 빨려 들어갔다.

"앗!"

니쿠코가 가리킨 곳에 아, 벌써 있다.

칸코다.

순찰하는 경비원처럼 관내를 어슬렁거린다. 멀리서도 기분이 언짢은 걸 알겠다. 그냥도 다들 펭귄에 질렸는데, 이렇게 시작 지점에 마스코트가 와 있어서 바로 봐 버리면, 모처럼 펭귄을 만나도 기쁘지 않을 것 같다.

"모두 살육하는 날!"

칸코가 여전히 흉포한 소리를 질렀다.

"펭타, 펭타!"

니쿠코는 거대한 몸을 이리저리 흔들며 칸코에게 달려갔다. 니쿠코가 오히려 펭귄 같다. 이런 반응도 오랜만일 것이다. 칸코는 눈만 힐끔 돌려 니쿠코를 보고 또 "모두 살육하는 날!"이라고 외쳤다. 니쿠코는 상관하지 않고 칸코에게 다가가 머리를 쓰다듬었다.

"귀여워라!"

칸코는 나와 비슷한 기분일 것이다. 사랑받아야 할 귀여운 동물로 취급받으니까 불편한지 눈을 데굴데굴 굴렸다.

"귀여워라!"

니쿠코는 인간을 대할 때와 마찬가지로 칸코의 마음에도 넉살 좋게 들어간다. 쓰다듬어도 되는지, 애초에 만져도 되는지 물어보지도 않는다. 귀엽다고 외치며 마음껏 머리를 쓰다듬고 생글생글 웃는다.

칸코는 짧은 앞발로 배를 툭툭 쳤다. 정말 펭귄다운 행동이다. 일부러 마음 써준 건가?

나는 칸코에게 묘하게 공감했다. 아까 나의 어린애 같은 "고맙습니다아"가 생각났다.

"퍼뜩! 기쿠린도 펭타 쓰다듬어주라!"

나는 조심조심 칸코에게 다가가 속으로 사과하며 머리를 쓰다듬었다. 칸코의 머리는 매끈매끈해 보였는데 꺼끌꺼끌 억셌다. 새삼스럽게 바다 생물이구나 싶었다.

"……."

칸코가 입을 벌리고 뭐라고 말하려고 했다. 그러나 아무 말도 안 했다.

"귀여워! 펭타 이 녀석! 요놈! 요놈!"

니쿠코는 칸코의 머리를 어린애에게 하듯이 자기 배에 끌어들였다. 칸코는 니쿠코의 배에 부리를 대고 가만히 있었다.

"칸코, 또 봐."

용기를 내서 말했다.

"칸코……?"

니쿠코가 묘한 표정을 지었다. 칸코는 니쿠코의 손 아래에서 나를 빤히 바라보았다. 눈초리가 험상궂다고 생각했는데, 새까만 눈동자는 동그랗고 반짝반짝 빛났다.

"니쿠코, 애 이름은 칸코야. 펭타가 아니야."

"여자애였어? 귀여워라!"

놀랍게도 칸코는 나와 니쿠코를 쫓아왔다. 니쿠코의 배가 기분 좋았을까, 아니면 수상한 우리가 무슨 허튼짓을 할지 모르니까 지켜볼 속셈인가? 그래도 뒤뚱뒤뚱 짧은 다리로 걷는 모

---

* '코'는 주로 여자 이름, '타'는 주로 남자 이름에 쓴다.

습은 역시 펭귄다워서 정말 귀여웠다.

"왜 펭타라고 생각했을까."

"니쿠코가 모르면 아무도 모르지."

"펭타 옌석이! 말해줬어야지!"

수족관을 나와 우리는 또 안미쓰를 먹은 카페에 들렀다. '사보우루'라는 이름이었다. 니쿠코 탓인지, 가게 방침이 바뀌었는지, 커피 공짜 리필은 사라졌고 커피도 맛이 별로 없었다.

마키 씨와 블랙커피를 마셔서 그럴지도 모른다.

나는 조금은 어른이 되었다.

항구 근처에는 세쌍둥이 노인이 있다.

늘 바다를 보며 앉아 있다. 바닷바람을 맞은 피부는 까맣고 주름이 아주 선명하며 다들 말랐다. 흐린 날에는 고목 세 그루가 나란히 선 것처럼 보인다.

세 사람은 모자를 썼다. 왼쪽 노인은 갈색 사냥 모자, 가운데 노인은 누리끼리해진 하얀 챙 달린 모자, 오른쪽 노인은 까만 니트 모자. 자세히 보면 가끔 셋이서 모자를 바꿔 쓰기도 한다. 뭐든 잘 어울린다. 사이가 좋다.

세 사람은 옛날이야기를 나눈다. 이 항구 마을이 얼마나 활기찼는지, 자신들의 배가 얼마나 멋졌는지.

항상 담배를 피우는데, 아주 독한 담배여서 연기가 보라색으로 보인다. 파도가 거칠어도 태풍이 와도 연기는 꼼짝하지 않는다. 세 사람도 그렇다. 가만히 거기 앉아 움직이지 않는다.

바닷바람을 타고 가끔 목소리가 들린다. 한 명의 목소리는 낮고 한 명은 높다. 또 한 명의 목소리는 떨리는데, 바람 때문인지 아닌지는 모르겠다.

"뒤에서 자루를 덮어씌운대."

"그대로 억지로 배에 태워서."

"말도 못 나누게 하고."

피가 이어지지 않았어도 슬픔을 공유하는 점에서 세 사람은 완벽한 세쌍둥이다. 보는 방향에 따라서 세 사람의 몸 어딘가가, 팔이나 다리나 옆구리가 붙은 것처럼 보인다. 각자의 혈액이나 골수나 뼈, 무엇보다 슬픔으로 세 사람은 연결되었다.

유령이다.

나는 이 마을에 오고 얼마 지나지 않아 저 세쌍둥이를 발견했다. 아무리 날이 거칠고 태풍이 와도 항구에 앉아 가만히 바다를 바라보는 세 사람은 이질적이었다.

금방 알아차렸다. 저 사람들은 이미 죽었다.

모자 그림자 때문에 얼굴이 잘 보이지 않는데, 피부가 아주

까맣고 이가 아주 하얗다는 건 알 수 있었다.

젠지 씨나 다른 어부들이 배를 타러 가다가 모르고 세 사람의 몸을 통과할 때가 있다. 그러면 대개 세 사람 중 하나가 장난을 친다. 머리를 때리거나 목덜미를 간질이거나 무릎 뒤를 밀거나. 장난질을 당한 사람은 어리둥절한 표정을 짓는데, 둘러보고 아무도 없는 걸 알면 고개를 갸웃거리고 다시 배로 걸어간다.

나는 세쌍둥이의 장난을 보는 게 좋았다. 장난을 친 후에 어린애처럼 얼굴을 마주 보고 웃거나 하지는 않는다. 세쌍둥이는 아무 일도 없었다는 듯이 바다를 본다. 각자가 각자로 있는 모습이 나는 좋다.

세쌍둥이는 밤에 운다.

신발장 앞에서 마리아가 오늘 집에 놀러 오라고 했다. 나는 빌린 만화책의 다음 권이 읽고 싶었으니까 가겠다고 했다. 다른 애들은 누가 오는지 묻자, "모리랑 욧시랑 사야카랑 아케치한테도 말했어"라고 한다. 모리가 항상 고르는 농구 멤버였다. 왠지 안 좋은 예감이 들었다. 그래도 나는 눈치 없는 척했다. 니쿠코에게 말하고 가겠다고 하고, 평소처럼 질질다리에서 헤어졌다.

마음이 무겁다.

그 멤버라면 모여서 다 같이 가네모토를 욕할지도 모른다. 가능하면 안 가고 싶다. 만화책에 낚인 내가 한심했다. 그래도 인제 와서 역시 못 가겠다고 말하기도 그렇다.

안 가도 될 변명을 생각하며 걸으니까 자연히 발걸음이 느려졌다.

4학년 말부터였나, 여자들이 무리를 이뤄 화장실에 가기 시작했다.

처음에는 누군가 생리를 시작했기 때문이었다. 생리대를 숨기려고 같이 가게 됐는데, 점차 그런 일이 없어도 같이 가야 하는 분위기로 변했다. 마리아는 내가 화장실에 가면 쫓아와서 수돗가에서 기다리고, 자기가 갈 때도 당연하다는 듯이 내게 같이 가자고 말한다.

한 달쯤 전부터 체육 시간에 달리기할 때 다 같이 뭉쳐서 달렸다. 머리카락을 만지거나 양말을 올리는 시늉을 하며 대충대충 달린다. 준비 운동이니까 선생님이 뭐라고 하진 않는데, 나는 화를 내주길 바랐다. 제대로 달리라고 말해주길 바랐다. 제대로 달리려고 하면 다른 애들이 비웃을 것 같다. 나는 눈에 띄지 않게, 그래도 열심히 달렸다. 그게 얼마나 힘든 일인지 체육 시간이 끝나고 알았다. 나는 평소보다 훨씬 더 지쳤다.

"우야노, 싫다."

무심코 나온 혼잣말은 오사카 사투리였다. 니쿠코와 있을 때만 니쿠코를 따라 오사카 사투리가 나온다고 생각했는데, 이렇게 방심하면 쓰는 걸 보니 그게 아니었나 보다. 그러면 차라리 니쿠코처럼 오사카 사투리 위주로 말해도 될 텐데, 나는 자연스럽게 말을 구별했다. 니쿠코를 한심하다고 생각했으면서, 사실 나는 부끄러운 바이링구얼이다.

항구가 보였다.

오늘 바다는 조금 거칠다. 최근 들어 바다의 상태를 읽을 수 있다. 예전에는 젠지 씨의 "실큰 뱃성을 내누, 배를 물려야겠구먼"이나 "오늘은 얌전하구먼, 기래야지" 같은, 바다를 인간처럼 대하는 말이 꼭 마법의 주문처럼 들렸다. 진짜 멋있었다. 이제 나도 조금은 안다.

바다에는 분명 자기 의사가 있다. 폭풍우가 치는 날은 어떤 원인 때문에 감정의 빗장이 풀렸을 때다. 잔잔한 날은 그저 편히 잠든 거다. 아니지, 자는 거랑은 조금 다르게 실눈이라고 하나, 석가모니처럼 눈을 반쯤 가늘게 뜬 표정이다. 만조일 때는 얌전해 보여도 불안정하다. 작은 일로도 폭발할 예감이 도사린다. 간조일 때는 조용하지만 무언가에 굶주렸다.

바다는 뭐든 다 안다는 표정을 짓는다. 절대 가르쳐주지 않지만.

내 주변에서는 변함없이 세계가 활기찼다.

"늦겠어, 늦겠어, 늦겠어, 약속은 없지만!"

도마뱀이 어딘가로 뛰어간다.

"세계가 어렴풋이 희끄무레하네."

이건 눈이 보이지 않는 개구리의 목소리다.

"평화를 운반하는 시늉."

교활한 비둘기.

"7년을 파묻혀 있었어. 지상에서 죽기 위해서."

여름을 기다리는 매미 유충.

다들 나보다 오래 이 도시에 살았다. 도시라고 할 수 없는 이 작은 군락에.

나는 언제까지 여기에 있을까.

"기쿠린, 어서 온나!"

니쿠코는 자고 있지 않았다. 텔레비전 소리를 크게 틀고 보고 있었다. 또 버라이어티 쇼다. 달리시아인가 했는데, 오늘은 이웃 간 소음 문제 특집이었다. 이 집은 단독주택이고 다른 집과도 거리가 있는 덕분에 니쿠코의 "생활 소음 아인교!"를 안 들어도 된다.

'우오가시' 옆에는 '계절 가정요리 세쓰'라는 가게가 있는데, 우리가 오기 전에 망했다고 한다. 아무래도 야반도주 같다. 재

수가 없어서인지 단순히 불경기 때문인지, 그 후로 들어오는
사람이 없다.

먹을 게 없어져서 쥐가 여기로 온다며 삿산이 화를 냈다. 삿
산은 쥐를 아주 무섭게 죽인다. 옛날식 우리형 쥐덫으로 쥐를
잡는다. 그리고 맨손으로 우리 속 쥐를 덥석 쥐어 바다에 집어
던진다. 삿산은 물에 빠져 죽는다고 했으나, 헤엄쳐서 기슭으로
돌아오는 쥐를 몇 번인가 봤다.

"큰일 날 뻔했네, 죽을 뻔한 거 백 번째."

쥐는 강하다.

"오늘 사토다 씨가 애플파이를 줬어! 기쿠린도 먹어!"

사토다 씨는 '계절 가정요리 세쓰' 옆에서 '나미'라는 스내바
를 운영하는 여자다. 화장했을 때와 안 했을 때의 얼굴이 전혀
다르다. 주름을 팽팽하게 당기려고 치질 치료 크림을 쓴다고
한다. 그게 가장 주름을 잘 고정해준다고 말하는 사토다 씨의
얼굴은 크림에 당겨져서 스타킹을 뒤집어쓴 사람처럼 보인다.

사토다 씨는 뭐든 핫케이크 믹스로 만든다. 그러니까 애플
파이가 아니라 애플케이크다. 탁자 위에 벌꿀과 마가린이 놓인
것으로 보아 니쿠코도 사과 들어간 핫케이크로 여기고 먹었을
것이다.

사토다 씨는 삿산과 동급생이었다. 그래서 사이가 좋다. 쥐
를 죽이는 방법도 삿산과 똑같다. 맨손으로 쥐를 잡아 바다에

던진다. 이 지역 사람들은 살생이든 뭐든 바다에 맡기면 된다고 생각하는 면이 있다.

"기쿠린, 오늘은 어떤 날이었나?"

"음, 보통."

"보통! 보통이 아무렴 제일이지!"

자기 옷차림을 좀 보고 말하지.

"저녁은 7시쯤 온나!"

"응……."

마리아의 집에 가면 아마 거기서 저녁도 먹을 것이다. 마리아네 엄마가 꼭 먹고 가라고 하니까.

"매일 고기면 싫지 않니? 여자애니까."

그러면서 나오는 음식이 비프스튜 같은 거니까 당황스럽다. 그것도 비프스튜용 가루를 사서 만드는 게 아니라 밀가루를 졸이는 단계부터 시작한다지 뭔가.

"마리아네 집에 갈지도 몰라."

"참말이야! 기기서 저녁도 먹여주나?"

"으음…… 그런데 아직 갈지 안 갈지……."

"안 갈라고?"

"으음……. 모르겠어, 어떻게 할지……."

"초대받았나?"

"응."

"그런데 가기 싫나?"

"가기 싫은 건…… 아니, 으음…….'"

가네모토의 험담을 하는 게 싫다.

아마 다들 나도 모리의 팀에 들어오라고 하겠지. 가네모토가 선택해도 모리 팀이 좋다고 대답하라고. 나는 그 말을 결국 거절하지 못할 것이다. 동시에 가네모토가 나를 선택해도 거절하지 못할 테지.

양쪽에 고개를 끄덕여놓고는 전력으로 도망치고 싶어질 것이다.

"가기 싫으면 안 가도 된다!"

니쿠코가 소리 높여 말했다. 사실 소리를 높인 건 아니고 평소 음량인데 내게는 크게 들렸다. 나는 니쿠코를 보았다. 살짝 내린 앞머리가 이마에 한 가닥 들러붙었다.

"감기든 뭐든 핑계 대면 되지!"

니쿠코의 입가가 번들거렸다. 벌꿀이다. 꿀을 훔쳐 먹고 작은 곰에게 쫓기는 니쿠코를 상상하자 조금 웃음이 터졌다. 웃은 덕분에 나는 마음을 먹었다.

"응, 그럴래. 조금 몸이 안 좋다고 전화할래."

니쿠코는 큼지막한 애플케이크 덩어리를 거의 한입에 해치웠다.

"믈흐기 으르으믄 즌흐흐즐ㄲ?"

"말하기 어려우면 전화해주겠다고?"

"흠!"

니쿠코의 입에서 케이크 조각이 튀어나왔다.

"아니야, 괜찮아."

몸이 가벼워졌다. 나는 망설이지 않고 전화를 들었다.

감기 기운이 좀 있다고 거짓말하자, 마리아는 잠깐 아무 말이 없었지만 괜찮은지 걱정해주었다. 가슴이 따끔거렸지만 몸은 점점 가벼워졌다.

니쿠코는 출근하고, 나는 혼자 책을 읽었다. 오늘은 금요일. 내일도 내일모레도 책을 읽을 수 있다. 꾀병 최고네.

거짓말의 강도를 높이려고 오늘은 '우오가시'에 가는 대신 혼자 라멘을 끓여 먹었다. 삿산의 요리도, 마리아네 비프스튜도 맛있지만 꾀병을 핑계로 먹는 삿포로 이치방 시오라멘은 굉장히, 굉장히 맛있었다.

☾

니쿠코는 한밤중에 돌아왔다.

고흐 시계를 보니 1시 40분이다. 금요일이니까 손님도 많았을 테고, 끝나고 술을 마시러 사토다 씨 가게에 갔겠지. 문을 열었을 뿐인데 술 냄새가 풍겼다. 옛날 생각이 난다. 어려서 매일

같이 맡았던 냄새다.

"기쿠린은 자니까 조용히 해야 한데이⋯⋯!"

니쿠코는 작은 소리로 중얼거리려고 해도 어쩔 수 없이 느낌표를 붙여 말한다. 애초에 조용히 해야 하는 사람이 혼잣말이라니 이상하다. "살금살금, 살금살금⋯⋯!" 이러기도 하고, 애초에 그 '살금살금' 자체가 끽끽 바닥을 울려대니 소란스럽다. 게다가 문 여는 소리에 나는 이미 깼다.

어둠 속에서 움직이는 니쿠코는 온몸에 '살그머니'라는 글자를 붙이고 있다. 그게 제일 성가시다.

"니쿠코, 어서 와."

니쿠코가 움찔 몸을 떨었다. 그러다 책상에 발을 부딪쳤다.

"아파라! 기쿠린, 내가 깨웠나? 나 때문에 깬 기가? 미안, 미안하데이! 얼른 자, 얼른 자, 얼른 자, 얼른 자, 얼른 자!"

잘 수 있겠냐고.

"괜찮아. 마침 목이 좀 말랐거든."

"참말로? 다행이다!"

니쿠코가 술에 취해 돌아올 때마다 늘 '목이 좀 말랐을' 리 없다. 그래도 니쿠코는 내가 하는 말을 절대적으로 믿는다.

"그라면 텔레비전 켜도 되나?"

"응."

텔레비전을 켜자, 어둠에 익숙해진 눈과 조용함에 익숙해진

귀가 놀랐다. 창백한 빛이 니쿠코의 얼굴을 비춰서 니쿠코의 얼굴은 젖은 것처럼 보였다.

"기쿠린 저녁, 선물로 포장해왔제!"

"고마워. 뭐야?"

"고기덮밥!"

삿산도 술 마셨겠지. 삿산이 취했을 때는 직원용 식사도 대충 나온다. 고기덮밥은 양념해서 구운 고기를 밥 위에 얹기만 한 것이다. 그런데 이것도 무지무지하게 맛있다. 식어도 맛있다.

"손님 많았어?"

나는 여전히 이부자리에 누워 있었다. 목은 마르지 않다. 여름 이불의 건조한 냄새가 나를 폭 감쌌다.

"응. 참말로 많았데이! 젠지 씨, 처음엔 앉을 데가 없어서 사토다 씨네 가서 시간을 보내다가 왔다!"

"진짜? 보통 반댄데."

"그렇제! 술 마시고 노래 부르고 와서 육회를 먹었다니까! 본말전도 아이가!"

"그런 걸 본말전도라고 하진 않을걸?"

"아! 목마르다!"

니쿠코는 '불효' 컵에 수돗물을 가득 받아 소리 내며 마셨다. 꿀꺽꿀꺽, 그 소리까지 성가시다. 내게 마시겠냐고 묻지 않는 걸 보니 내가 목마르다고 한 건 벌써 잊었나 보다.

"오늘 기쿠린이 저녁 먹으러 안 와서 삿산도 젠지 씨도 가네코 씨도 쓸쓸해했데이!"

"가네코 씨도 왔어?"

"왔어, 왔어! 뭐라더라, 오이카와 모터스 앞 쓰레기장에 누가 새끼 고양이를 유기했다고 하데. 무지무지 뿔났어!"

"와, 새끼 고양이. 몇 마리?"

"네 마리! 가네코 씨가 키울 거라데! 오늘도 맥주만 조금 마시고 우유 줘야 한다며 집에 가지 뭐야! 왜 온 기고, 그 아재!"

니쿠코는 취하면 말투가 난폭해진다. 예전부터 그랬다. 화를 내는 건 아니고 그게 니쿠코의 본성일 것이다.

"기쿠린한테 인사해딜라고 했데이!"

"진짜. 나도 만나고 싶다."

가네코 씨는 이상하게 내게 다정하다. 나와 비슷한 다른 또래에게는 보통 엄격하게 대하는데, 내게는 고양이의 발바닥 젤리 냄새를 맡게 해주고 강아지가 하품하는 사진을 보여주기도 한다.

"아아아아, 이제 정신이 드네, 끄윽!"

니쿠코의 트림은 시야가 조금 흔들릴 정도로 대단하다.

"트림했다!"

"그러게."

"끄으윽!"

니쿠코는 텔레비전 앞에 앉아 부채질했다. 부채질 한번 호쾌하다. 부웅부웅 하는 부채 소리와 바람이 여기까지 온다.

여름 이불을 덮고 누워 니쿠코를 보고 있으니까 학교를 땡땡이친 기분이 들었다. 안 간 건 마리아의 집인데, 학교를 쉬고 하루 내내 집에 있었던 것 같은 기분이다.

어둑어둑한 다다미 여섯 장짜리 방에서 텔레비전이 내뿜는 어렴풋한 빛. 이런 밤을 몇 번이나 보냈던가.

"니쿠코."

"으응?"

"불 켜도 돼. 눈 나빠져."

"괜찮다, 괜찮다! 눈 나빠져봤자 그런 자잘한 일, 앞으로는 안 할 거다!"

"자잘한 일?"

"칠판 글을 보거나 영화를 보거나 그런 거? 엄마는 전혀 안 한다!"

"모르지. 니쿠코는 아직 서른여덟 살이니까. 앞으로 또 학교에 갈지도 모르고 영화를 보러 갈 가능성도 있잖아."

"없다, 없다, 없다, 없다, 없다!"

텔레비전에서는 최근 잘 안 보이던 탤런트가 수영복을 입고 스모를 하고 있었다. 다리를 크게 벌리고 넘어지거나, 수영복이 엉덩이 사이에 끼거나 한다. 니쿠코는 동물의 생태를 보는 것처럼 진지한 눈으로 화면을 바라보았다. 아래쪽 속눈썹만 긴 니쿠코의 작은 눈. 이중턱.

"꼭 땡땡이친 기분이야."

"왜?"

"응, 그냥."

"기쿠린은 땡땡이를 전혀 안 치니까!"

오늘 마리아의 집에 안 간 걸 니쿠코는 잊었나 보다.

"엄마는 땡땡이만 쳤는데!"

니쿠코가 내 나이였을 때, 어떤 애였을까. 니쿠코가 숨기는 옛날 사진.

"이 사람, 초등학교 동급생이랑 똑같네!"

니쿠코가 그런 소리를 하더니 털퍼덕 옆으로 누웠다.

"커다라니까 저대로 잠들 거야."

창문에 달라붙은 나방이 알려주었다. 나방은 니쿠코를 아주 커다란 생물이라고 생각한다. 매일 보면서 늘 눈을 휘둥그렇게 뜬다.

"저렇게 몸이 크면 필시 날개도……."

니쿠코는 정말 그대로 잠들었다. 나는 일어나 니쿠코에게 이불을 덮어주었다. 그리고 아까 한 말이 거짓말이 되지 않게 부엌에서 물을 마셨다.

아침부터 이상했다.

평소에는 자리에 앉으면 마리아가 제일 먼저 내 자리로 날아와 어젯밤에 뭘 하고 보냈는지, 반 남자애의 옷차림이 이러니저러니 말하는데, 오늘은 오지 않았다. 모리나 다른 애들과 창가에 뭉쳐 뭔가 대화하고 있다. 종이 울리자 자리에 앉았지만, 그러는 동안 여자애들 사이에서 왠지 모를 불온한 분위기가 팽팽하게 흘렀다.

이런, 싫었다. 역시 내가 안 간 '모임'에서 무언가를 정한 모양이다.

힐끔 모리를 보니, 원래 그런 표정인지 조금 화가 난 것처럼 선생님의 말을 듣고 있다.

1교시가 끝나고 나는 화장실에 갔다. 내가 화장실에 가려는 낌새를 보이면 원래 마리아가 따라왔다. 오늘은 마리아가 따라오길 원하는 건지 아닌지 내 마음을 모르겠다. 결국 마리아는 모리와 다른 애들과 함께 나를 따라왔다.

"기쿠린, 잠깐 괜찮아?"

마리아는 살짝 흥분한 것 같았다. 모리와 아케치, 욧시, 사야카는 마리아의 조금 뒤에서 나를 빤히 쳐다보았다. 개인적으로 거의 대화를 나눠본 적 없다.

그러고 보니 마리아 이외의 애들과 거의 대화를 하지 않았다는 걸 그때 알았다. 대화하기 싫었던 건 아닌데, 전학 온 후로 계속 마리아와 같은 반이었고 나와 다른 애들 사이에 항상 마리아가 있었으니까 내가 직접 모두에게 뭔가 말을 하거나 들은 적이 없었다.

"화장실에서 말하자."

오줌을 못 누게 할 셈인가? 겨우 10분인 쉬는 시간에 전부 말할 수 있을까.

"기쿠린, 가네모토를 어떻게 생각해?"

마리아가 단도직입으로 물었다. 나를 보는 마리아의 눈이 번쩍번쩍 빛났는데, 어딘가 겁에 질린 것처럼 보이기도 했다.

"어떻게라니?"

뭐라고 해야 좋을까. 어떻게 대답해야 잘 빠져나갈 수 있을까. 나는 일단 아무것도 모르는 척 굴기로 했다.

"운동신경이 좋아서 부러워. 나는 구기 종목 이외에는 못 하니까."

"그런 게 아니라, 가네모토를 좋아해?"

정말로 단도직입이다. 마리아도 쉬는 시간 10분이 얼마나 짧은지 잘 알고 있다.

"좋아한다니…… 같은 반이잖아."

"건방지지 않니?"

황당했다. 같은 나이인데 건방지다고 말하다니.

모리를 보니, 부끄러운지 어쩔 줄 모르는 표정으로 나를 바라보고 있었다. 모리도 마리아에게 선동당한 걸 알겠다. 아케치가 모리 앞을 가로막고 나를 빤히 응시했다.

"건방지다고 할 정도로 대화한 적이 없어서."

"농구를 할 때도 팀을 나눠서 고르자고 한 거 가네모토야."

"그랬어?"

모리를 봤다. 내 시선을 눈치채고 마리아가 수습하듯이 덧붙였다.

"모리는 그렇게 고르는 건 싫댔어. 그런데 가네모토가 모리한테 하자고 해서 어쩔 수 없이 한 거야."

"그랬구나."

모리는 시선을 피했다. 당찬 여자애인 줄 알았는데 의외로 약한 면이 있나 보다.

"가네모토는 그런 식으로 반에서 따돌림을 유도해. 같이 농구를 못 하는 애가 가엾지 않니?"

"응…….."

"가네모토는 실력이 아니라 자기 마음에 드는 애만 선택하잖아."

모리도 그건 마찬가지잖아.

"기쿠린도 가네모토 마음에 든 애지."

마음에 든 애라는 말에 화가 났다. 그래도 겉으로는 티 내지 않았다.

"점심시간에 가네모토가 또 농구를 하자고 해도 우리는 거절하기로 했어."

마리아는 마지막 한 방을 먹이는 것처럼 필사적인 표정이었다.

"점심시간에 다른 놀이를 할 거니까 너도 우리 그룹에 들어와. 가네모토는 자기들끼리 알아서 농구를 하면 돼."

모리도 농구를 좋아하지 않나. 모리는 키가 크고 힘이 세서, 모리가 공을 잡으면 빼앗는 게 어려웠다. 그래서 즐거웠다.

"응? 기쿠린. 우리랑 같이 놀자."

마리아가 내 손을 잡았다. 차가운데 축축해서 조금 기분이 나빴다.

"하지만 나는 농구를 좋아해."

내 말에 아케치와 욧시와 사야카가 서로 시선을 교환했다. 그 표정이 '역시'처럼 보여서 나는 비명을 지르고 싶었다.

"기쿠린, 배신하는 거야?"

"나는 농구가 좋을 뿐이야."

"그럼 우리랑 농구 하자."

"농구를 할 거면 다 같이 하자."

"말했잖아? 가네모토 방식으로는 따돌림 당하는 사람이 나와."

지금부터 하려는 일도 결국 따돌림이라고 말하고 싶었지만
역시 말할 수 없었다.

"그럼 팀 나누는 방식을 바꾸자고 가네모토한테 말하면 어
때?"

"가네모토는 절대 들어주지 않을걸. 건방지니까."

그러니까 건방진 게 뭔데.

"기쿠린."

마리아가 절실하게 내 이름을 불렀다.

내가 막 전학 왔을 때 제일 먼저 말을 걸어줬던 마리아가 생
각났다. 지나치게 화사하게 꾸민 애였지만 마리아는 다정했다.
여러모로 나를 돌봐줬다. 가끔은 참견꾼처럼 느껴질 때도 있었
으나 마리아는 진심으로 나를 좋아했다.

"음, 나는 하자고 하면 농구를 할 거야."

결정적인 말이었나 보다. 마리아가 크게 숨을 내쉬었다.

"됐어. 가자, 마리아."

아케치가 처음으로 입을 열었다. 얘는 이런 목소리구나, 이
런 상황인데도 생각했다. 아케치는 웃고 있는 것처럼 보였다.
뭐랑 좀 닮은 것 같은데.

마리아는 나를 가만히 바라보았다. 모리는 고개를 푹 숙였
다. 종아, 울려라, 울려라, 간절히 바랐으나 울리지 않았다. 쉬
는 시간 10분, 생각보다 길다.

"화장실에 가고 싶은데 괜찮을까?"

나는 최대한 부드럽게 마리아의 손을 놨다. 마리아는 화가 난 표정으로 "알았어"라고 대답했다. 어째서일까, 나는 그 말 한마디에 결정적으로 상처를 받았다.

변기에서 흘러가는 오줌은 노랗고 냄새가 났다. 어른의 오줌을 본 적은 없지만, 내 오줌은 너무 어린애 같다. 샛노랗고, 오줌 냄새가 폴폴 나고 혈기 왕성하다.

빨리 이 시기가 끝나면 좋겠다. 빨리, 빨리 어른이 되고 싶어.

생리 같은 건 안 하고 싶어, 어른이 되기 싫어, 이렇게 생각하는 나와 크게 모순된다. 그래도 양쪽 다 진심이다. 둘 다 거짓이 아니다.

어린이의 신이 와서 어린이인 채가 좋은지 물으면 고개를 끄덕일 테고, 어른의 신이 와서 어른이 되고 싶은지 물으면 또 고개를 끄덕일 것이다. 나는 어느 쪽에도 고개를 가로젓지 않을 것이다. 어느 쪽에나 고개를 끄덕이는 것과 어느 쪽에나 고개를 젓는 것은 결국 똑같은 일이지만, 그래도 다르다.

나는 부정을 못 한다. 결정적인 자기 의사를 지녔더라도 겉으로 드러내지 못한다. 전부 받아들이는 주제에 그 전부에서 도망치고 싶다.

마리아는 이제 나랑 같이 집에 가지 않겠지.

점심시간에 평소처럼 가네모토가 교단에 섰다. 굳이 말하지 않아도 여자들은 거기에 모여 늘 그렇듯이 팀을 나눈다. 그런데 마리아와 모리 무리는 가지 않았다.

가네모토를 힐끔 본 마리아 무리는 평소 농구를 하지 않는 여자애들, 교실 구석에서 만화를 그리는 기시, 그림을 구경하는 가와라하고 노우에에게 말을 걸었다.

"같이 놀지 않을래?"

세 사람은 마리아 무리의 제안에 당황했다. 그래도 마리아가 가자면서 팔을 잡아끄니까 얼떨결에 일어났다.

"매번 농구 멤버에 뽑히지 못하는 애랑도 같이 놀아야지."

마리아가 말하자, 날카로운 분위기가 교실 전체를 감쌌다. 조금 늦게 운동장에 나가려던 야나카라는 남자애가 "무서워라, 여자들 싸움이다"라고 중얼거리는 소리가 들렸다.

모리와 마리아 무리는 한동안 문 근처에 서서 자기들 쪽에 올 여자애들을 기다렸다. 가네모토 주변에 모인 여자들은 갑작스러운 일에 옴짝달싹 못 하는 상황이었다.

"안 갈 거야? 정말 괜찮아?"

마리아가 한 번 더 확인하자, 가케이와 스미가 조심스럽게 원에서 빠졌다. 항상 선택받지 못해 코트 밖에서 따분해하며 응원하는 애들이다.

교실에서 나가면서 마리아가 나를 무시무시한 표정으로 노려봤다. 눈앞이 아찔했다.

가네모토와 다른 애들도 당황한 얼굴로 그들을 지켜보았다. 나는 어떻게든 일어나긴 했으나 교단에 가지 않았고, 마리아 무리를 쫓아 복도로 나가지도 않았다. 이도 저도 아니다. 뭐든 지 가볍게 고개를 끄덕였던 내 상태가 결국 이거다.

"팀 나누자."

가네모토는 강하다. 아무 일도 없었던 듯이 군다.

"기쿠린도 할 거지?"

안심했다. 움직일 이유가 생겼다. 나는, 하자는 말을 들었으 니까 한다는 느낌으로 앞으로 나가 모두를 둘러보았다. 농구를 하는 애도 안 하는 애도 어딘지 흥분한 것 같다. 이번 일은 1반 여자들의 대대적인 전환점이다. 나는 최대한 아무것도 모르는 표정으로 교실 바닥을 발로 비볐다.

"뭐니, 쟤들."

호즈미가 말했다. 호즈미는 가네모토가 늘 두 번째로 선택하 는 애다.

"좀 기분 나쁘다."

다른 애들도 둑이 터진 듯이 그렇다고 한마디씩 보태며 가 네모토를 보았다. 가네모토는 마리아 무리가 나간 문을 질리지 도 않고 노려보았다.

그날 처음으로 팀을 가위바위보로 나눴다.

남은 열 명 전원이 농구를 했다.

처음 본오도리를 추러 갔을 때는 놀랐다.

사루 상점가에 야시장이 섰고, 초등학교 운동장 한복판의 벚나무 옆에 높은 망대를 지었다. 또 마을 사람들이 다 왔다.

요코하마나 도쿄에 살 적에도 이런 전통 축제에 갔으나 너무 대규모거나 혹은 너무 소규모였다.

대규모 축제는 도쿄에서 열렸다. 그건 전통 축제 수준이 아니라 공원에서 열리는 페스티벌 같았다. 각국의 사람들이 노점을 냈고, 본오도리를 추는 대신 무대에서 가수가 노래를 부르거나 댄서가 공연했다. 니쿠코는 정신이 아득해질 정도로 긴 노점에 줄을 서서 "뭐가 이래 비싸나!"라고 화를 내며 케밥과 맥주를 샀다.

소규모 축제는 요코하마에 살 적에 근처 절에서 열린 본오도리 행사다. 일단 망대 같은 것이 있긴 했으나 야트막했고, 춤추는 사람도 몇 명뿐이었다. 노점도 다코야키도 금붕어 건지기도 공 건지기도 솜사탕도 있어서 일단 구색은 갖췄는데, 한 바퀴 쭉 돌면 끝이었다.

사루 상점가의 본오도리 행사는 내가 상상한 '본오도리' 그 자체였다.

망대 높이는 벗나무를 넘어설 정도이고 꼭대기에 올라간 아저씨가 큰북을 쳤으며, 망대를 둘러싸고 본오도리를 추는 사람들 원이 세 겹을 이루었다. 망대 위에서부터 전구 장식이 사방으로 뻗어 초록 잎을 단 벗나무까지 감았다. 전구 장식의 노란빛이 춤추는 사람들의 얼굴을 밝히며 아른아른 흔들리니까 커다란 불에 둘러싸인 기분이었다.

노점이 운동장 안에도 섰다. '만두봉'이나 '구운 긴쓰바'* 같은 독특한 음식도 있고, '사과 사탕'이나 '오징어구이'도 당연히 있었으며, 금붕어 건지기나 요요 건지기, 사격에 핀볼까지 왔다.

문 근처에서 추첨권을 100엔에 팔고 있었는데, 사루 상점가의 가게나 마을 사람들이 기부한 전자 제품, 책이나 장난감, 옷, 스쿠터까지 당첨될 가능성이 있었다. 경기가 좋았을 때는 자동차도 있었다고 한다. 당첨되지 않은 추첨권 판매액은 내년 경품에 쓰는 구조였다.

행사에 마을 사람들 전원이 참여하다니 믿을 수 없었다. 본오도리를 보러 가면 이 마을에 어떤 사람이 있는지 파악할 수 있다. 처음 보는 사람도 당연히 있는데, 대부분은 누군가의 지인이거나 아무리 멀어도 지인의 지인이었다.

---

*   밀가루 반죽에 팥소를 넣고 넓적하게 구운 과자.

이 마을에는 도시로 나간 사람이 아주 많지만 남은 사람도 많다. 어업을 잇는 사람도 있고, 공무원으로 일하는 사람, 이웃 마을의 수산물 가공 공장에서 일하는 사람도 있고, 호텔에서 일하는 사람도 있다. 경기는 절대 좋지 않으나, 많은 것을 바라지 않으면 어떻게든 일자리는 있다.

그중에는 도시에서 돌아온 사람들도 있다. 마키 씨도 그런 사람이라고 누군가가 알려주었다. 마키 씨가 도쿄 사람과 결혼했던 건 아는데, 어떤 사람이고 도쿄에서 뭘 했는지는 모른다. 사루 상점가에서 유일하게 도쿄 말씨를 쓰는 마키 씨를 마을 사람들이 어떻게 생각하는지도 모른다.

이곳은 정말 작은 마을이다.

나이 지긋한 아저씨들이 초등학생 시절 이야기를 나누고, 내게는 어엿한 어른으로 보이는 사람이 중학생 시절 선후배 관계를 더없이 중요하게 여겨서 놀랐다. 그들 중에 첫사랑이 있거나 전 부인이나 남편이 있다. 니쿠코처럼 남의 부인에게 엉망진창으로 맞은 사람도 있고, 엉망진창으로 때린 사람도 있다.

어린 시절의 인간관계가 어른이 되어도 이어지는 건 어떤 기분일까?

지금 같은 반 친구와 어른이 된 후에도 이 마을에서 얼굴을 마주하는 걸까. 다들 어른이 되어서도 농구 때문에 벌어진 씁쓸한 기억에 연연할까.

그 사건 이후로 지금까지 우리 반 여자들은 둘로 나뉜 상태
다. 농구를 하는 가네모토를 포함한 우리 그룹과 그림을 그리
거나 외발자전거를 타는 모리와 마리아 그룹이다.

방학식 때도 상대 그룹과는 인사조차 안 했고, 나는 당연히
마리아와 같이 하교하지도 않았다. 두 편으로 갈라진 날부터
마리아는 같은 방향인 기시와 아케치와 어울려 집에 갔다. 질
질다리에서 멈춰 서서 자주 수다를 떨었다.

질질다리에서 대화하는 세 사람 옆을 지나는 건 괴로웠다.
마리아는 나를 봐도 인사를 안 했고, 심지어 갑자기 목소리를
낮춰 셋이서 소곤소곤 뭐라고 속삭였다. 그러다가 내가 지나
가면 큰 소리로 웃었다. 이런 짓을 당할 정도로 내가 나쁜 짓을
했나? 순순히 마리아가 시키는 대로 모리 그룹에 들어가야 했
을까? 심술궂게 구는 마리아가 너무 버거웠다.

그래서 여름방학이라 다행이었다. 누가 놀자고 부르거나 학
교 수영장에 가니까 모두와 만날 때는 있지만, 적어도 매일 학
교에 가지 않아도 된다. 교실 여자들의 그 불온한 분위기를 느
끼지 않아도 되고, 절망한 채로 질질다리를 건너지 않아도 된
다.

나는 여름방학 동안 책을 많이 읽었다. 《여학생》, 《마음》,
《갈매기의 꿈》, 《악동 일기》. 나는 책을 펼치면 그 세계에 간단
히 빠져드는데, 반대로 '이쪽 세계'로는 간단히 돌아오지 못한

다. 특히 바다가 나오는 이야기는 나를 아주 쉽게 사로잡았다.

《갈매기의 꿈》을 읽은 후에는 바다에 가서 마음껏 냄새를 맡고 싶었다. 하늘에서 바다를 향해 떨어져 파도를 때리고, 아슬아슬한 지점에서 선회하고 싶었다. 내게 날개가 없어도 상관없다. 바다 냄새가 어떤지는 나도 안다.

마리아에게 빌린 만화책은 돌려주지 못한 채 계속 책상 위에 놓여 있다.

니쿠코는 본오도리 행사날 하루 전부터 들떠서 진정하지 못했다.

본오도리 행사 당일은 '우오가시'도 쉰다. 마을 사람들 모두 그날에 모든 걸 걸었다. '시게마쓰'도 가게를 쉬고 노점을 내 커피를 판다고 했다. 아니 저기, 차를 파셔야죠.

"기쿠린, 본오도리는 마리아랑 가나?"

니쿠코의 당연한 질문이 괴로웠다. 그래도 나는 아무렇지 않게 대답했다.

"가네모토랑 호즈미랑 리사랑 갈 거야."

원래 알고 있잖아, 라는 느낌으로. 그런데 니쿠코는 솔직하니까 작은 눈을 동그랗게 떴다.

"혜, 걔들은 누꼬?"

나는 '뭐야, 몰랐어?'라는 표정을 지었다.

"농구 같이 하는 애들."

"기쿠린, 친구가 많구나!"

니쿠코가 내 옆구리를 손가락으로 쿡쿡 찔렀다. 우리 둘만 있는데도 왠지 부끄러웠다. 그래서 묻지도 않았는데 "마리아는 다른 애들이랑 가는 것 같아"라고 털어놓았다. 아차, 뭔가 숨기는 것처럼 말해버렸네. 그러나 니쿠코는 손가락을 떼며 "그러나!" 하고 대꾸할 뿐이었다. 당연하겠지만, 1반 여자들의 불온한 기운을 전혀 깨닫지 못했다. 콧노래를 부르며 텔레비전 채널을 이리저리 바꿨다.

니쿠코가 둔감한 사람이라 다행이다. 이것저것 캐물으면 귀찮으니까.

동시에 마음 어딘가에서 지금 내 상황을 알아주면 좋겠다고 바랐다. 니쿠코에게 상담해봤자 달라지는 건 없지만, 이 너무나도 싫은 기분을, 자그마한 절망을 누가 알아주면 좋겠다.

생각해보면, 니쿠코가 그날 마리아 집에 가기 싫으면 안 가도 된다고 말하지 않았다면, 지금 내 상황도 달라졌을지 모른다. 그렇게 생각하자 엉뚱하게도 니쿠코가 원망스러웠다. 어린애 같은 감정인 줄은 아는데, 연신 바뀌는 텔레비전 채널을 보니까 아무것도 모르는 니쿠코가 얄미웠다.

"니쿠코."

"응?"

돌아보느라 니쿠코가 손가락을 멈춘 채널은 수화 뉴스였다. 진지한 표정으로 수화하는 여자를 배경으로 이쪽을 멀뚱멀뚱 바라보는 니쿠코는 왠지 웃겼다. 사실 뭐가 배경이어도 니쿠코는 분명히 웃길 거다.

결국 무슨 말을 하고 싶었는지 흐지부지해졌다. 그래서 니쿠코는 누구와 가는지 물었다.

"삿산이랑 젠지 씨랑, 또 가게의 이런저런 사람이랑 갈 거다!"

소중한 손님을 '가게의 이런저런 사람'이라고 말하는 니쿠코는 강인하다. 이중턱. 웃고 말았다. 니쿠코에겐 아무 죄도 없다.

그날, 니쿠코의 말을 무시하고 마리아의 집에 갔어도 내 상황은 똑같았을 것이다. 가네모토를 버리고 다른 놀이를 하자는 말을 들어도 분명히 고개를 끄덕이지 않았다. 이렇게 되는 시간이 조금 늦춰지고, 여자 화장실에서의 그 시간이 달라졌을 뿐이다. 왜냐하면 나는 누군가를 공격하는 쪽보다 공격당하는 쪽이 좋으니까. 그래야 마음이 편하니까. 너무 비겁한 선택인 줄 알지만, 그렇다고 내가 뭘 할 수 있겠는가.

나는 스스로 뭔가를 정하고 싶지 않다.

수화 뉴스에서 유조선의 전복 사고를 보도했다. 니쿠코는 화면을 보며 심하다고 중얼거렸다.

질질다리에서 마리아 무리와 만나지 않기를 기도하며 집을 나섰다.

밖은 저녁놀이 은은하게 깔렸다. 연보랏빛 구름이 주홍빛 하늘에 떠 있다. 정말 예쁘다. 오늘 아침에 비가 내려서 공기를 씻어주었나 보다. 비치 샌들을 신고 걷는 발소리가 찰팍찰팍 시원하다. 바쁜 도마뱀이 바로 옆을 지나갔고, 나무 위에서는 7년 만에 드디어 지상에 나온 매미가 외쳐댔다.

"오래 기다렸지만 이런 겁니다!"

그들의 생명은 너무도 짧다.

질질다리에는 아무도 없었다. 안심했다. 나는 기뻐서 일부러 천천히, 시간을 들여 다리를 건넜다. 끼익끼익 소리를 들으며, 나는 이 다리를 좋아했었다고 생각했다. 낡은 난간을 쓰다듬는데, 담수에서도 해수에서도 사는 물고기가 수로를 헤엄쳐 지나갔다.

얼마 걷지 않았는데 하늘이 벌써 새빨개졌다.

사루 상점가 입구에 도착하자, 가네모토 무리가 유카타*를 입고 서 있었다.

가네모토는 빨간 달리아 무늬, 호즈미는 연분홍색 소국. 리사의 유카타는 남색 바탕에 금붕어가 헤엄쳤다. 사루 상점가는 한적한 평소 풍경과 달리 활기가 넘쳤는데, 그런 분위기 속에

---

* 목욕 후나 여름, 특히 축제 때 입는 간편한 일본 전통 의상.

서 가네모토 무리가 나풀나풀 헤엄치는 것 같았다.

"어, 기쿠린? 유카타 안 입었어?"

유카타는 없거든.

"응, 그냥 귀찮아서."

"에이, 아깝다. 틀림없이 잘 어울릴 텐데."

"맞아, 어울릴 거야. 기쿠린은 정말 귀여우니까."

"에이, 아니야."

새삼스럽지만 우리 집은 가난하다.

"뭐부터 먹을까?"

다들 익숙하지 않은 유카타 때문인지, 아니면 화려한 상점가 때문인지 잔뜩 흥분했다.

"먹을 걸 정해두지 않으면 너무 배부를 거야."

"그렇지. 빙수는 꼭 먹어야 하고, 라무네도 마시고 싶고, 아, 야키소바도."

"솜사탕은?"

"솜사탕이랑 사과 사탕은 집에 가져가면 되지."

"아, 그러네. 그리고 금붕어 건지기는 꼭 할 거야!"

"하자, 하자. 누가 제일 많이 잡나 경쟁하자!"

나는 모두의 목소리를 들으며 학교까지 이어지는 제등 행렬을 바라보았다. 제등이 동글동글하고 빨개서 통통한 금붕어 같다.

"기쿠린, 뭐 먹고 싶어?"

"어, 다코야키."

순간 대답했다. 제등을 보니까 생각났다.

"그럼 다코야키 먹자!"

가네모토가 내 손을 잡았다. 체온이 어찌나 높은지, 가네모토가 날 많이 좋아하는구나 싶었다.

"아."

우리가 손을 잡고 걷기 시작했는데, 'MUSE'에서 나오는 마리아가 보였다. 도모키 씨에게 머리를 해달라고 했나 보다.

"저기 봐. 마리아야."

호즈미가 고개를 가까이 대고 속삭였다. 여름방학이 시작한 지 얼마 지나지 않았는데 호즈미는 벌써 탔다.

"도모키 씨 가게에서 머리 세팅했나 봐."

"재수 없어."

"아주 우쭐하시겠네."

"혼자인가? 아, 마리아네 엄마다."

마리아는 엄마와 나란히 걸었다. 모리 무리와 왔을 줄 알았는데 아니었나 보다.

"저 허리띠 좀 봐. 너무 화려해!"

"자기가 무슨 공주님인 줄 아나 봐."

"그러니까."

마리아의 유카타는 흰 바탕에 빨강과 분홍 장미 무늬, 허리띠로는 연보라색 얇은 천을 선물상자 리본처럼 돌돌 말았다. 머리카락은 커다란 아이스크림 두 개를 얹은 것처럼 동글게 올렸다.

"바보 같아."

호즈미가 중얼거렸다. 가네모토와 리사도 웃었다. 나는 웃지 않았다. 이도 저도 아닌 표정으로 여전히 제등을 바라보았다. 금붕어 같은 제등을 빤히 바라보고 있었더니 왠지 무서워졌다. 마리아는 우리를 보지 못하고 엄마와 함께 인파 속으로 사라졌다.

문 근처에 추첨권을 사려는 사람들이 줄을 섰다. 올해 1등 상품은 도쿄 디즈니랜드 2인 티켓이었다.

"와, 디즈니랜드 티켓이래!"

"갖고 싶다!"

"기쿠린, 디즈니랜드 가본 적 있어?"

"아니, 없어."

"에이, 도쿄에 살았었잖아?"

"응. 그래도 안 가봤어."

"아깝다!"

새삼스럽지만 역시 우리 집은 가난하다.

나는 디즈니랜드에 가고 싶다고 말한 적도 없고, 그런 생각을 해본 적도 없다. 마리아는 몇 번이나 다녀왔다. 그걸 자랑거리로 삼으니까 다들 미워한다.

"추첨권 사자."

"몇 장?"

"어, 한 명당 한 장이야."

줄을 서서 기다리는 동안 리사가 다른 상품을 소리 내 읽었다.

"2등 페르시아 카펫. 3등 오븐레인지. 4등 닌텐도 Wii. 5등 정원석."

"통일감이 전혀 없네."

"갖고 싶은 거 있어?"

"Wii."

"정원석은 정원이 없으면 의미 없으니까."

추첨권 줄에 마리아도 서 있었다. 다들 수다를 떠느라 바빠서 몰랐는데, 나는 돌아본 마리아와 눈이 마주쳤다. 마리아는 평소처럼 나를 노려보지 않고, 부끄러워하는 것처럼 시선을 피했다. 엄마와 같이 와서 부끄러운가 보다.

추첨권을 사고 운동장에 들어가자, 원을 이루어 춤을 추는 수많은 사람이 눈에 들어왔다. 할아버지, 할머니, 아저씨, 아줌마, 아기를 업은 남자, 화려하게 화장한 여자, 여자애, 남자애, 수많은 사람이 바보처럼 똑같이 움직이며 망대 주위를 빙글빙글 돌았다. 왠지 재미있어서 나도 모르게 웃었다.

"왜? 기쿠린, 왜 웃었어?"

가네모토는 내 변화에 민감하다.

"아니야. 그냥 본오도리가 재미있어 보여서."

"뭐가?"

"그야 똑같이 움직이면서 같은 곳을 빙글빙글 도니까."

"본오도리는 그런 거잖아."

"그래도 재미있어."

"뭐야, 기쿠린은 참 맹하다니까!"

가네모토의 빨간 유카타를 살짝 만졌다. 유카타는 빳빳하고 참 멋졌다.

운동장에 노점이 잔뜩 섰다. 우리는 다코야키를 사서 걸으며 먹었다. 다코야키를 먹었더니 금방 목이 말라서 나와 가네모토는 라무네를, 리사와 호즈미는 빙수를 샀다.

가네모토는 원래 키가 큰데 나막신을 신으니까 더 커 보였다. 나도 키가 크지만 이렇게 사람이 많으면 괴롭다. 우리는 떨어지지 않으려고 또 손을 잡고 걸었다.

"나, 진짜 기뻐."

갑자기 가네모토가 말했다.

"뭐가?"

"너랑 이렇게 친해져서."

축제라서 그러나, 가네모토의 뺨이 발갛게 물들었다. 흥분했다. 하긴, 우리는 어떻게 봐도 사이좋은 친구로 보인다. 손을 꼭 맞잡았으니까.

나는 얼마 전까지 가네모토에 대해서 전혀 몰랐다. 농구를
잘하고 기가 센 여자애 정도로만 알았다. 중학생 오빠가 있는
데 그 오빠도 농구를 하는 것, 개그 방송을 좋아해서 좋아하는
코미디언이 나오면 반드시 녹화하는 것(가네모토는 코미디언을
'코미디언님'이라고 존칭을 써서 불렀다), 초2 때 다래끼가 생긴 것.
전부 다 최근에 알았다.

"지금까지 기쿠린 곁에는 항상 마리아가 있었잖아? 꼭 벽을
세우는 느낌으로. 그래서 친해지고 싶어도 그러지 못했어."

"맞아, 맞아!"

호즈미도 돌아보고 고개를 끄덕였다. 호즈미는 억센 직모여
서 땋은 머리카락이 벌써 풀리려 했다. 머리카락 때문에 어깨
의 소국이 조금 가려졌다.

"그래서 마리아는 짜증 나지만 이렇게 너랑 사이좋아져서
기뻐."

뭐라고 하면 좋을지 모르겠다.

"고마워."

결국 나는 그렇게 대답했다. 부끄러워하며 시선을 피한 마리
아가 생각났으나, 금세 질질다리에서 나를 노려보는 모습으로
바뀌었다. 마리아가 모두에게 미움받는 것은 어쩔 수 없다. 가
네모토와 손을 잡고 있는데, 나는 아까 만졌던 질질다리 난간

의 꺼끌꺼끌한 감촉을 떠올렸다.

"아, 기쿠린!"

니쿠코 목소리가 들렸다. 소리가 난 쪽을 보니 오코노미야키 노점 테이블에서 삿산과 젠지 씨, 가네코 씨와 사토다 씨가 앉아 맥주를 마시고 있었다. 니쿠코가 이쪽을 향해 손을 크게 저었다.

"재밌게 놀고 있나?"

니쿠코는 술을 마셔도 젠지 씨처럼 빨개지지 않는다. 그래도 술에 취했다는 게 바로 보인다. 가느다란 눈이 더욱더 가늘어져서 축 처진다. 입가도 어딘지 단정치 못해서, 그 모습을 보면 거지 같은 남자들을 대하는 니쿠코의 태도가 생각난다.

나는 대답 없이 가볍게 손만 들고 그 자리를 떠났다. 그러느라고 가네모토의 손을 놓았다.

"저 사람, 기쿠린네 엄마지?"

가네모토가 물었다. '수라장'이 있던 이후, 모두가 보여준 표정이었다. 흥미진진한 표정. 나는 불쾌해서 조금 난폭하게 대답했다.

"그런데."

"젊으시다, 엄청."

마음을 써주는 걸까. 가네모토가 내 눈치를 살피며 말했다.

"그런가?"

"젊으셔."

와하하, 웃는 니쿠코의 목소리가 들렸다. 젊다는 건 칭찬이 아니다. 모두의 '평범한' 엄마답지 않다는 뜻이다.

"그래도 안 닮았다."

다들 반드시 하는 말을 가네모토도 했다. 니쿠코의 눈, 가늘고 처졌고 단정치 못하다. 이중턱.

"그래?"

"응. 하나도 안 닮았어."

유카타를 입지 않은 자신이 갑자기 창피했다. 비치 샌들 같은 싸구려 신발, 신지 말 걸 그랬다.

돌아보니 니쿠코는 오코노미야키 노점의 남자에게 맥주를 또 사고 있었다. 남자는 지저분한 금발을 뾰족뾰족하게 세웠다. 아, 니쿠코가 좋아할 타입이다.

"오코노미야키의 맛, 본고장 오사카 사람이 맛보실까!"

"오오, 긴장되네요!"

"맛없으면 돈 돌려주소!"

니쿠코는 아주 흥에 겨웠다. 지금까지 한 번도 집에서 오코노미야키를 만든 적 없으면서. 이런 곳에서 '오사카'를 어필하는 게 너무 한심하다.

"가자."

한 번 떨어진 손은 다시 이어지지 않는다. 가네모토는 그러자고 대답하며 내 뒤를 쫓아왔다.

우리는 금붕어 건지기를 했다. 리사가 1등이었는데 잡은 금붕어는 전부 노점에 돌려주었다.

"고양이가 먹어버리거든."

리사가 고양이를 키우는 것도 오늘 처음 알았다.

사격 게임을 해서 성 프라모델을 받았다. 모두 그걸 보고 웃었다. 오징어구이를 사서 운동장의 그네에 앉아 먹었다. 오사카의 오징어구이는 이렇게 통째로 굽지 않고 달걀과 함께 굽는다고 니쿠코가 말했었다. 당연히 나는 그런 소리를 애들에게 하지 않았다.

"맛있다!"

"진짜."

오징어는 셀 수 없이 먹었는데, 밖에서 먹으니까 더 맛있었다.

모래사장에서 어린애를 데리고 온 가족이 맥주를 마시며 망대를 구경하고 있었다. 맥주는 마셔본 적 없지만 밖에서 마시면 맛있겠지?

"여기에 불꽃놀이가 터지면 최고인데."

"맞아."

다리가 아파서 다들 나막신을 벗은 맨발이었다. 발로 흙을 밟고 "지면이 뭉글뭉글해!" 하고 외쳤다. 맨발로 운동장을 휘적 휘적 걷는 세 사람의 그림자가 칸코 같았다. 유카타 옷자락에 모래가 묻어 지저분해졌다.

"아, 우리 반 남자들이다!"

호즈미가 가리킨 곳에 반 남자들이 있었다. 정글짐에 올라가 색이 화려한 빙수를 먹고 있었다.

"어!"

남자도 우리를 보고 반응했다.

여름방학이 시작하고 얼마 지나지 않았는데 학교 밖에서 남자와 만나면 왠지 부끄럽다. 남자들도 그렇겠지. 평소처럼 얄미운 소리를 하지 않고 말똥말똥 이쪽을 바라보았다.

"뭐 먹어?"

호즈미가 과감하게 물었다. 딱 보면 일목요연하게 빙수이다.

"빙수!"

그래도 남자는 성실하게 대답했다. 기뻐한다.

본오도리의 노래가 바뀌었다. 이 노래는 '도쿄온도'다.* 땀범벅이 되어 원에서 나오는 사람, 원에 들어가는 사람으로 운동장에 파도가 생겼다. 전구로 장식된 벚나무가 평소보다 커 보여서 조금 무서웠다.

"좀 주라!"

---

* 1930년대쯤 유행한 민요풍 노래. 본오도리의 대표적인 노래다.

"이쪽으로 와!"

"너희가 와!"

다들 부끄러워서 키득키득 웃었다. 야나카가 나를 빤히 쳐다봤다. "무서워라, 여자들 싸움이다"라고 외친 애였다. 나와 마리아가 같이 있지 않은 걸 어떻게 생각할까. 어째서인지 갑자기 야나카에게 화가 났다. 무사태평한 녀석.

야나카에서 시선을 떼는데, 정글짐 너머로 니노미야가 걸어가는 모습이 보였다.

"아."

니노미야 옆에는 사쿠라이와 마쓰모토도 있었다. 저 둘도 오랜만에 보는 것 같다.

"아, 사쿠라이랑 마쓰모토네."

리사가 말했다. 리사는 약간 사시다. 나를 보는데도 어딘가 건성인 것 같다.

"저 두 사람, 기쿠린을 맨날 보러 오지. 알고 있어?"

"알아!"

다들 흥분했다. 마쓰모토와 사쿠라이가 소리를 듣고 이쪽을 봤다. 혼자 유카타를 입지 않고 비치 샌들을 신은 나를.

"미스지네."

나는 니노미야를 보고 있었다.

하아아아아, 춤을 추려거든, 이리 온 도쿄온도, 좋구나 좋아

나는 디즈니랜드에 가본 적도 없고 도쿄온도에 맞춰 춤을 춘 적도 없다.

도쿄에서 나는 뭘 했더라.

"봐, 저 둘 또 기쿠린을 본다."

리사가 속삭였다. 리사의 혀는 멜론 빙수 때문에 예쁜 초록색이었다.

니노미야가 이를 드러내고 눈을 부릅떴다. 노란빛을 받아 니노미야가 작은 요괴처럼 보였다.

좋구나 좋아

바다에서 물고기를 찾을 때였다.

그녀 눈앞에 정어리 떼가 있다. 번갈아 가며 정어리 떼로 돌진해 어지럽게 만들어 무리에서 떨어져 나온 정어리를 동료가 잡는다. 배를 채우면 순서를 교대한다. 저 멀리 고래도 보였지만 이쪽으로 다가오지 않았고, 애초에 고래는 적이 아니다.

무서운 것은 상어다. 바로 눈앞에서 죽어가는 동료를 그녀는

몇 번이나 목격했다.

그녀는 1년 정도 무리에서 떠났다가 어른이 되어 동료와 함께 고향에 돌아온 어린 암컷이다. 정어리 떼는 그녀 앞에서 빙글빙글 선회했다. 돌진하면 빠르게 길을 열어주지만 금세 한 덩어리로 뭉친다. 마치 한 마리의 거대한 생물 같다.

그녀가 정어리를 몇 마리 삼켰을 때, 갑자기 눈앞이 깜깜해졌다.

수많은 위험을 겪어온 그녀지만, 불길한 예감에 사로잡혔다.

그녀가 아는 바다는 적이 많고 살육이 벌어지고 어둠이 있으나, 절대 새까매지지는 않았다.

지금 바다는 너무도, 너무도 새까맸다.

무거운 날개를 펼쳐 위로 올라가자, 해수면에 까만 덩어리가 보였다. 다가가 보니, 동료가 뭉쳐서 둥둥 떠 있었다. 마음이 놓였는데, 해수면으로 고개를 내밀었더니 저 멀리 본 적 없는 거대한 배가 왼쪽으로 기울어졌다. 배가 바다에 새까만 무언가를 흘렸다. 그녀가 지금까지 본 것 중에 가장 불길하고 무시무시한 광경이었다.

동료들이 놀라서 서로를 깨물거나 바다에 잠수해 사방으로 날았는데, 잠시 후 한 마리가 괴로워하기 시작했다. 까만 물을 마셔서 그런다고 누군가 외쳤다. 까만 물을 마시면 안 된다.

한 마리가 괴로워서 바둥거리다가 죽었다. 한 마리가 죽고,

또 한 마리가 죽었다.

그녀는 무서워서 벌벌 떨며 동료를 따라 해변을 향해 전속력으로 헤엄쳤다. 날개가 무거웠다. 바다가 까만 물로 뒤덮였다. 많은 물고기와 새, 게다가 그토록 강한 상어의 사체를 봤다. 냄새가 지독했다,

죽을 둥 살 둥 도착한 해변에도 수많은 사체가 굴러다녔다. 동료도 있고 적도 있고 새도 있고 물고기도 있다. 며칠 후에는 거대한 고래 사체가 올라왔다.

그녀의 몸은 까만 물로 더러워졌다. 그것이 그녀의 체력을 빼앗아갔다. 그래도 바로 직전에 정어리를 양껏 먹어둔 덕분인지, 그녀와 동류는 해변에서 살아남았다.

거기에 인간이 왔다.

인간을 처음 보는 것은 아니었다. 인간 중에는 해를 가하는 자도 있지만, 대부분은 멀찌감치 떨어져서 자신들을 지켜볼 뿐이었다.

그런데 이번에는 달랐다. 인간은 그녀와 동료를 잡으려고 했다. 그녀와 동료는 도망쳤으나 육지에서는 인간이 유리했다. 그녀와 동료는 금세 붙잡혔다. 거대한 우리에 갇혀 그대로 트럭 짐칸에 쌓였다. 정신을 차렸을 때는 작은 방에 있었다.

우리 문을 연 인간을 그녀는 죽을 기세로 공격했으나, 인간은 그녀의 부리를 밧줄로 묶고 두 명이서 덤벼들어 안았다. 까

만 물이 묻은 몸으로는 원하는 대로 움직일 수 없었다.

인간은 그녀를 거품 가득한 욕조에 넣었다. 위에서 물을 뿌리고 그녀의 몸을 브러시로 벅벅 닦았다. 그녀는 무서워서 기절할 것 같았는데, 한편으로는 몸이 점점 가벼워지는 느낌도 받았다. 완전히 원래대로 가벼워졌을 때, 인간은 그녀를 안고 뭐라고 말했다. 이어서 부리의 밧줄을 풀고 그녀를 다른 방에 데려갔다.

그곳에는 본래 모습을 되찾은 동료가 있고 물이 있고 육지가 있었다. 동료들은 통에 가득 든 정어리와 청어를 먹고 있었다. 정어리도 청어도 이미 죽었으나, 배가 고픈 그녀는 정신없이 먹었다. 이어서 동료들과 물에서 헤엄치다가 지쳐서 잠들었다.

그곳에서 얼마나 생활했을까. 그녀들은 다시 우리에 들어가 트럭에 실렸다. 트럭 안은 어둡고 너무 오랜 시간 흔들렸지만, 무섭지 않았다. 바다 냄새가 났기 때문이다.

트럭에서 내려 그녀가 본 것은 역시 바다였다. 그러나 그녀와 동료들이 살던, 가족이 기다리는 그 바다는 아니었다. 인간이 아주 많았고 차가 있었고 짐이 있었다. 무엇보다 그 '배'가 있었다.

그래도 그 '배'는 바다를 새까만 물로 바꿨던 배와는 달랐다. 배는 조용하고 평온했다. 그녀와 동료들은 배에 실려 길고 긴, 정신이 아득해질 정도로 긴 여행을 했다.

그녀는 어느 시설에 도착했다. 거기에 동료들이 있었다. 거대한 상어와 쥐가오리에 개복치, 해파리와 거미게도 있었다. 시설은 컸고, 그녀와 동료들이 살 수조도 아주 컸다. 그녀는 때때로 수조에서 나와 돌고래가 있는 물에서 물놀이를 했다. 돌고래는 아주 현명하고 인간을 잘 따랐다.

몇 년을 거기에서 살았다. 그녀는 젊고 건강한 암컷이었으나 새끼를 낳지 못했다.

작별은 갑작스러웠다. 또 트럭이 온 것이다. 동료들은 그녀를 위해 울었고, 시설 인간은 더 크게 울었다. 수조를 떠날 때, 인간은 그녀를 안았다. 인간에게 안긴 것은 두 번째였다.

그녀는 다시 긴 여행을 했다. 그때는 이미 흔들리는 트럭에 익숙해졌다. 트럭이 도착한 곳은 추운 땅이었다. 그녀는 추위에 익숙하지 않았는데, 운반된 시설은 따뜻했다. 이전 시설처럼 동료가 있는 곳은 아니었다. 거대한 상어도 쥐가오리도 개복치도 없었다.

그래도 정어리가 있었다. 아주 큰 떼가 커다랗게 소용돌이를 이루며 헤엄쳤다. 때때로 회전에서 튕겨 나온 한 마리가 둥둥 물속을 떠다니는 모습을 보며 그녀는 생각했다.

정어리 떼로 돌진하고 싶다. 정어리를 추격하고 정어리가 내주는 길을 지나며 동료를 배불리 먹이고, 자신도 먹는 것이다.

그러나 이미 동료는 없다.

그 시설에서 그녀는 수조에 있어도 좋고 밖에 나와도 좋았다. 인간이 대거 몰려올 때도 있고, 아무도 없을 때도 있었다. 그럴 때가 더 많았다.

새로운 시설의 인간은 그녀에게 이름을 붙였다. 때때로 그녀의 머리를 만지고 몸을 씻겨주었다.

그녀의 몸은 씻으면 물을 튕겨내며 청결하게 반짝였으나, 그녀는 잊지 않았다.

무시무시한 그 새까만 물을 절대로 잊지 않았다.

여름방학 내내 수족관은 한산했다.

내가 언제 가도 칸코는 유유자적 관내를 돌아다녔고, 칸코의 움직임을 방해하는 사람은 아무도 없었다. 접수 아저씨는 나를 기억해서, 가끔은 쉿 하면서 돈을 받지 않고 들여보내 주었다. 철저하게 애 취급하는 아저씨였다. 나는 아저씨 앞에 가면 늘 고맙습니다아 하고 큰 소리로 인사했다.

수족관에는 늘 혼자 갔다. 니쿠코는 '우오가시'로 바쁘고, 가네모토나 리사에게 가자고 하기는 싫었다.

나는 조금 떨어진 곳에서 칸코를 보고, 가끔 머리나 몸을 쓰다듬었다. 칸코의 머리는 여전히 꺼끌꺼끌했고, 수조의 푸른빛을 받아 희미하게 빛났다.

칸코는 때때로 정어리 수조를 물끄러미 쳐다보았다. 칸코의

먹이는 정어리다. 그러나 수조 속 정어리와 자기 먹이를 연결
해서 생각할 수 있는지는 모르겠다.

"칸코는 아프리카에서 왔어."

직원이 가르쳐주었다. 아프리카에도 펭귄이 있다니 놀랐다.
남극이나 북극 같은 추운 곳에만 사는 줄 알았다.

"이제 나이가 아주 많은 할머니야."

칸코는 계속 혼자일까. 자기가 펭귄인 줄 알고 있을까.

"칸코."

내가 불러도 칸코는 펭귄다운 대답을 하지 않는다.

그저 물끄러미, 회전하는 정어리를 바라본다.

여름방학이 끝날 때쯤 젠지 씨가 '야마토마루'에 태워주었다.

어선은 물론이고 배에 타는 것 자체가 처음이어서 흥분했다.
타기 전에 배가 나오는 소설을 읽어두려고 책장을 살폈다.《게
잡이 공선》이 보였는데 첫 페이지를 읽고 왠지 싫은 예감이 들
어 그만두었다.

어쩔 수 없이 나는 한 번 읽은 《노인과 바다》를 읽었다. 두
번째 읽는데도 처음 읽었을 때처럼 커다란 청새치와 혼자 격전
을 벌인 기분이라 아주 진이 빠졌다. 매일 책을 덮으면 곧바로

잠들어서 각종 무거운 것을 옮기는 꿈을 날마다 다르게 꿨다.

그래도 당일 아침에는 배를 탄다는 흥분에 저절로 눈이 떠졌다. 니쿠코는 옆에서 평소의 "대그으윽" 중이다. 니쿠코는 차멀미가 심하니까 배는 타지 않겠다고 했다. 신칸센에서 도시락을 네 개나 먹어 치운 과거는 뭐였지?

야마토마루는 오전 중에는 항구로 돌아온다. 젠지 씨와 '우오가시'에서 만나 점심을 먹은 후에 타기로 했다. 시계를 보니 아직 7시였다. 나는 기다리느라 애가 타 아침의 항구에 가보기로 했다.

조심해서 문을 열자 니쿠코가 "응그?" 하고 소리를 냈으나 깨지 않았다.

비치 샌들을 신고 마당으로 나갔다. 어젯밤에 비가 왔는지 흙이 촉촉하고 부드럽다. 쪼그려 앉아 냄새를 맡아보니 물에 젖은 꽃잎 냄새가 났다.

항구에 도착할 때까지 매미 허물을 세 개나 발견했다. 작년에는 그걸 모아 럭비처럼 스크럼을 짜며 놀았다. 매미 허물은 사체가 아니다. 그래도 힘을 주면 간단히 부서진다.

세 개의 매미 허물을 발로 밟아 뭉갰다. 그걸 본 갈매기가 하

---

* 일본의 프롤레타리아 작가 고바야시 다키지의 대표작으로, 1926년 홋카이도 게잡이 공선에서 실제로 일어난 조난 사건과 어부 학대 등을 취재해 다룬 작품이다.

늘에서 "경계를 넘어라!" 하고 울었다.

세쌍둥이 노인은 벌써 앉아 있었다.

평소처럼 독한 담배를 피우며 가만히 바다를 보고 있다. 오늘 바다는 '착한 바다'였다.

항구에는 밤에 고기잡이를 갔다가 벌써 돌아온 배가 몇 척 있었고, 어부와 그 부인이 배에서 생선 담긴 파란 상자를 운반하고 있었다.

그들의 표정을 보고 상자가 꽉꽉 채워진 것을 알았다. 생선이 펄떡펄떡 뛰어 몇 마리인가 상자에서 튀어나왔다. 아침 해를 받아 비늘이 반짝였다. 무뚝뚝한 고양이늘이 이런 때만큼은 애교를 부리며 생선을 달라고 졸랐다. 어디에 이렇게 많이 있었나 싶게 고양이들이 계속 나타났다.

세쌍둥이가 피우는 담배 연기가 하늘에 녹았다.

고양이들은 연기가 나는 줄 모르는지 생선을 열심히 먹느라 바빴다.

숯 같은 까무잡잡한 피부에 새겨진 주름은 아주 깊어서 역시 나무 같다.

"뒤에서 자루를 덮어씌운대."

"그대로 억지로 배에 태워서."

"말도 못 나누게 하고."

세쌍둥이는 울고 있었다. 밤에만 우는 줄 알았는데.

항구와 해변을 거닐다가 사라진 사람이 있다고 수업 시간에 배웠다. 도쿄에서도 그런 뉴스를 본 적 있는데 도무지 감이 안 잡혔다. 배에 납치를 당해 바다를 건너 모르는 나라에 끌려간 다니, 옛날이야기 같다.

세쌍둥이는 무슨 생각을 할까.

둑까지 가서 바다를 구경했다. 철썩철썩, 콘크리트에 파도가 닿아 바닷물 냄새가 강렬하게 났다. 물고기가 떠다니는 줄 알 았는데 익사한 쥐였다.

'계절 가정요리 세쓰'를 보니, 간판과 기둥이 썩어 문드러진 채 고요했다. '우오가시'도 '나미'도 고요했다. 안에는 또 쥐들 이 잔뜩 있겠지. 죽는 곳과 사는 곳이 이토록 가깝다.

꼬르륵, 배에서 소리가 났다. 너무 소리가 크다. 나는 부끄러 워져서 집으로 달려갔다.

니쿠코는 아직 자고 있었다.

식빵 두 장을 꺼내 토스터에 넣었다. 냉장고에서 마가린과 치즈를 꺼내고, 분말 커피에 더운물을 부었다. 역시 아직 블랙 커피는 못 마시겠다. 죄책감 비슷한 기분을 느끼며 설탕, 그리 고 우유를 잔뜩 넣었다. 컵에서 올라오는 김이 금세 기운을 잃 었다. 나는 미지근한 커피 우유를 마셨다.

아침밥을 먹고 한숨 더 자려고 했으나 잠이 올 것 같지 않았다. 나는 세면대 거울을 보며 니노미야의 표정을 따라 지었다. 입술을 쭉 내밀고 눈을 부릅뜨고 입을 크게 벌리고 이를 드러 냈다.

한번 해보았더니 기분이 좋다는 걸 알고, 매일 하고 있다. 물론 니노미야처럼 다른 사람이 있는 곳에서 하진 않는데, 이렇게 거울에 대고 얼굴을 마음대로 움직이면 머리가 상쾌해지는 것 같고 코가 뻥 뚫려서 공기가 통하는 것 같으니까 신기하다.

니노미야와는 본오도리 행사 이후에도 만났다.

요시토쿠에 우유를 사러 갔을 때, '몽키매직'의 원숭이 우리 앞에 니노미야가 서 있었다. 상점가는 복작복작했던 축제가 끝나 평소의 한적한 상점가로 돌아왔다.

원숭이는 사나웠다. 사람이 들여다보면 우리를 흔들며 이빨을 드러내고 으르렁거린다. 가네코 씨와 '몽키매직' 주인은 당연히 사이가 나쁘다. 가네코 씨는 우리 환경이 열악하다며 화를 내고, '몽키매직' 주인은 너도 생물을 우리에 넣어서 팔지 않느냐고 받아친다. 진전 없이 대립하다가 가네코 씨가 '몽키매직' 앞을 지나지 않겠다고 선포했다.

"저 눈은 보기 괴로워. 게다가 인간을 전혀 신용하지 않잖아."

나도 '몽키매직'의 원숭이를 보면 안쓰러웠다. 사람을 보면 무시무시한 표정으로 우리에 몸을 부딪치며 위협한다. 그렇게 좁은 우리는 아닌데 원숭이에게는 엄청난 스트레스인가 보다.

니노미야는 통행인이 접근해도 되는 아슬아슬한 지점까지 원숭이에게 다가갔다. 원숭이가 묘한 표정을 지으니까 니노미야도 틀림없이 이상한 얼굴을 할 줄 알았는데 그러지 않았다.

"니노미야."

처음으로 이름을 불렀다. 그래도 긴장하지 않았다. 나는 니노미야를 아주 예전부터 아는 사람처럼 여겼다.

"미스지."

니노미야가 내 이름을 부르는 것에는 놀랐다.

"나를 알아?"

"알지."

"뭐해?"

"원숭이를 봐."

"흐응."

"너는?"

"우유 사러 왔어."

"그렇구나."

거기서 대화가 끊겼다. 그래도 나는 자리를 뜨지 않고 니노미야 옆에 서서 원숭이를 가만히 구경했다. 학교 애가 지나가지 않기를 바랐으나, 한편 지나가도 무슨 상관인가 싶었다.

"캬아아아아아악, 끼이이이이이이익!"

원숭이는 역시 이빨을 드러내며 공격하려고 했다. 너무 시끄러우니까 안에서 '몽키매직' 주인이 고개를 내밀었다.

"어이, 살 생각 없으면 그만 가라. 원숭이가 흥분하잖아."

그럼 왜 가게 앞에 우리를 두는 건데 싶었다. 그래도 말하지 않았다. 니노미야도 말이 없어서 우리는 우물쭈물 우리에서 멀어졌다.

"전에 버스에서도 만났지."

"응. 만났어."

니노미야도 나를 봤구나. 그때는 알아보지 못한 줄 알았다.

"수족관에 갔었지."

"응."

"그 사람, 엄마?"

"맞아."

"안 닮았네."

"응."

이상하게 다른 사람이 말하면 창피한 이야기도 니노미야가 하면 창피하지 않았다. 니노미야의 이상한 얼굴을 봤으니까. 창문에 축축하게 달라붙은 니노미야의 침을 봤으니까.

"너는 어디 갔었어?"

"나는 고토부키 센터."

내 확신이 맞았다. 니노미야는 다음 정거장에서 내릴 거라고 짐작했다. 이유는 모르지만.

"뭐 하는 곳이야?"

"잘은 몰라."

"너는 뭐 했어?"

"모형을 만들었어."

"모형?"

"응. 집이나 배나 성."

"왜?"

"부모님이 하라고 하니까."

"모형을 만들라고?"

"응."

"왜?"

"아마 나는 뭔가에 집중해야 하나 봐."

"그래서 모형?"

"응."

"왜?"

"모형이 아니어도 괜찮아, 집중만 할 수 있으면. 그래도 나는 모형 만드는 게 제일 재미있어."

"그게 아니라 왜 집중해야 하는데?"

"아, 그거. 너, 나를 알잖아?"

그때 처음으로 니노미야의 얼굴이 확실하게 보였다. 눈빛이 어두워 보이는 이유가 뚜렷한 이목구비 때문인 것을 알았다.

니노미야의 눈썹과 눈이 아주 가까워서 눈 주변에 그림자가 생겼다.

"내가 얼굴을 움직이는 거."

이상한 표정을 짓는 것을 '얼굴을 움직이는 거'라고 표현하는 게 재미있었다. 마치 '몸을 움직인다' 같은 표현이다.

"알아. 입을 쫙 찢거나."

"응."

"아까도 원숭이를 보면서 그렇게 할 줄 알았어."

"아니, 그때는 원숭이한테 집중했으니까."

"무언가에 집중하면 이상한 얼굴을 안 해?"

"역시 이상하다고 생각했구나."

"생각하지. 그야 이를 드러내거나 눈을 부릅뜨니까. 병이야?"

"모르겠어. 그래도 나는 멈출 수가 없어."

"얼굴 움직이는 거?"

"응. 다들 이상하게 보는 걸 아는데도 갑자기 얼굴을 막 움직이고 싶어져."

"그렇구나, 이상한 표정을 짓는 게 아니었네."

"갑자기 막 뛰고 싶을 때 있지? 그것처럼 얼굴을 움직이고 싶어서 미치겠어."

"오호라."

"특히 다른 애들이 있어서 보이면 안 된다고 생각하면 더."

"다른 애들도 본 적 있구나."

"있어. 그래도 너처럼 빤히 본 애는 없어."

"그래도 얼굴이 대단했는걸."

"이상하다고 생각했지."

"으음."

"신경 쓸 거 없어. 부모님도 그렇게 생각하니까 모형을 만들라고 하는 거야."

"역시 병이네."

"스스로 멈출 수가 없어서."

니노미야는 그렇게 말하면서도 전혀 괴로워하지 않았다. 다소 불합리한 일을 떠맡은 어른처럼 담담하게 자기 '현상'을 설명했다. 그래서 신기했지만, 기묘하다고 생각하진 않았다. 니노미야는 그런 애일 줄 알았다. 이상하게도 역시 니노미야를 예전부터 아는 사람처럼 여기게 된다.

우리는 벌써 사루 상점가 끝까지 도착했다. 평소에는 열쇠가게 앞에서 마키 씨가 있는지 들여다보는데 오늘은 그러지도 않았다.

"우유 상한다."

니노미야가 말했다. 나는 손을 흔들고 떠났다.

그 후로도 니노미야와 만났다.

약속한 것은 아닌데 어떤 예감을 느껴 사루 상점가에 가면, 니노미야가 원숭이 앞에 서 있었다. 니노미야도 점차 나를 기다리기 시작했다. 내가 다가가면 특별히 인사를 하진 않아도 오오 하고 건성으로 말을 건다.

니노미야와의 만남은 사루 상점가를 걷는 고작 몇 분이다. 이 지역에서 가장 번화한 곳을 남자와 둘이 걷는 것은 아주 위험하다. 그래도 질질다리에서 이야기하거나 나아가 에로 신사에서 이야기하는 것보다는 낫다. 사루 상점가라면 만약 누가 보더라도 우연히 만났다고 둘러댈 수 있다.

"언제부터 그랬어?"

"얼굴 움직이는 거?"

"응."

"몰라. 어느새 하고 있었어. 나보다 먼저 부모님이 이상한 걸 알아차렸어. 부모님이 걱정하는 표정을 보면 이상하게 더 하게 돼. 이상해 보이니까 하면 안 되는 줄 알면서도."

"그렇구나."

"다들 그러는 줄 알았어. 얼굴을 움직이는 게 당연한 줄 알았어. 그런데 아니더라."

"대충 무슨 기분인지는 알겠어."

그때 나는 이미 집에서 매일 니노미야를 따라 이상한 표정을 짓고 있었다.

"얼굴 움직이는 거 기분 좋더라."

"기분이 좋고 말고 그런 문제가 아니야. 그냥, 하지 않으면 진정이 안 되는 거야."

"그렇구나. 나는 그렇지 않은데."

"역시 이상한가. 숨겨야 하나."

"음, 어떨까."

"너는 날 보고 어땠어? 이상하거나 기분 나쁘다고 생각했어?"

"기분 나쁘다고 생각하진 않았는데 솔직히 놀랐어."

"그래?"

"그야 버스에서 창문을 핥았잖아."

"아, 그것도 봤지. 맞아, 그때는 네가 있는 줄 알면서도 꼭, 죽어도 창문을 핥고 싶었어."

"참지 못하는구나."

"그렇다니까. 아이고, 역시 병인가."

니노미야는 아이고라고 하면서도 풀 죽은 표정이 아니었다. 늘 차분하게 말하니까 니노미야에게 '안 하면 못 참을' 정도의 정열이 있는 것 같지 않다.

"잘 가."

"응."

우리는 아무리 재미있게 대화를 나눠도 반드시 사루 상점가

끝에서 헤어진다.

사실은 '야마토마루'에 같이 타지 않겠느냐고 니노미야에게 말하고 싶었다. 모형과는 다르지만 배를 타는 것도 무언가에 집중할 좋은 기회라고 생각했다. 그러나 결국 니노미야에게 말하지 못했다.

니노미야는 늘 자기 이야기만 하고 내게는 아무것도 묻지 않았다. 너도 혹시 고민이 있는지 슬쩍 물어봐주면, 마리아 일이나 1반 여자들의 상황 같은, 아무도 모르는 일을 말해도 좋다고 생각하고 있었는데.

배에서 보는 바다는 파랬다. 몹시도.

파란 줄 원래 알고 있었는데, 매일 보는 바다인데도 정말 파랗다고 감탄하며 나는 탄성을 질렀다. 젠지 씨는 최대한 속도를 내주었다.

하얀 물방울이 탄환처럼 튀어 허공에서 동글게 뭉쳤다. 한 바퀴 활 모양을 그리는 사이 배는 이미 거기에 없으니까, 원래 물방울 대신 다른 물방울이 우리 위로 떨어졌다. '야마토마루'에서는 생선 냄새가 심하게 났는데, 바닷물 냄새와 뒤섞였다.

젠지 씨는 뱃멀미를 전혀 하지 않는 나를 대단하다고 했다.

나는 정말 아무렇지 않았다.

배는 커브를 꺾으면 크게 기운다. 파도 위에서 날아간다. 위장이 붕 뜨는 감각이 있었지만 괜찮았다. 파란색이 점점 더 새파래졌다. 파란색이 어떤 색이었는지 까먹을 정도로 새파랬다.

"기래, 저기만 색이 다르지. 갑자기 깊어지는 데야."

얼굴에 물방울이 떨어졌다. 놀랄 만큼 차갑다.

"바다의 도랑이지."

나는 그때 눈을 감고 있었다. 그래도 젠지 씨에게 알겠다고 대답했다. 바다의 도랑. 쥐는 분명히 여기까지 헤엄치지는 못하겠지.

젠지 씨가 태워준 건데, 나는 어느새 혼자 바다에 나왔다고 느꼈다.

혼자서 배를 조종해 전속력으로 여기까지 온 것 같았다.

가을 기운이 돌면 니쿠코는 눈에 띄게 살이 불어난다.

식욕의 가을을 이토록 체현하는 사람을 나는 달리 모른다. 수업 중에 군고구마 트럭이 지나갈 때마다 나는 니쿠코를 생각한다.

부엌에 니쿠코가 사 온 고구마가 산더미처럼 쌓여 있다. 니쿠코는 전자레인지로 찐 고구마와 요시토쿠에서 파는 냉동 고기만두에 푹 빠져서 심심하면 그것들을 먹는다. 집에 있으면 전자레인지의 삑 소리를 몇 번이나 듣는다.

"기쿠린은 독서의 가을! 엄마가 들어갈 틈이 없으니까 엄마는 식욕의 가을!"

"별로 정원이 정해진 것도 아닌데."

"계곡(谷)이 이지러진다(欠)고 써서 욕심(欲)이라고 하제!"

"예술의 가을이라는 장르도 있어."

"……앗."

"니쿠코, 방귀 뀌었지."

"미아안!"

니쿠코는 고구마를 먹으면 꼭 방귀를 뀐다.

몸 구조도 알기 쉽다.

2학기가 시작된 후로 나는 니노미야와 말을 나누지 않았다.

니노미야가 2반인 줄은 알고, 지금도 사쿠라이와 마쓰모토와 어울려 우리 반에 찾아온다.

사쿠라이와 마쓰모토는 우리 반 남자에게 용건이 있는 척을 한다. 니노미야는 그 뒤에서 여전히 어두운 얼굴을 하고 서 있는데, 나를 보지는 않는다. 그래서 나도 니노미야를 보지 않으려 한다.

세 사람이 교실에 오면 리사와 호즈미가 기뻐한다.

"아, 저 두 사람, 또 기쿠린을 보러 왔어."

그러나 니노미야의 존재를 깨닫지 못한다.

나는 가끔 니노미야도 유령이 아닐까 생각한다.

사쿠라이와 마쓰모토와 왜 항상 같이 있는지 모르겠다. 나는 두 사람과 니노미야가 대화하는 모습을 본 적이 없고, 애초에 니노미야가 누군가와 말하는 모습을 본 적이 없다.

모두 니노미야가 보이긴 할까. 저렇게 얼굴을 움직이는 니노미야를 아무도 보지 않는다니 이상하다. 그러고 보니 마리아도 사쿠라이와 마쓰모토 이야기를 한 적은 있어도 니노미야 이야기는 거의 안 했다. 지금은 마리아가 누군가의 이야기를 하는 것을 들을 수도 없다.

2학기가 시작되자, 마리아가 왜 엄마와 본오도리 행사에 왔는지 알 수 있었다.

마리아는 모리 그룹에서 쫓겨났다.

원래 모리와 가네모토는 사이가 나쁘지 않았다. 그저 둘 다 반에서 중심적인 존재였고 농구도 비슷하게 잘하니까 자연스럽게 나뉘었을 뿐이다. 마리아는 그 점을 파고들었다.

마리아는 자기를 절대 고르지 않는 가네모토에게 화가 났고, 골라줘도 네 번째 정도의 위치를 주는 모리도 별로 믿지 않았다. 그래서 둘 사이를 찢어놓고 자기가 여자 중에 우위에 서야 겠다고 생각했다.

아케치가 호즈미에게 그런 이야기를 해주어서 나도 들었다.

결국, 모리 그룹과 가네모토 그룹은 원 상태를 회복했다. 반에서 유일하게 고립된 사람은 마리아였다.

마리아는 모리 그룹과 놀기 시작하면서 내 험담을 일부러 더 했다고 한다. 배신자라느니 우쭐거린다느니.

그 이야기를 들었을 때는 충격을 받았지만 예상은 했다. 다만 그걸 좋다고 보고하러 온 아케치를 나는 신뢰할 수 없었다.

아케치 역시 질질다리에서 마리아와 함께 나를 비웃었으면서.

마리아가 미움받는 건 어쩔 수 없다. 마리아는 뭐든 제가 원하는 대로 하려고 들고 너무 급진적이고 무엇보다 심술궂다. 나를 노려보는 마리아의 눈을 나는 잊지 못한다.

그래도 아케치 무리가 마리아를 따돌리는 것은 도리에 어긋난다. 마리아와 놀지 않는다고 굳이 가네모토 그룹과 친해질 이유가 어딨지?

우리 반 여자들은 불온한 분위기 속에서 각자 나름대로 불안했을 것이다. 그러다가 마리아라는 공통의 적을 발견해 마음을 놓은 것이다.

나도 마리아가 어떤지 차마 살펴볼 수 없었다.

내심 마리아가 도와달라고 하면 어쩌나 걱정했다. 귀찮아지는 건 질색이다.

그런데 마리아도 나를 보려 하지 않았다. 나를 노려보고 험담했던 과거를 없었던 일로 할 수 없었을 터다.

본오도리 행사 때, 부끄러운 듯이 시선을 피한 것은 엄마와 같이 와서가 아니었다. 내게 심한 짓을 해서 수치스러웠던 것이다.

"마리아는 기쿠린을 질투한 거야."

"맞아. 기쿠린은 귀여우니까."

"운동도 잘하고."

"마리아는 하나도 귀엽지 않으면서 잘도 하늘하늘한 옷을 입는다니까."

"웃기지."

"기쿠린이랑 같이 있으니까 지기 싫었겠지?"

"졌는걸! 완전히 패배야!"

"그런 주제에 마리아는 자랑질을 엄청나게 해대잖아."

"맞아, 맞아!"

"자신이 없으니까 그러는 거야."

"맞아. 가만히 있으면 기쿠린을 이기지 못하니까!"

"기쿠린, 마리아랑 어떻게 친하게 지냈니?"

"3학년 때부터 같이 다녔지."

"기쿠린은 다정하다."

"게다가 귀여워."

"기쿠린이랑 친해지고 싶어도 마리아가 계속 사이에 낀 느낌이었어.”

"나도 그렇게 생각했어!”

"마치 기쿠린을 자기 거처럼 여겼다니까.”

"그랬어, 그랬어!”

"그러니까 다행이야. 기쿠린, 드디어 해방된 거야.”

"맞아. 이제 편하게 놀 수 있어.”

"잘됐다, 기쿠린!”

니쿠코와 대조적으로 나는 제대로 먹지 못했다.

그렇게 꼬르륵대던 배도 완전히 조용해졌고, 삿산이 만들어 준 저녁을 먹으면 배가 금세 찼다.

니쿠코가 내 식욕을 빼앗아갔다.

세쌍둥이는 없었다.

항구에는 경계를 넘기 좋아하는 갈매기와 생선을 찾으러 온 길고양이뿐이었다. 일을 마친 배가 끽끽 울먹이는 소리를 냈다. '야마토마루'는 다른 배와 나란히 있으니 작아 보였다. 바다에 서는 그렇게 듬직했는데.

갑판에 파란 바구니가 엎어져 있다. 아마 생선 냄새가 심하게 나겠지.

이제 곧 니쿠코가 '우오가시'에 출근하러 올 것이다.

집에 갔더니 니쿠코는 드물게도 일어나서 출근 준비를 하고 있었다.

"기쿠린, 어서 온나!"

그러면서 돌아본 니쿠코는 머리를 묶기 전이어서 무슨 괴물처럼 보였다. 곱슬기가 대단하다.

"오늘은 어떤 날이었어?"

니쿠코에게 뭔가 좋은 일이 생겼다는 감이 왔다. 니쿠코의 입술 끝이 더는 올라갈 수 없을 정도로 올라갔고, 작은 눈 안에 '신났어, 신났어'라는 글자가 떠 있다. 지금까지 경험을 바탕으로 본오도리 행사 때 오코노미야키를 팔던 금발 남자를 바로 떠올렸다. 하필이면 또 그런 남자를.

"딱히. 보통."

"보통이구나! 보통이 제일 좋은 거 아이가!"

보통이 아닌 실루엣으로 니쿠코가 웃었다. 1반 여자들 상황이나, 새삼스럽지만 '수라장 소동'으로 니쿠코가 입소문에 올랐던 때가 생각나 화가 났다.

"니쿠코의 보통은 뭔데."

가시 돋친 말투였을 것이다. 정확히는 최대한 가시 돋친 말투를 썼다. 니쿠코는 싸구려 비스킷을 넣고 입을 오물오물 움직이더니, 잠시 후 입을 벌렸다.

"보통은 밥을 먹고 똥을 싸고 공부하고 일하고 목욕하고 자는 거제!"

무슨 학교 선생님 같은 소리나 하는지.

"그럼 니쿠코가 말하는 보통의 생활을 하는 사람은 이 세상에 한 명도 없겠네."

니쿠코는 아직 입에 남아 있으면서 비스킷에 또 손을 뻗었다. 뭘 태평하게 비스킷이나 먹는지 모르겠다.

"왜!"

"왜라니, 그렇게 매일 단조롭고 평화롭게 사는 사람이 있을 리 없잖아. 애초에 니쿠코랑 내 생활이 보통인 것 같아? 우리 생활이?"

조금 목소리가 커진 나를 니쿠코가 빤히 바라보았다. 손에 여전히 비스킷을 들었다.

갑자기 창피해졌다. 이래서야 니쿠코에게 화풀이하는 거 같잖아. 또 니쿠코에게 남자친구가 생겼다고 질투하는 것 같다. 나는 필사적으로 내 감정을 억누르려고 했다. 입을 꾹 다물었다.

니쿠코는 무슨 말을 해도 전혀 변하지 않는다. 이런 니쿠코한테 말해봤자.

"기쿠린이랑 엄마의 생활은, 밥을 먹고 똥을 싸고 공부하고 일하고 목욕하고 자는 거 맞제?"

니쿠코가 여전히 괴물 같은 실루엣으로 나를 바라보았다. 눈동자에 여전히 '신났어, 신났어'가 떠다니고, 왼손에는 비스킷을 들었다. 내 기분이 상한 줄 전혀 모른다. 조금 안도하면서, 아니 기막혀하면서 나는 차분히 말했다.

"그야, 세상 사람들이 다 그렇지."

"그래도 그래도 그래도! 이 세상에는 밥을 못 먹는 사람도 있고 집이 없는 사람도 있데이!"

나는 한숨을 쉬었다.

"선생님처럼 말하네."

"텔레비전에서 봤다!"

"니쿠코……."

텔레비전에서 본 걸 옳다고 믿고 온 힘을 다해 외치다니.

대꾸할 말이 없어 항구에 가겠다고 하자, 니쿠코가 고구마를 가지고 가라고 외쳤다. 대답하기도 전에 벌써 하나를 전자레인지에 넣었다. 지잉 전자레인지가 돌아가는 소리를 들으면서 생글거리는 니쿠코를 보고 있으려니 힘이 빠졌다.

거지 같은 남자들이 니쿠코에게 끌려오는 이유는 니쿠코의 이런, 심각하게 멍청한 점 때문일지도 모른다. 이쪽이 아무리 안달복달하고 성질을 부려도 니쿠코는 전혀 이해를 못 한다.

모른 척해주거나 배려해주는 게 아니고, 니쿠코는 정말로 모른다. 이 세상에 있는 것들을, 텔레비전에서 하는 소리를, 거지 같은 남자가 지껄이는 거짓말을, 의심하지 않고 서른여덟 살까지 살았다. 믿을 수 없다.

아직 따끈한 고구마를 들고 항구를 걸었다. 뱃속에 아까 느낀 짜증과 분노가 쌓여서 기분이 나빴다. 니쿠코가 동급생이었다면 다들 어떻게 대했을까. 니쿠코는 외톨이인 마리아에게 스스럼없이 말을 걸었을까.

노란 줄무늬 길고양이 한 마리가 다가왔다. 꽤 덩치가 있고 지저분하다.

"손에 든 그거, 가쓰오부시입니까?"

들고 있는 고구마를 빤히 쳐다본다. 여기, 하고 니쿠코가 자랑스럽게 건네준 고구마.

"이건 고구마."

대답하자 노란 줄무늬는 "허어?" 하고 대꾸하며 자기 앞발을 날름 핥았다.

세쌍둥이가 앉는 자리 주변에 앉아 바다를 바라보았다. 배에 탔을 때는 정말 파랬는데 여기에서 보면 녹색이다. 어딘가에서 정어리가 빙글빙글 돌고 있겠지. 무리에서 떨어진 정어리 한 마리가 둥실둥실 바닥으로 떨어질까. 오늘도 칸코는 혼자 관내를 돌아다닐까.

텔레비전에서 본 펭귄은 탄환처럼 빠르게 바다를 헤엄쳤다. 헤엄이 아니라 날아다니는 것 같다. 정말로 새 같았다. 칸코가 바다에서 헤엄치는 모습을 보고 싶다.

기척을 느껴 돌아보자 노란 줄무늬가 가까이 왔다.

"손에 든 그건?"

"고구마라니까."

"허어?"

"조금 줄까."

"허어?"

나는 고구마를 반으로 잘라 노란 속살을 손가락으로 팠다. 고양이에게는 뜨거우니까 후후 차가운 입김을 불어 식혔다. 노란 줄무늬에게 던져주자, 킁킁 냄새를 맡더니 먹었다. 노란 줄무늬가 먹는 모습을 보니 나도 먹고 싶어졌다. 고구마는 너무 익었는지 수분이 없어 퍼석퍼석했으나 아주 달았다. 한입 먹었더니 식욕이 생겨서 홀랑 다 먹었다.

노란 줄무늬는 다 먹고도 가지 않았다. 내가 남긴 껍질을 빤히 보길래 던져줬더니, 이번에는 냄새도 맡지 않고 먹었다. 노란 줄무늬의 배가 볼록하게 나왔다. 임신했을 수도 있고, 쥐를 먹었을 수도 있다.

멀리서 오토바이 소리가 들렸다. 삿산이 점심 휴식을 마치고 돌아오는 소리다. 소리가 들리는 쪽을 보자, 헬멧을 대충 쓴 삿산이 해안가 국도를 타고 이쪽으로 달려왔다.

"어이, 기쿠."

삿산이 나를 보고 말을 걸었다.

"왜 이런 데 있나."

"이런 데라니, 우리 집 뒤뜰이에요."

"니 집 뒤뜰이 아이라 니 집이 항구 뒤뜰인 기야"

"그런가."

"니쿠코는?"

"지금 집에서 준비해요. 곧 나올 거예요."

"기래. 그거 최근 더 쪘지."

"네. 자꾸 먹어요."

삿산은 가게 앞에 오토바이를 세우러 갔다. 그대로 개점 준비를 할 줄 알았는데 이쪽으로 돌아왔다. 삿산은 하얀 요리복을 입은 채로 집에 기서 잠깐 자고 그대로 온다. 하얀 수염에 나막신을 신으니까 멀리서 보면 신선 같다.

삿산이 내 옆에 앉아 담배를 꺼냈다. 불을 붙이고 길게 연기를 뿜은 후 멍하니 있었다. 삿산의 눈은 빛에 따라 녹색으로 보인다. 녹내장이라는 병이라고 들었다. 언젠가 정말 예쁜 에메랄드그린이 된다고 한다.

"삿산, 전에 쥐가 저기에서 죽었어요."

"그러냐."

"꽤 큰 쥐였어요."

"불쌍하게."

나는 쥐를 있는 힘껏 내던지는 삿산을 생생하게 떠올렸다.

"몇 마리는 헤엄쳐서 돌아와."

"알고 있었어요?"

"니도 알았나?"

"네."

"강한 놈은 돌아오는데 대부분은 죽어."

삿산은 맨발에 나막신을 신었다. 새끼발가락 발톱은 뭉개졌고, 거의 모든 발톱이 보라색이었다. 할아버지의 발이다.

"삿산."

"음."

"우오가시에 니쿠코의 남자친구가 와요?"

"머이? 그거 남자 생겼나?"

슬쩍 떠보았다. 삿산이라면 알지 않을까 싶었다. 내가 한 짓이 부끄러워서, 얼버무리려고 목소리를 높였다.

"아니, 별로 흥미 없어서 자세히 묻지는 않았는데, 본오도리 때 이후로 유난히 기분이 좋아서, 그 금발 아저씨랑 사귀는 건가 싶어서."

"금발 아저씨?"

"그, 뭐더라, 뭔가 노점을 했어요. 나도 기억이 잘 안 나는데."

거짓말이었다. 얼굴도 또렷하게 기억하고, 오코노미야키를 굽는 손놀림까지 기억한다. 본오도리 행사 이후로 기분이 좋다는 것도 거짓말이다. 아까 니쿠코의 눈 안에서 본 '신났어, 신났어'가 마음에 걸린다고 말할 수 없었다.

"몰르갔는데, 그런 놈이 왔었나."

"그런가, 그럼 다른 곳에서 만나나 봐요. 숨기지 않아도 되는데."

"그런 놈 없는 거 같은데."

"아무래도 좋지만."

삿산은 입을 다물었다. 그 침묵이 벅찼다. 나는 배를 채운 고구마와 개운치 않은 감정을 생각했다. 삿산의 담배 연기는 아무리 지나도 사라지지 않는다. 독하다.

"삿산, 세쌍둥이 할아버지 알아요?"

"세쌍둥이 할아버지?"

"가끔 여기 앉아 있어요. 셋이서."

"여기? 몰르갔는데."

우엑, 우에엑, 소리가 들렸다. 봤더니 아까 노란 줄무늬가 조금 떨어진 곳에서 토하고 있었다. 쥐를 토하는 줄 알고 긴장했는데 털 공이 툭 나왔다.

다행이라고 생각하는데, 방귀가 나왔다. 뿡 소리가 나서 민망해하며 삿산을 봤는데, 삿산은 여전히 담배 연기를 멍하니 내뿜고 있을 뿐이었다.

"몰르갔네."

삿산은 뭐든지 아는 줄 알았다.

📷

　진짜 예쁜 여자가 사진 촬영을 하고 있대. 아케치에게서 이런 전화가 온 것은, 2학기 학교생활도 슬슬 지겨워진 10월의 어느 날이었다.

　아케치가 집으로 전화하는 건 처음이어서 놀랐다. 내가 놀란 줄 알았는지 아케치가 말했다.

　"연락망에서 찾았어."

　이어서 미안하다고도 말했다. 니쿠코는 '우오가시'를 전세 낸 단체 손님 때문에 일찍 출근해 집에 없었다.

　"별로 사과할 일은 아니지."

　내가 대답하자, 아케치는 전화로도 알 정도로 안도한 티를 냈다.

　"무슨 모델 같다는데, 지금 에로 신사 계단에서 촬영 중이래! 보러 가자!"

　"다들 가?"

　"다들?"

　"우리 반 다른 여자애들."

　"아, 그럼 전화해둘게."

　아케치는 나에게만 가자고 하려고 했구나.

　"응. 그렇게 해줄래?"

"그럼 조금 이따 봐."

"그래."

전화를 끊어도 왠지 가슴에 작은 가시가 걸린 기분이었다.

요즘 아케치가 유난히 접근하려 드는 걸 나도 안다. 쉬는 시간, 화장실에 가려고 일어나기 전부터 내 곁에 다가오고, 다 같이 놀 때도 꼭 붙어 있다. 마리아와 함께 나를 비웃은 게 미안해서 그러는지도 모르지만, 솔직히 기분이 별로였다. 마찬가지로 나를 욕한 욧시나 사야카는 나를 조금 어려워해서 다가오지 않는데.

가네모토는 모리와 예전처럼 사이가 좋다. 다행히 원래대로 돌아왔어도 농구팀은 가위바위보로 정한다. 팀에 들어가지 못해도 20분 쉬는 시간에 10분마다 교대니까 평등해졌다.

여전히 마리아만 반에서 혼자다.

마리아가 있는 한 우리는 평화롭다. 이제는 다들 마리아의 험담도 안 한다. 아무도 남의 험담을 하지 않는 이 상황이 나는 지내기 썩 좋은데, 마리아의 존재만큼은 내 가슴을 무겁게 찔렀다. 예쁜 그림 속의 지워지지 않는 상처 같다.

마리아는 쉬는 시간에 혼자 자리에 앉아 만화책을 읽는다. 우리가 순서대로 빌렸던 만화책의 신간이다. 그러나 아무도 빌려달라고 안 하고, 학교에 만화책을 가지고 오면 안 된다고 말하지도 않는다.

운동회 연습을 할 때도 마리아와 단체 체조를 하는 애들은 마리아와 대화하지 않는다. 딱히 괴롭히는 건 아닌데, 마리아에게 말을 걸지는 않는다.

말을 걸까 생각한 적은 몇 번이나 있다. 마리아가 때때로 나를 보는 건 알고 있었고, 나도 이제 슬슬 모두가 마리아를 용서해줘도 될 것 같다고 생각한다.

그런데 그때마다 내 안의 무언가가 그러지 말라고 말렸다. 그 정체를 대충은 알고 있는데, 그때마다 나는 숨을 죽이고 그 생각을 조금씩 조금씩 죽였다.

에로 신사에서 우리 집이 제일 가까우니까 내가 제일 먼저 도착했다.

계단 아래에는 촬영을 구경하려고 동네 아줌마나 중학생들이 모여 있었다. 다들 어디에서 이런 정보를 알고 왔나 하고 놀랐는데, 촬영을 보니 소문이 도는 것도 어쩔 수 없겠다 싶었다.

계단에 앉아 고개를 기울이고 카메라를 보는 여자애는 믿을 수 없이 귀여웠다. 니쿠코의 주먹 크기인 얼굴, 길고 하얀 목, 까만 바탕에 형광 핑크 물방울무늬의 크게 부풀린 드레스를 입었는데, 그 아래로 뻗은 다리의 굵기는 팔과 비슷한 정도였다.

눈이 얼굴 대부분을 차지하는 것 같다. 근처의 고양이들도 놀라겠다. 여기에서 봐도 위아래 속눈썹이 굉장히 길고 부드럽게 컬이 들어간 걸 알겠다. 여자애는 때때로 그 속눈썹을 손가락으로 아래에서부터 쓸어 올렸다. 손가락이 정말 가늘었다. 머리카락은 돌돌 말아 아주 풍성하게 묶어 올렸고, 귀 위로 드레스의 물방울무늬와 같은 동근 머리 장식을 잔뜩 달았다. 인형 같다는 뻔한 감상이 생각났다. 그래도 정말로 인형 같았다.

찰칵, 찰칵.

묵직한 셔터 소리가 들릴 때마다 계단에 설치된 섬광등이 빛났다. 그때마다 나는 눈부셔서 소리를 지를 뻔했다.

갑자기 다른 세계에 들어온 기분이었다.

이끼의 진녹색, 해가 닿지 않아 푸르스름하게 보이는 계단. 그곳에 뜬 커다란 분홍 물방울. 그중 하나가 똑 떨어져 계단을 데굴데굴 굴러올 것 같다.

우리 집은 바로 근처인데, 에로 신사는 매일 다니는 곳인데, 전혀 모르는 신비로운 장소로 보였다.

"저기 봐, 얼굴이 뭔 찹쌀떡 크기야."

"진짜다."

"왜 이런 데서 찍지?"

"유명한 사진가인가?"

계단 아래를 보니 이쪽에 등을 지고 선 네 사람과 사진가 바로 뒤에 쪼그리고 앉은 두 사람이 보였다. 두 사람은 사진가의 카메라와 코드로 이어진 노트북을 들고 있었다. 마치 모두가 하나의 심장을 공유하는 것처럼 보였다.

도쿄 사람인 줄 곧바로 알아차렸다.

커다란 가방을 든 여자가 때때로 촬영을 멈추고 여자애에게 달려가 동그랗게 만 앞머리를 고치고 뺨에 퍼프를 두드렸다.

"멋있다."

내 옆에 진을 친 중학생이 중얼거렸다.

"아마 헤어 메이크업 아티스트겠지."

머리를 동여매고 촬영을 지켜보는 저 여자도, 무언가의 서류를 들고 선 다른 사람들도 다들 멋있었다.

그러나 나는 사진가를 본 순간, 다른 사람을 잊었다.

"잠깐 카메라 바꿀게요."

사진가가 그렇게 말하며 목에 걸고 있던 카메라를 벗었다. 어깨쯤 오는 머리카락을 하나로 묶고, 분홍색 티셔츠를 입고 찢어진 청바지를 입었다. '유명한 사진가'라고 하니까 훨씬 더 할아버지일 줄 알았다. 저 남자는 고작해야 20대로 보였고, 턱이나 입술 위에 자란 수염이 없었다면 더 젊어 보일 것이다.

그는 쪼그리고 앉은 여자에게서 다른 카메라를 받으며 이쪽을 보았다. 사람이 이렇게 모인 것을 뒤늦게 깨달았는지 조금 놀란 표정을 지었다.

"소란스럽게 해서 죄송합니다."

조용히 말하고 고개를 숙였다. 휙 살피듯 흘러가는 시선과 탄탄한 코, 모양 좋은 입술, 얼굴에 어울리지 않게 귀가 크다.

소리를 낼 뻔했다.

가슴 쪽에 만들어진 둥글고 뜨거운 구슬 같은 것이 내 배에서, 다리에서부터 거꾸로 올라와 머리를 스르륵 지나가는 것을 느꼈다.

"저기, 무슨 촬영이에요?"

긴장의 끈이 끊긴 틈을 노려 한 중학생이 서 있는 남자 중 한 명에게 말을 걸었다. 남자는 커다란 검은 테 안경을 쓰고, 까맣고 하얀 굵은 줄무늬가 들어간 티셔츠를 입었다. 눈부신 금발이었다. 오코노미야키 노점의 그 천박한 금발과 전혀 다르다.

"잡지 촬영 중입니다."

남자는 참 다정해 보였다. 여유가 넘치는 사람이다. 중학생들이 꺅 환성을 질렀다.

"어, 무슨 잡지요? 무슨 잡진데요?"

"〈듀프〉라는 잡지입니다."

나는 당연히 몰랐고, 질문한 중학생들도 모르는 것 같다. 그래도 금발 남자는 기분 나빠 하지 않았다.

나는 속으로 사진가의 이름을 물어봐, 물어봐, 물어봐, 하고 바랐다. 그러나 중학생은 대단하네요, 살게요, 라고 재잘거리기만 하고 묻지 않았다.

"어, 어, 이런 곳에서 촬영하는 거예요?"

"네, 일본의 쓸쓸한 풍경을 배경으로 여자 모델을 찍고 있습니다."

"오오오오, 대단하다!"

중학생은 마치 유명인과 말을 섞은 것처럼 기뻐했다. 쓸쓸한 풍경이란 말을 들어도 화가 나지 않나 보다.

"기쿠린!"

아케치가 어깨를 두드렸다. 모리도 뒤에 서 있었다.

"으아! 진짜 예쁘다!"

아케치가 모델 여자애를 보고 외쳤다.

"아, 죄송합니다. 조금 조용히 해주시겠어요?"

금발 남자가 이쪽을 보며 말했다. 아케치는 주의를 받았는데도 말을 걸어줘서 기쁜지 얼굴이 빨개졌다.

"대단하다, 되게 예뻐."

"정말."

소곤소곤 속삭였는데 중학생 중 하나가 이쪽을 돌아보았다. 아까 금발 남자에게 말을 건 사람이다.

"좀 조용히 하라고. 촬영에 방해되잖아."

웃음이 터질 것 같았다. 그래도 참았다. 역시 다들 시골 사람이다. 도쿄의, 그것도 세련된 사람들이 와서 완전히 들떴다.

나는 절대로 저 안에 들어가기 싫다. 그런데도 도저히 사진가에게서 눈을 뗄 수 없었다.

사진가는 몇 장이나 연속해서 사진을 찍었다. 모델이 "어때요?"하고 친근하게 말을 걸었다. 입 안에 씁쓸한 맛이 퍼졌다.
나와 저 애의 차이는 뭐지. 이렇게 가까이 있는데, 나도 귀엽다
는 소리를 듣는데, 그래도 저 애에게는 전혀 미치지 못한다.

"그럭저럭."

사진가가 대답하고 웃었다. 여자애가 "뭐야, 그게"라며 뺨을
부풀렸다. 부풀려도 역시 니쿠코의 주먹 정도 크기였다.

단체 손님이 떠난 '우오가시'는 늑대 무리가 휩쓸고 간 뒤 같
은 모습이었다. 먹다 남아 새까맣게 탄 고기, 셀 수 없이 많은
잔, 바닥에는 레몬이나 파슬리가 흩어졌고, 소주를 흘려서 술
냄새가 났다. 이런 상황에 저녁을 만들어달라고 하기 미안했는
데, 삿산도 니쿠코도 활기 넘쳤다.

"아주 예쁜 애가 왔다면서!"

니쿠코는 참상 속에서도 전에 없이 바지런하게 움직였다. 어
쩐지 생기 넘쳐 보인다. 그것도 '오코노미야키남' 때문이라고
생각해도 지금은 별로 싫지 않았다. 나도 참 단순해서 웃음이
나왔는데, 대신 뺨을 벅벅 긁었다.

"맞아, 모델 촬영이 있었어. 유명한 사진가."

사진가라는 말에도 두근거린다.

"이런 동네에서?"

삿산이 나를 위해 고기채소볶음을 만들었다.

"뭐라카더라, 쓸쓸한 곳에서 모델 여자애를 찍는 거라던데요."

삿산과 니쿠코와 셋이서 대화하면 내 말투는 이상해진다. 오사카 사투리와 이 동네 사투리가 섞인다.

"쓸쓸하다고. 그기야 여기가 딱이구먼."

"모델 여자애, 정말 예쁜 드레스를 입고 에로 신사 계단에 앉아 있었어요."

"무슨 신사?"

"아, 미즈카와 신사."

"기래? 그기가 좋은가."

"좋은가 봐요. 나도 잘은 모르지만 멋있었어요."

파란빛과 초록빛 속에서 마법처럼 빛났던 분홍색 동그라미와 여자애의 기적처럼 예쁜 얼굴. 여자애는 마오라는 이름의 유명한 모델이라고 한다. 지루한 듯이 속눈썹을 만지던 하얀 손가락. 마리아가 보면 분명 환성을 질렀겠지.

"내도 보고 싶다!"

"오늘은 이웃 마을에 숙박한다고 했어. 이웃 마을에 뭐든 맛있는 가게가 없는지 편집자가 사람들한테 물어봤어."

"편집자라니! 히이이익!"

"그래서 다들 이웃 마을은 관광객 대상이라 생선이 비싼데 이쪽은 저렴하고 맛있다, 모리모토 요리가 대단하다고 추천했어."

모리모토는 사루 상점가 외곽에 있는 작은 요릿집이다. 모리모토 씨 부부가 운영하는 곳으로, 요리도 맛있고 진귀한 술도 많아서 평판이 좋다.

"우엥! 참말 모리모토에 갔을라나?"

"잘 모르겠어. 만약 갔다면 지금쯤 가 있겠지."

나는 니쿠코가 모리모토에 가자고 말해주길 바랐다. 사진가를 한 번 더 보고 싶었다.

그러나 니쿠코는 전혀 그럴 낌새가 없었다. 청소기가 쓰레기를 흡수하는 것처럼 테이블 위의 접시들을 정리하고, 그러는 사이사이 맥주를 홀짝홀짝 마셨다.

나는 실망했으나, 그래도 맛있는 삿산의 고기채소볶음을 먹었다.

"기쿠, 니 요즘 식욕이 없네."

삿산이 불쑥 말했다. 어떻게 대답해야 하나 고민하는데, "여어" 하며 젠지 씨가 들어왔다. 단체 손님이 가도 '우오가시'는 끝나지 않았다.

"아주 예쁜 사람이 왔다지!"

이 마을은 좁다. 너무나.

책을 읽다가 오랜만에 울었다.

'초롱아귀라는 물고기가 있다'라는 문장으로 시작하는 이야기다. 이야기라지만 쪽수로 따지면 겨우 세 쪽도 안 된다. 소설집에 유난히 짧은 이야기가 있어서 봤더니 이거였다.

초롱아귀는 아주아주 깊은 바닷속에 산다. 깊은 바다는 어두워서 빛이 필요하므로 초롱아귀의 머리에는 긴 채찍 같은 것이 자라 빛을 뿜는다. 이름도 거기에서 유래했다.

수컷 초롱아귀는 암컷에게 달린 초롱이 없다고 한다. 초롱은 길을 밝히는 도구인 동시에 먹잇감인 작은 물고기를 찾는 도구이기도 하다. 그게 없는 수컷은 심지어 암컷의 10분의 1 크기이다.

수컷은 그저 가만히 암컷이 오기를 기다린다. 우연히 암컷이 오면, 머리든 배든 무조건 암컷의 몸 어딘가를 입술로 빨아들인다. 그대로 무슨 일이 있어도 떨어지지 않는다.

입술에 빨린 암컷의 몸 부위가 점점 길쭉하게 늘어난다. 이윽고 수컷의 입술과 완벽하게 연결된다. 수컷은 암컷의 몸 일부가 된다. 그때부터 수컷의 몸에 변화가 생긴다.

입술이 달라붙었으니까 수컷은 입으로 먹이를 먹을 수 없다. 도움이 안 되는 소화기관, 위나 장이나 식도가 사라진다.

다음은 눈이다. 늘 암컷에게 붙어 있으니까 필요 없어서 사라진다. 수컷은 생각할 필요도 없다. 그저 암컷에게 붙어 있으면 되니까 결국 뇌도 사라진다.

그렇게 수컷은 완벽하게 암컷의 몸 일부가 된다.

최종적으로는 원래 몸의 면적이 사라져 작은 돌기가 되어 암컷의 몸에 붙어 있다.

돌기가 되었어도 수컷은 아직 살아 있다. 자손을 남기기 위해서.

수컷은 몸에 정소만을 남긴다.

암컷이 바다에 난자를 낳을 때, 수컷은 돌기가 된 몸으로 있는 힘껏 정자를 방출한다. 그것뿐이다. 수컷이 하는 일은 그것뿐이다. 암컷의 몸에 돌기가 된 수컷.

작가는 이야기 끝에 이렇게 적었다.

'나는 감동을 금치 못했다. 어떤 감동인지는 적절하게 말하지 못하겠으나.'

그때 이미 나는 눈물을 뚝뚝 흘리고 있었다. 바보 같아, 멍청해, 왜 울어? 이렇게 생각하면서도 울음이 멈추지 않았다.

나는 돌기가 된 수컷을, 커다란 몸에 멋진 초롱을 단 암컷을 생각하며 울었다.

암컷은 심해를 유유자적 헤엄친다. 어둠 속에서 수컷의 몸을 품고.

나는 분명히 그 모습을 본다.

"기쿠린은 좋아하는 애 없나?"

수요일 밤, 갑자기 그런 걸 물어본 니쿠코에게 나는 무심코 "애가 아니야"라고 말할 뻔했다. '사진가'는 좋아하는 애가 아니다. '좋아하는 사람'이다. 애와 사람의 차이일 뿐인데 이리도 다르다. 웃으며 말할 수 있는가, 웃을 수 없는가.

물론 당연히 말하지 않았다. 말할 수 없다. 그런 소릴 하면 니쿠코가 얼마나 집요하게 파고들지 아니까.

"없어."

"헤엥!"

니쿠코는 역시 내 말을 믿는다. 얼굴에 '기쿠린이 없다고 하면 없는 거'라고 적혔다. 아니면 '헤엥'이 그대로 적혔달까.

"니쿠코는."

"헤엥!"

"니쿠코는 좋아하는 사람, 없어?"

"꺅! 없다!"

거짓말쟁이, 쏘아붙이려다가 말았다. 지금까지는 좋아하는 사람이 있으면 "아이, 그게" 하고 신나서 말을 받았는데 이 반응은 처음이다. 어쩌면 '오코노미야키남'은 단순히 내 착각일지도 모르겠다.

그러나 니쿠코는 가을에 들어서서 두 번, 아침에 귀가한 적이 있었다. 나는 당연히 자는 척했는데, 니쿠코의 '살금살금'은 싫어도 알 수 있다. 그게 전부 화요일이었던 것도 파악했다. 자유업에 종사하는 남자라고 짐작했기에 역시 그 '오코노미야키 남'이라고 생각했다.

다음 날 학교에서 니쿠코와 남자의 목격 정보가 들어올지도 몰라 나는 바짝 긴장했다. 항구 반대쪽에 외양이 끔찍하게 최악인 러브호텔이 있다. '로망스'라는 이름인데, 지금까지 '마을 사람'이 수없이 목격되었다. 초등학생 사이에서는 한때 '로망스' 앞을 지키다가 나오는 남녀를 놀리는 놀이가 유행한 적이 있었다. 당연히 학교에서 강경하게 금지했다. 지금은 '몽키매직'의 우리에 다가가는 것도 금지다.

나는 니쿠코가 아침에 돌아온 다음 날, 학교에서 '니쿠코'나 '로망스'라는 단어가 들리지 않을지 귀를 기울였다. 그래도 그런 소리는 못 들었다.

1반 여자들 사이에서 여전히 마리아만 붕 뜬 상태였고, 교실은 평화로웠다. 거짓말 같다.

가을도 깊어졌으니까 '오코노미야키남'은 어디 다른 곳으로 이동했을지도 모른다. 그런 노점상은 이동하는 법이니까. 예전이라면 이런 이야기도 내게 당당하게 했는데.

니쿠코의 등 뒤로 낮부터 계속 틀어놨을 텔레비전 화면이

번뜩이고, 탁자 위에는 다 먹은 저녁밥 접시가 그대로 놓여 있다. 정리해야 하는데 몸이 움직이지 않는다.

최근 날이 꽤 쌀쌀해졌다.

니쿠코는 저녁을 먹었으면서 닭튀김을 우물거리고 있었다. 요시토쿠에서 저렴하게 파는 반찬이다. 디저트가 닭튀김이라니 뚱보의 본보기네.

"니쿠코, 집에 체중계가 있는 게 좋지 않을까?"

"오오, 기쿠린, 사춘기구나!"

"아니야, 니쿠코의 체중."

"싫다아!"

몸을 비트는 바람에 니쿠코가 닭튀김을 바닥에 떨어뜨렸다. 신경 쓰지 않고 냉큼 집어 먹는다. 개 같다. 나는 니쿠코를 포기하고 벌러덩 누웠다.

니쿠코는 두 개째 닭튀김으로 손을 뻗으며 텔레비전 소리를 키웠다.

"당신은 평생 결혼 못 해."

놀랐다. 니쿠코를 두고 하는 말인 줄 알았다. 게다가 익숙한 목소리였다.

"기쿠린, 또 나왔데이, 저 외인!"

팔꿈치로 몸을 일으키자 그 영매사였다. 정말로 자주 나온다. 왕좌 같은 높은 의자에 앉아 여자 연예인을 쏘아보았다. 언제부터 저렇게 잘나셨지?

"이 사람, 이름이 뭐였지?"

"달리시아 님! 결혼을 못 한다니 어째서죠!"

여자 연예인이 대답해주었다. 이 여자는 나도 본 적 있다. 최근 인기인 아이돌 그룹의 여자애다.

"너는 전생에서 많은, 많은 아이를 낳아두었으니까."

달리시아는 전에 봤을 때보다 일본어가 서툴러졌다. 또 몸이 더 커졌다. 니쿠코는 닭튀김을 다 먹고 손가락을 핥으며 화면을 멍청하게 바라보았다. 아무 생각 없을 때의 얼굴이다. 내가 때때로 불안해지는 얼굴.

"전생에서?"

"그렇다."

"전생이라니 어느 시대?"

"모른다."

"어……, 너무해."

달리시아는 귀찮다는 듯이 눈을 가늘게 뜨고 여자의 얼굴을, 그리고 그 너머를 보았다.

"전생에서 아이를 많이 낳아두었어, 결혼도 많이 해두었어, 그러니까 없어. 이번 생은 휴식."

이번 생은 휴식.

그런 인생도 있나. 휴식이라니. 전생을 기억도 못 하는데 휴식이라고 해도 곤란하다.

"너는 아주 다정한 사람이었어. 낳은 아이, 음, 열세 명이 있네, 전부 다른 남자의 아이. 그래도 다 사랑했어. 이가 없어. 아이에게 빼앗겼다. 칼슘을? 허리도 굽었지, 많이 낳았으니까. 그래도 모두를 사랑했다. 아이들도 모두 너를 사랑했다. 아주 많이."

니쿠코는 닭튀김을 다 먹고 "이 외인, 말하는 게 전보다 서툴지 않나?" 하고 중얼거렸다. 나도 그렇게 생각한다고 대답하자, 니쿠코는 왠지 폭소했다. 니쿠코의 몸이 탁자에 닿아 지저분한 접시가 덜덜 흔들렸다. 묘하게 초라한 광경이었다.

"그 아이들이 지금 네 주변에 있다."

"네? 수호령?"

"아니다, 멍청이! 열세 명 전원이 네 주변에 있다. 전원이 네 주변에서 살고 있어."

"어, 엇…… 누구요?"

"네 아버지, 어머니, 할아버지, 할머니, 아버지의 형제자매, 어머니의 형제자매."

흐엥, 니쿠코가 소리를 냈다. 아까까지 웃었던 흔적이 남아 만면의 미소였다. 입술이 삐죽 올라갔다. 니쿠코가 웃는 방식이다.

"다들 너에게서 태어났어. 전생."

"그래요?"

"몇 명?"

"어, 친척이요?"

"아니야! 멍청이! 아, 맞네. 그래, 친척. 몇 명?"

"……부모님도 포함해서요?"

"당연하지! 멍청이!"

여자는 손가락으로 숫자를 세기 시작했다. 스튜디오가 아주 고요해졌다. 니쿠코도 나도 집중했다. 전부 센 여자가 눈을 동그랗게 떴다. 그 표정이 이미 답이었다.

"……열세 명이요."

꺅! 스튜디오가 들끓고 니쿠코가 나를 봤다. 대단하다아아아아아, 하고 소리 없이 말했다. 표정이 짜증 나는데 그 마음은 알겠다. 나도 놀랐는걸.

"자식이라고 계속 아이인 건 아니었으니까. 부모를 낳은 자식도 있고 연인을 낳은 사람도 있고 친구에게서 태어난 사람도 있는 법."

달리시아가 그렇게 말하며 갑자기 이를 드러냈다. 니노미야가 생각났다.

"모두, 가족!"

달리시아의 갑작스러운 큰 소리에 니쿠코가 왁 하고 반응했다. 나는 그제야 일어나 접시를 정리했다. 나를 본 니쿠코도 손뼉을 짝 쳤다.

"내도 정리해야지!"

"니쿠코, 괜찮아. 편하게 있어."

"참말로!"

니쿠코가 설거지를 하면 음식 찌꺼기나 세제가 묻어 있을 때가 있다. 손이 두 번 간다.

"기쿠린, 고마워어!"

니쿠코는 내가 수족관의 아저씨에게 하는 것처럼 '고마워어'라고 외쳤는데, 그러고서도 나를 계속 바라보았다.

"뭔데?"

돌아보지 않고 묻자, 스읍 숨을 들이쉬는 소리가 들렸다. 어떤 말을 하기 전에 결심하는 느낌이다. 아하, 역시 남자친구가 생겼구나 싶었는데.

"기쿠린, 생리라 카는 거 아나?"

그렇게 나오니까 놀랐다. 반사적으로 돌아보고 "알지!"라고, 나도 모르게 목소리를 높였다.

"그러나! 잘됐다, 잘됐다!"

니쿠코는 그렇게 말하고 끝이었다.

"시작하면 말할 거야."

"고맙데이!"

그날 밤, 니쿠코는 누군가와 통화했다. 속삭이는 소리도 큰 니쿠코지만, 그때는 "……뭐야"나 "후후후"나 "괜찮다" 정도만 들렸다. 뭐야, 역시 '오코노미야키남'과 계속 사귀나 보네.

반쯤 눈을 뜨니, 어둠 속에서 동글게 말린 니쿠코의 앞머리가 흔들리는 실루엣이 보였다.

컴퓨터가 있으면 빌려 쓰고 싶다는 구실을 만들어 마키 씨를 만나러 가기로 했다.

사진가의 이름을 알고 싶었고, 또 마키 씨와 도쿄 이야기를 하고 싶었다.

사진가는 이 마을에 아주 잠깐만 머물고 도쿄로 돌아갔다. 나를 힐끔 보지도 않았고, 이 마을도 금방 잊을 것이다.

그러나 나는 절대 사진가를 잊지 않았다. 눈을 감으면 이쪽을 향해 고개를 숙이면서 조금 수줍어하는 표정이 떠오르고, 수업 중에는 카메라를 든 팔 근육이 떠올라 비명을 지르고 싶어졌다.

"아, 또 사쿠라이랑 마쓰모토가 보러 왔어."

쉬는 시간, 복도 창문에서 1반을 들여다보는 둘을 보고 리사가 기뻐하며 속삭였다.

"기쿠린, 저 둘 중에서 고른다면 누가 좋아?"

시끄러워.

애초에 그런 생각은 한 적도 없다. 둘에게는 듬성듬성 자란 수염도 없고, 머리도 묶을 만큼 길지 않다. 카메라를 다루는 기술도, 말 한마디로 '어시스턴트'를 움직이는 위엄도 없다.

나는 사진가가 아니면 싫다.

도쿄는 원래 내가 살던 곳이다. 좋은 추억 따위 전혀 없다. 그래도 사진가가 사는 곳이라는 이유로 아주 훌륭한 곳 같다.

이 기분은 반 여자애들과 공유할 수 없다. 절대로.

그래서 마키 씨를 만나러 갔다. 혹시 가능하면 마키 씨에게 사진가에 관해 묻고 싶었는데 역시 그건 과한 바람이다. 나는 마키 씨와 도쿄 이야기를 나누고 조금이라도 그곳을 가깝게 느끼고 싶었다. 그것뿐이다.

같이 집에 가자는 애들에게 보조 열쇠를 만들어야 해서 열쇠 가게에 가야 한다고 거짓말하고, 나는 혼자 사루 상점가를 걸었다. 'MUSE' 앞을 지나는데, 도모키 씨가 젊은 여자의 머리를 자르고 있었다. 저런 사람, 사진가의 발끝에도 못 미친다고 생각하자 왠지 우쭐했다.

"여어."

마키 씨는 평소처럼 담배를 피우며 시게마쓰 안주인이 내린 커피를 마시고 있었다. 블랙이다. 쓴맛이 생각나 괜히 침이 고였다.

"안녕하세요."

"웬일이야?"

마키 씨가 그렇게 물어보니까, 사진가 이야기를 꺼내는 건 말도 안 되게 부끄러운 짓 같았다. 벌써 후회했다. 애초에 나는 블랙커피도 못 마시는걸.

"저기……."

보조 열쇠를 만들 것도 아닌데, 그래도 가게에 들어왔으면 용건을 말해야 한다.

"마키 씨, 컴퓨터 있어요?"

"컴퓨터? 왜?"

"저, 저기, 조사하고 싶은 게 있어서……. 아, 그래도 불편하시죠."

"하나도 안 불편해. 그런데 컴퓨터는 있는데 지금 망가져서."

"그렇구나. 죄송해요."

"왜 사과해, 내가 미안하지."

"아니요……."

내가 뭘 하는 거람. 부끄러워서 가게를 뛰어나가고 싶었다.

"앉을래? 커피는 없지만."

마키 씨는 역시 여신이다. 나는 허락해준 것에 감사하며 의자에 앉았다. 가방을 멘 게 부끄러워서 무릎 위에 놓았다. 커피가 없어도 좋았다.

"니쿠코는 잘 지내?"

"잘 지내요. 요즘 점점 더 쪄요."

한밤중에 전화기를 붙잡은 니쿠코의 거대한 실루엣이 생각
났다.

"하하, 니쿠코는 좋아. 보고 있으면 기운이 나."

마키 씨가 니쿠코에게 기운을 받는 일이 있을까. 마키 씨는
남 듣기 좋은 소리를 하는 사람은 아니니까 정말 그런 거겠지
만, 니쿠코가 마키 씨에게 주는 기운이 대체 뭘까.

"마키 씨는 도쿄에서 살았죠."

"어, 응. 그렇지."

마키 씨는 담배를 든 손으로 턱을 괴었다. 연기가 저렇게도
눈에 가깝다.

"저기, 저도 도쿄에서 살았어요. 예전에요."

"아, 그랬지. 니쿠코한테 들었어."

내 생각보다 니쿠코와 마키 씨는 친한가 보다.

"아라이야쿠시라는 곳에 살았어요. 같은 이름의 절이 있었는
데요."

"알아. 눈의 신인가 뭔가가 있는 곳이었나?"

"아, 그래요? 몰랐어요."

"아닌가."

"아니에요, 그럴 거예요."

"어? 모른다면서?"

"아, 네. 그래도 그럴 것 같아요……."

"흐음."

마키 씨의 비위를 맞추는 것처럼 보이기는 싫었다. 부끄러워서 가방 손잡이를 꽉 움켜쥐었다. 가방이 낡아서 괜히 더 부끄럽다. 그 순간, 빨리 어른이 되고 싶다고 간절하게 생각했다. 빨리 어른이 되어서 이 마을을 나가고 싶다.

"마키 씨는 도쿄 어디에 살았어요?"

"나? 나는 처음에는 도요코선이 지나는 유텐지라는 곳에서 살았어. 그 후에 이사했어. 전남편이랑 만나서. 산겐자야로."

전남편이라는 발음이 멋있었다.

"도쿄는 좋았어요?"

"음, 그렇지도 않아. 사람도 차도 많아서 나랑은 안 맞았어."

"몇 년 살았는데요?"

"14년? 15년?"

안 맞는 곳에서 그렇게 오래 살 수 있나.

"도쿄라면 다들 죄다 좋다고 우르르 몰려가는데, 하나도 안 좋아. 그렇지 않니?"

"저는 어렸을 때여서 잘 모르겠어요."

"하나도 안 좋아."

마키 씨가 조금 화가 난 목소리로 말했다. 마키 씨가 이런 목소리를 내는 것은 당연히 처음이었고, 이런 어린애 같은 표정을 보는 것도 처음이었다.

"저기, 마키 씨."

어린애 같은 마키 씨에 나는 갑자기 용기를 얻었다.

"〈듀프〉라는 잡지, 아세요?"

"〈듀프〉? 그게 뭐야?"

"그게, 얼마 전에 미즈카와 신사에서 모델이 촬영했는데."

"아, 알아. 다들 멍청하게 소란을 떨었지."

내가 그 멍청하게 소란을 떤 사람 중 하나였다고 밝힐 수는 없다.

"그 잡지가 〈듀프〉라고 한대요."

"흥, 뭔가 건방진 이름이네."

마키 씨는 이제 완전히 화가 났다. 도저히 사진가 이야기를 꺼낼 분위기가 아니다.

"패션 잡지인지 문화 잡지인지 모르겠지만, 이런 곳에 와서 사진을 찍는 걸 멋이라고 여기잖아."

"네에."

"우릴 바보로 아는 거야. 잘도 이런 시골에서 산다고 생각하는 거지."

마키 씨는 난폭하게 담뱃불을 끄고 또 새것에 불을 붙였다.

"그러고 보니 쓸쓸한 곳에서 사진을 찍는다고 했어요."

"그거 봐, 무시하잖아. 도쿄에서 잘 나간다고 천하를 다 가진 양 굴어. 애초에 그 잡지? 이름이 뭐라고?"

"〈듀프〉요."

"건방지긴. 그딴 잡지, 아무도 모르잖아. 아무짝에도 도움 안 되는 짓이나 하면서 자기만족으로 세련된 척이나 하다니. 쌀농사를 짓는 농부가 훨씬 더 훌륭해."

"그, 그렇죠."

"도쿄에서 사람이나 차에 싫증을 내며 무리해서 멋진 척 사는 것보다 지금처럼 마을 사람들이 곤란해하면 열쇠를 따러 가는 생활이 가치가 있어. 나한테 잘 맞아."

어쩌면.

"도쿄는 제대로 된 인간이 살 곳이 아니야."

마키 씨는 도쿄에, 도쿄에 사는 사람들에게 작은 열등감을 지녔을지도 모른다.

마키 씨의 전남편은 어떤 사람이었을까. 마키 씨는 왜 그 사람과 헤어졌을까. 어른이 된 후에 태어나고 자란 마을로 돌아오는 건 어떤 기분일까.

갑자기 마키 씨의 담배가 매캐하게 느껴졌다. 마키 씨가, 서른여덟 살의 마키 씨가 무리해서 담배를 피우는 것은 아닐까.

그런 마키 씨를 보기 싫었다.

"저기, 그만 갈게요."

일어나자 낡은 가방이 달칵 소리를 냈다.

"어? 벌써?"

"네. 감사합니다."

"감사하다니, 아무것도 안 했는걸. 컴퓨터도 망가졌고. 미안해."

"아니에요. 마키 씨와 대화해서 좋았어요."

"에이, 또 무슨 소리야."

마키 씨는 내가 마키 씨를 멋있다고 생각하는 걸 아는지도 모른다. 평소 이상으로 마키 씨에게 아양을 떠는 나를 생각하자 속이 뒤집혔다.

"또 열쇠, 잘 부탁드려요."

이상한 소리를 했다.

"그래."

그래도 마키 씨는 평소의 마키 씨로 돌아왔다. 나는 왠지 조금 슬퍼져서 가게를 나왔다.

나오자마자 니노미야와 마주쳤다. 놀랐다.

"으앗, 니노미야."

"어."

니노미야와 대화하는 건 여름방학 이후 처음이다. 둘 다 가방을 메고 있어서 웃겼다. 니노미야는 혼자였다.

"어, 다른 두 사람은?"

"누구."

"너 늘 같이 있잖아."

"아, 사쿠라이랑 마쓰모토."

"그런 이름이구나."

알면서 모르는 척했다.

"오늘은 센터 가는 날이니까 혼자야."

"모형 만들러?"

"응."

여름방학, 본오도리 행사 때 받은 성 프라모델을 주자, 니노미야는 "이런 게 아니야"라고 말했다. 나는 '이런 게 아닌' 니노미야의 모형이 궁금했다.

"있잖아, 거기 컴퓨터 있어?"

"컴퓨터? 있어."

"같이 가도 돼?"

"그래."

우리는 조금 떨어져서 사루 상점가를 걸어 버스 정류장으로 갔다.

"학교 끝나고도 가는구나."

"응."

버스 정류장으로 가면서, 아는 사람이 아무도 없기를 바랐다. 니노미야는 버스를 타고 있는 동안에 얼굴을 한 번도 움직이지 않았으나, 가끔 검은자위가 가깝게 모였다.

"그것도 얼굴 움직이는 거야?"

물어봤으나 대답이 없었다.

고토부키 센터 앞까지 와서 여기였구나 싶었다. 멀리서도 보이는 거대한 회색 건물이다. 예전부터 무슨 건물일지 궁금했다. 이렇게 작은 마을인데도 아직 모르는 게 더 있을 수도 있겠다.

"나도 들어갈 수 있어?"

"괜찮아."

그러면서 니노미야가 목에 걸고 있던 카드를 꺼냈다.

"그게 없으면 못 들어가는 거 아니야?"

"괜찮다니까."

니노미야는 카드를 접수처 사람에게 보여줬는데, 니노미야 말대로 그 사람이 내게 뭐라고 하지는 않았다.

건물은 천장까지 훤히 트였다. 전부 회색 콘크리트인데 차갑다는 느낌은 없었다. 왜 그러나 의아했는데, 자세히 보니 모난 부분이 없어서 그랬다. 모서리나 바닥과 벽의 경계가 전부 완만한 커브를 그렸다.

니노미야는 익숙하게 엘리베이터를 타 아래로 내려가는 버튼을 눌렀다.

"지하야?"

"응."

엘리베이터는 따사로운 오렌지색 공간이었다. 꼭 우주선 같다. 우리 마을에서 이렇게 가까운데, 조금만 걸으면 보이는 건

물인데, 지금까지 아무 연관이 없었던 게 이상했다.

지하 2층에 내렸는데 거기도 밝았다. 어떤 구조인지 엘리베이터에서 내리자 정면에 있는 커다란 창문에서 빛이 들어왔다. 창문 밖은 단풍나무가 있는 지상이다.

"산비탈에 세워졌거든."

내 어리둥절한 표정을 봤는지, 니노미야가 알려주었다. 마치 자기가 여길 세운 것처럼 의기양양하다.

니노미야는 어떤 방에 들어갔다. 다다미 여덟 장 크기에 하얀 카펫이 깔렸고 나무 테이블이 있었다. 밝고 좋은 냄새가 났다. 둘러보니 동그랗게 생긴 기계가 좋은 향이 나는 증기를 내뿜었다.

"니노미야, 어서 오렴."

뒤에서 소리가 들려 놀랐다. 돌아보니 젊고 예쁜 여자가 니노미야처럼 카드를 목에 걸고 웃고 있었다.

"안녕하세요."

니노미야가 나를 힐끔 보았다.

"니노미야 친구니?"

"맞아요. 안녕하세요."

"그래, 잘 왔다."

여자가 곧 가지고 오겠다고 웃으며 말하고 복도로 나갔다. 두근거렸다. 나무 테이블을 만져보니 조금 따뜻했다. 햇볕이 테이블을 따뜻하게 데워주었다.

"니노미야, 여기에서 모형을 만들어?"

"맞아."

"아까 그 사람은 누구야?"

"응, 나를 담당하는 사람. 모형을 가지고 와줘."

"담당하는 사람. 우와."

담당하는 사람이 있다니, 니노미야가 꼭 대단한 사람 같다. 그렇게 생각했는데, 니노미야는 아까처럼 의기양양한 태도를 했다. 뭐야, 싫었다.

의자에 앉았는데, 눈앞 창문 너머로 단풍나무가 보였다. 살짝 단풍이 들어 참 예뻤다. 정말 멋진 곳이라고 생각했는데, 니노미야가 또 의기양양한 표정을 지을 것 같아서 말하지 않기로 했다.

맞은편에 앉은 니노미야는 입을 문어처럼 내밀고 눈을 뒤집고서 슈우우 슈우우 공기를 빨아들였다. 지금은 기뻐서 저런다는 걸 알겠다. 니노미야는 아마 누군가에게 이 장소를 보여주고 싶었을 것이다. 이렇게 멋진 곳이라면 나라도 자랑하고 싶어졌을 거다. 나도 니노미야와 똑같은 표정을 지었다. 슈우우 슈우우 공기를 빨아들이자, 웃음이 터질 것 같았다.

"아, 니노미야. 컴퓨터 없잖아."

"이 방에는 없어."

"그럼 어디 있는데."

"몰라."

"그게 뭐야."

다른 사람은 없는 것 같다. 아주 조용한 건물이다. 나는 모르는 배를 타고 모르는 나라에 온 기분이 들었다. 이곳에서는 먹는 음식도 쓰는 말도 인사하는 방식도 다르다. 어떤 신을 믿는지, 실례되는 행동이 무엇인지도 우리와는 전혀 다르다. 그렇게 생각하며 니노미야를 보니 조금 재미있었다. 니노미야는 슈우우 슈우우 계속 공기를 들이마셨다. 입술에 살짝 침이 고였고, 목에 혈관이 섰다.

"니노미야. 그 두 사람이랑 사이좋아?"

"둘? 아, 마쓰모토랑 사쿠라이."

"응."

"좋다기보다는 2학년 때부터 계속 같은 반이어서 같이 있는 느낌."

"그 두 사람도 네가 여기 오는 거 알아?"

"알고 있어."

"그렇구나."

"응."

왠지 니노미야가 부러웠다. 동시에 나한테만 말한 게 아니어서 발끈하기도 했다. 이상한 얼굴인 주제에, 건방지긴.

좋은 향이 나는 증기는 천장을 향해 슉슉슉, 도중에 사라지더라도 분명한 궤적을 남긴다. 양껏 들이마시면, 내 몸이 그 좋은 냄새로 채워지는 것 같다.

"1반 여자들, 이상한 분위기야."

말할 생각이 없었는데 말해버렸다.

"뭐가."

"마리아라는 애 있지, 나풀나풀한 옷 입는 애."

내가 생각해도 말투에 가시가 돋쳤다. 그래도 니노미야에게는 말이 술술 나왔다.

"아, 걔, 귀엽지."

니노미야의 황당한 말에 큰 소리를 냈다.

"뭐? 어디가?"

니노미야는 의외라는 표정으로 나를 보았다.

"그야 공주님 같은 옷을 입었잖아. 여자애 같아."

"말도 안 돼, 하나도 안 어울리잖아. 마리아는 자기 얼굴이 어떤지 몰라. 그러면서 그런 나풀나풀한 옷이나 입고, 다들 험담하는 것도 모른다고."

"험담하다니, 불쌍하다."

니노미야 뒤에서 단풍나무 잎사귀가 한 장 포르르 떨어졌다. 너무 쉽게 떨어졌다. 수족관의 정어리가 생각났다. 화가 나서 정색했다.

"애초에 마리아가 수를 썼어."

"수를 썼다고?"

"마리아는 자기가 반의 중심이 되고 싶었어. 그래서 반을 이끄는 모리와 가네모토를 갈라놓으려고 했는데, 결국 마리아가 따돌림을 당하게 된 거야."

"흠, 그래도 외톨이면 불쌍하잖아. 네가 사이좋게 지내주면 안 돼?"

"하지만 마리아가 먼저 내 험담을 했단 말이야. 내가 마리아의 작전에 참여하지 않았으니까."

"작전이라니."

"그러니까 반에서 마리아가 중심이 되는 작전 말이야. 다른 애들한테 내 험담을 하고, 하교할 때도 질질다리에서 나를 노려보고 비웃었어."

"흐음."

"그러니까."

나는 그때 내가 왜 마리아에게 말을 걸지 않았는지, 혼자 있는 마리아를 보고 사실은 어떤 생각을 했는지 깨달았다.

"꼴좋다고 생각했어."

이게 내 본심이다.

다들 마리아를 그만 용서해주면 좋겠다느니 하는 건 거짓말이다. 사실은 다들 마리아를 용서하지 않았으면 좋겠다.

내가 말하면 아마 모두 마리아를 용서할 것이다. 그러지 않았던 건 내가 누구보다 마리아를 지긋지긋하게 여겼기 때문이다.

"흐음."

니노미야가 메롱 혀를 내밀었다. 악의가 없는 줄 아니까 나도 안심하고 혀를 내밀었다. 꾹, 혀끝에 힘을 주자 눈물이 주르륵 흘렀다.

나는 어쩜 이렇게 교활할까.

어쩜 이렇게 교활하고 못된 애일까.

니노미야는 혀를 다시 집어넣고 입에 공기를 넣어 부풀렸다. 눈을 부릅뜨는 건, 우는 나를 보지 않으려고 그러는 걸 수도 있겠다.

"기다렸지, 니노미야."

아까 여자가 은색 슈트 케이스 같은 것을 가지고 왔다. 제법 크다. 그 안에 모형이 들었겠지만, 나는 어떻게든 눈물을 그치려고 정신이 없어서 아무 말도 할 수 없었다.

"미스지, 내 모형 좀 봐. 틀림없이 놀랄 거야."

니노미야가 테이블에 놓인 케이스를 정성스레 열었다.

케이스는, 열린 부분부터 천천히, 희미하게 빛났다.

집에 찾아가자 마리아가 울었다.

예상치 못하게 지금까지 미안했다는 말을 들어서, 나도 모르게 괜찮다고 말해버렸다. 나도 사과하고 싶었는데.

외톨이가 된 마리아를 보고 꼴좋다고 생각했다. 외톨이가 되기 전부터 마리아를 지긋지긋하게 여겼다. 모두 나를 귀엽다고 좋아하니까 기뻤다. 마리아보다 기쿠린이 좋다는 말에 안심했다.

마리아의 큰 집이, 구김살 없는 자신감이, 예쁜 유카타가 나는 부러웠다.

내일부터 같이 농구 하자. 그렇게 말하자 마리아는 응, 하고 대답했다.

사루가쿠 초등학교 운동회 날은 감탄이 나올 만큼 화창했다.

도쿄 초등학교에서는 시키는 대로 행진하고 춤추고 전력으로 달리면 끝나는 날이라고 생각했다. 보호자가 보러 와도 누가 누구의 부모님인지 알 수 없었고, 점심도 교실에서 평소처럼 급식을 먹었다.

그건 부모가 모두 있는 가정이 없는 나 같은 애들을 위한 시스템인 걸 이 마을에 온 후로 알았다.

이쪽 운동회는 가족이 총출동해 참여하는 방식이었다.

당연히 누가 누구의 엄마이고 아빠이고 할아버지이고 할머니인지 알 수 있고, 점심은 각 가정의 돗자리에서 먹는다.

우리 1반은 백팀이었다. 이마에 하얀 머리띠를 동여매니까 왠지 의젓해진 기분이다. 신기하다.

"이상하지 않아? 어때?"

마리아는 여전히 마리아였다. 머리띠가 귀엽게 묶였는지 신경이 쓰여 미치겠나보다.

"안 이상하다니까. 그렇지? 어떻게 생각해?"

옆에 있는 가네모토에게 묻자, 가네모토도 "안 이상해"라고 대답했다.

다들 마리아가 벽을 세웠다고 말하지만, 그 벽의 강도를 높인 것은 나였다. 나는 다른 애들이 마리아를 지긋지긋해할 거라고 멋대로 짐작했다.

"빨간 머리띠가 좋은데. 귀엽잖아."

마리아는 2반 여자를 보며 부러워했다.

마리아는 마리아인 채로, 모두와 있는 그대로 지내면 된다. 싸우거나 화해하거나 짜증 나는 애 취급을 받거나, 아무튼 알아서 하면 된다. 나는 친구로서 그저 지켜보면 그만이다.

"그런가? 하얀 게 운동회라는 느낌 아니야?"

"무슨 뜻이야?"

"응, 그러니까 운동회라는 느낌……."

"그거 같은 말이잖아!"

"무슨 소린지 모르겠어!"

"아, 그래도 홍팀이 없으면 운동회가 아니네. 양쪽 다 필요하다. 미안."

"뭐야 그게! 기쿠린은 진짜 맹하다니까!"

"그러니까! 왜 사과하는데. 의미를 모르겠어."

가네모토는 최근 또 키가 훌쩍 컸다. 릴레이의 마지막 주자를 맡았다.

가네모토의 가족은 '가네모토 제재소'라고 적힌 거창한 텐트 아래에 진을 쳤다. 다들 똑같이 생겨서 놀랐다.

마리아의 가족은 본부 가까운 곳에 자리를 잡았다. 마리아네 엄마는 위아래 자주색인 끔찍할 정도로 화려한 추리닝을 입었다. 보호자가 참가하는 장애물 달리기에 출전한다. 추리닝은 빛나는 소재여서 가끔 태양 빛을 반사해 우리의 눈을 아프게 했다.

니쿠코도 물건 빌리기 경주에 출전할 예정이다. 아파서 결석해주기를 바랐으나, 요 몇 년간 니쿠코는 감기 한 번 안 걸렸다.

니쿠코는 내가 귀 따갑게 잔소리한 덕분에 평범하게 위아래 회색 옷을 입었다. 교문 근처에 자리를 잡았는데, 돗자리에는 삿산과 젠지 씨, 젠지 씨의 어머니와 이혼한 여동생도 있었다.
삿산은 밤까지 '우오가시'의 문을 닫는다. 술은 금지인데 다들
보온병에 소주를 넣어 가져와 녹차를 섞어 마시는 중이다.

저학년의 시시한 댄스가 끝나고, 우리 고학년 여자의 단체
체조 차례였다.

피라미드에서 나는 두 번째 단이다. 내 오른발을 호즈미의
등에, 왼발을 기시의 등에 올리는데, 기시는 벌써 브래지어를
해서 무릎에 훅이 닿아 연습할 때마다 아팠다.

삑 호루라기 소리에 맞춰 별것도 아닌 자세를 취한다. 그랬
을 뿐인데 운동장 사방에서 박수가 터지고, '찰칵찰칵' 카메라
소리가 울렸다.

부채 모양을 만드는데, 젠지 씨가 나를 찍는 모습이 보였다.
그 '사진가'였다면 얼마나 좋을까 생각했는데, 이런 지저분한
체육복 차림을 보여주기 싫으니까 생각을 바꿨다.

단체 체조 다음은 남자의 기마전이다.

나는 자연스럽게 니노미야를 찾았다. 니노미야는 눈에 띄었
다. 사쿠라이와 마쓰모토, 고야나기라는 남자가 만든 기마 위에
탔다. 늘 두 사람 뒤를 따라다니기만 했던 니노미야이지만 오
늘은 왠지 흉포해 보였다.

"저기 봐, 기쿠린. 마쓰모토랑 사쿠라이가 남았어!"

니노미야의 기마는 마지막까지 살아남았다. 홍팀이다.

백팀은 기마 둘이 살았으니까 저쪽이 불리했다. 여자들은 당연히 백팀을 응원했는데, 나는 몰래 니노미야를 응원했다. 기마 둘에게서 하얀 모자를 빼앗고 마음껏 이상한 얼굴을 해주면 좋겠다. 눈을 부릅뜨거나 이를 드러내어 모두를 위협해주면 좋겠다. 놀라는 모두를 보며 나도 몰래 이상한 얼굴을 하는 거다.

"뭐야, 기쿠린? 뭐 해?"

리사가 나를 보고 있었다.

"어?"

"너 이상한 얼굴 하고 있었어."

나도 모르게 혀를 내밀고 눈동자를 모았나보다.

"응, 그냥 얼굴 움직이면 기분이 좋으니까."

"무슨 소리야. 정말 기쿠린은 맹하다니까!"

리사의 사시기 있는 눈이 부드럽게 호선을 그렸다. 그때 찰칵, 플래시가 터졌다. 눈이 부셔서 어지러웠다. 누가 기마전이 아니라 우리를 찍었다. 조금 전에 이상한 얼굴을 했었는데 위험할 뻔했다. 어쩌면 졸업 앨범에 쓸지도 모른다. 왜 대낮에 플래시를 터트리는 거야. 그리고 촬영할 때는 허락을 받으라고. 발끈했다. 고개를 돌려 사진가를 찾았으나 보이지 않았다. 발빠른 놈이네. 게다가 그러는 동안에 니노미야가 모자를 빼앗겨서 졌다. 아아, 홍팀 여자들이 낙담했다.

점심 먹을 시간이다. 다들 사방으로 뿔뿔이 흩어져 자기 돗자리로 달려갔다.

돗자리에 가보니 이미 술 냄새가 폴폴 났다. 그래도 옆 돗자리에서는 남자들이 당당하게 맥주를 마셨고, 본부석에는 병맥주를 들고 교장 선생님에게 술을 따르는 사람까지 있었다.

"오오, 기쿠린. 니 발이 빠르데."

삿산이 기뻐하며 말했다. 오전의 달리기 경주에서 나는 1등이었다. 저학년이 금빛 색종이로 접은 메달을 가슴에 걸었다. 골인했을 때 찰칵 플래시가 빛났다. 1등 하는 순간을 찍힌 건 좋지만 필사적인 표정이었으면 좀 싫다. 가네모토는 콧구멍을 벌름거리는 심한 얼굴로 달렸다.

"기쿠린은 운동신경이 발군이야!"

니쿠코가 커다란 용기를 차례차례 열었다. 큼지막한 주먹밥, 소시지, 냉동 닭튀김, 삶았을 뿐인 대량의 브로콜리. 삿산과 젠지 씨는 오징어나 치즈 어묵을 먹어서 이미 배가 부른 것 같았다.

"내도 여, 열심히 해야지. 물건 빌리기 경주!"

니쿠코는 너무 긴장해서 뺨이 살짝 발갰다. 가만히 있지 못하겠는지 팔을 마구 휘둘렀다. 그러다가 젠지 씨 어머니가 턱을 맞아서 "윽……" 하고 신음하며 쓰러졌다.

"앗, 미안, 미안, 미안, 미안!"

"괜찮, 괜찮아……."

"으하하하하하."

젠지 씨는 얻어맞은 어머니를 손가락질하며 웃었다. 거나하게 취했나보다.

젠지 씨의 여동생 유리코 씨는 세 살 여자애를 데리고 왔다. 이름은 '노아'다. 처음에 유리코 씨는 이름을 말하면서 "헤어진 남편이 붙였어! 프로레슬링을 좋아해서!" 하고 변명했다.* '헤어진 남편'은 같은 마을에 산다.

노아가 옆에 앉은 내 메달을 자꾸 만지작거렸다.

"이거 갖고 싶어?"

노아가 고개를 끄덕여서 목에 걸어주었다. 노아의 머리카락은 폭신폭신하면서 곤두섰고, 연갈색이라 갓 태어난 병아리 같았다.

"잠깐 화장실 다녀온다!"

니쿠코가 벌떡 일어났다. 손에 주먹밥을 두 개 들었다.

"니쿠코, 화장실에 주먹밥 가지고 갈 거야?"

"아하하하하핫!"

니쿠코가 주먹밥을 보고 폭소했다. 그대로 가타부타 말도 없이 가버렸다. 정말 많이 긴장했나 보다. 니쿠코는 긴장하면 뭔가 먹을 것을 가까이 두는 습관이 있다. 그렇게 긴장하지 않아

---

* '프로레슬링 노아'는 일본의 프로레슬링 단체다.

도 되는데.

니쿠코의 뒷모습을 보는데, 삿산이 "어이, 기쿠, 묵어야지"라며 내게 용기를 밀어주었다. 소시지와 브로콜리를 먹는데, "기쿠린, 유부초밥도 있어!"라며 젠지 씨의 어머니가 내게 유부초밥을 주었다. 내 손이 아니라 입에 직접 밀어 넣었다. 소시지도 브로콜리도 아직 입에 있는데.

"아우아우."

"응? 뭐라고?"

다들 나를 보고 웃는다. 노아도 웃는다.

왠지.

왠지, 진짜 운동회라는 느낌이다.

오후에는 보호자가 참여하는 경기가 많다. 줄다리기에도 참여하고, 큰 공 굴리기에도 참여하고, 이인삼각에도 참여한다. 그때는 다들 홍팀이고 백팀이고 잊고 정신없이 응원한다. 웃는다. 손뼉을 친다. 나도 어느새 손뼉을 치며 응원했는데, 문득 고개를 드니 하늘은 무진장 맑았고, 깃발이 펄럭이면서 "파이팅!" 하고 외쳤다. 굉장히 부끄러웠다.

왠지, 진짜 진짜 운동회라는 느낌이다.

마리아네 엄마는 장애물 달리기를 하다가 평균대에서 떨어졌다. 자주색 반짝이가 데굴데굴 굴러서 다들 손뼉을 치면서 웃었다.

"눈부셔!"

"빛나!"

"너무 화려해!"

마리아도 웃었다. 반 여자들은 최근 다시 마리아의 만화책을 빌린다.

물건 빌리기 경주를 시작하기 전, 홍팀 진영에 앉은 니노미야와 눈이 마주쳤다. 니노미야는 눈이 마주치자 눈꺼풀을 뒤집어 보였는데, 평소의 '이상한 얼굴'과는 다르다는 걸 알았다. 니노미야도 달리기에서 1등을 해서 목에 시시한 금메달을 걸었다. 니노미야는 금메달이 반짝이는 걸 알자 그걸로 내 눈을 공격했다. 노아에게 메달을 준 걸 후회했다.

출발선에 선 니쿠코는 참가자 중에 가장 뚱뚱했다. 하필이면 운 나쁘게 니쿠코의 조에는 늘씬한 사람뿐이었다. 혼자 경단 같은 니쿠코는 대놓고 튀어서 다들 그것만으로도 웃어댔다. 나는 부끄러워서 가네모토 뒤에 숨어 지켜보았다.

니쿠코는 너무 열정이 넘치고 긴장한 탓에 뺨이 부들부들 떨렸다. 평소보다 눈을 깜박이는 횟수가 적었고, 두 번이나 부정 출발을 했다.

"니쿠코, 침착해라!"

삿산의 외침이 들렸다. 삿산이 큰 소리를 내는 건 처음 들은 것 같다.

세 번째 총소리로 간신히 출발했다. 그렇게 반칙을 저질러놓고서 니쿠코는 확연히 출발이 늦었다. 니쿠코보다 훨씬 나이가 많은 남자나 다른 엄마들과 순식간에 차이가 벌어졌다.

달리는 니쿠코의 얼굴은 대단했다. 새빨갛게 물든 뺨, 불쑥 나온 아래턱(안간힘을 다할 때면 그렇게 된다), 작은 눈을 크게 뜨고 짧은 두 다리로 버둥버둥 흉하게 움직이는데, 전혀 앞으로 가지 못한다. 도대체 어떻게 해야 저렇게 달리지? 나는 주먹을 꽉 움켜쥐고, 누군지 모를 대상에게 기도했다.

먼저 간 사람들은 종이를 주워서 코스 위에 서 있는 선생님에게 보여주었다. 선생님은 마이크로 "와타나베 할아버님이 빌릴 물건은 점퍼입니다!", "호리다 어머님은 노안경입니다!" 하고 외쳤다.

점퍼, 노안경, 물통, 양말, 휴대전화. 비교적 간단한 것이 이어지고 마침내 도착한 니쿠코가 뽑은 것은.

"항구 마을의 니쿠코 씨가 빌릴 물건은 소설입니다!"

거짓말.

누가 썼어? 절망했으나 니쿠코는 포기하지 않았다. 그때 이미 다른 다섯 명은 골인했으니까 전력으로 달리지 않아도 되는데, 보호자란 원래 그런 법인지 니쿠코는 달리기 경주하는 저학년보다 더 필사적인 얼굴로 달렸다. 이중턱.

"누구, 누구! 소설 빌려주소!"

저렇게 큰 소리로 소설을 빌리려는 사람은 도서관에도 없겠지. 운동장에 있는 모두가 니쿠코를 보며 폭소했다. 나는 얼굴을 가리고 손가락 사이로 니쿠코를 보았다.

그때 한 할아버지가 시바 료타로의 《고개》 상권을 내밀었다. 기적이다.

"고개애애애애애!"

니쿠코는 절규하며 《고개 상》을 안고 뛰었다.

"니쿠코, 힘내라!"

"니쿠코오오오!"

사람들 목소리가 들렸다. 어느새 운동장에 있는 모두가 박수를 보냈다.

"기쿠린네 엄마 최고다!"

가네모토도 마리아도 니쿠코를 진심으로 응원했다. 니쿠코는 어렸을 때 술래잡기하다가 잡혀도 술래가 되지 않는 깍두기였겠지. 오사카에서는 그런 애를 '멸치 새끼'라고 부른다.

'멸치 새끼' 니쿠코는 그 후로도 자주 통화한다. 그것도 늘 한밤중에 속삭이면서. 어떤 남자인지는 모르지만 니쿠코의 그런 모습을 보면 어떻게 생각할까. 내게 비밀로 한다는 것은 진심이라는 소리일까.

니쿠코가 마침내 골인했을 때, 운동장에 있는 모두가 일어나 환호했다. 이런 일이 가능한가. 박수를 받아야 할 사람은 꼴사

나운 니쿠코가 아니라《고개 상》을 빌려준 할아버지 아닌가.

힐끔 시선을 돌렸는데, 믿을 수 없게도 할아버지는《고개 하》를 크게 휘두르며 니쿠코에게 갈채를 보냈다.

🦀

12월에 들어서자마자 시게마쓰 안주인이 죽었다.

어느 날, 아침에 나오지 않아 걱정한 미국너구리 며느리가 이부자리에 누워 죽은 시게마쓰 안주인을 발견했다고 한다.

장례식에는 처음 가봤다. 장례식용 옷이 없으니까 니쿠코가 까만 원피스를 사줬다. 까만색이고 장례식용이라지만 원피스를 오랜만에 입어서 조금 낯부끄러웠다.

니쿠코가 장례식용 옷을 가지고 있는 줄 몰랐다. 언제 샀는지 모르겠는데, 배에 막혀서 까만 재킷의 단추를 잠그지 못했다.

"답답하다!"

니쿠코는 또 쩄다.

장례식은 '시게마쓰' 안쪽 객실에서 치렀다. 나는 가게에만, 그것도 마키 씨와 커피를 받으러 딱 한 번 들어가 봤을 뿐이어서 기분이 묘했다. 시게마쓰 안주인의 시신을 보고 내가 어떤 생각을 할지 도무지 모르겠다.

장례식장에는 마리아도 있었고, 반 애들도 몇 명쯤 왔다. 안

쪽에 모여 있었다. 장례식 분위기에 압도된 것인지 아니면 정말로 슬픈지, 손수건을 들고 훌쩍훌쩍 울고 있었다.

다들 나 모르게 시게마쓰 안주인과 접점이 있었을까. 이미 세상을 떠난 후인데, 역시 차라도 살 것을 그랬다고 후회했다. 나는 참 엉뚱한 인간이다.

나는 애들에게 작게 손을 들어 인사했으나, 그 애들과 떨어진 곳에 있기로 했다. 요즘은 화장실에도 혼자 가고 농구를 하기 싫을 때는 점심시간에 책을 읽기도 한다. 다들 그런 나에게 뭐라고 안 하고, 마리아도 나를 그냥 둔다.

"뇌경색이래."

"아이고, 그랬구먼. 무섭네……."

장례식에 모인 사람들이 수군거렸다.

스님이 독경하는 소리가 들렸다. 학교가 생각났다. 수업 중에 종종 절에서 독경 소리가 들리곤 한다. 다들 졸리고 우울해진다고 투덜거리는데, 나는 좋다. 몸 안쪽에 쌓인 어떤 거뭇거뭇한 것이 차츰차츰 사라지는 기분이 든다. 독경의 리듬과 멜로디에 몸을 맡기면 머리가 하얘진다. 그렇지, 방귀를 뀔 때와 비슷하다.

"니쿠코."

누군가 조용히 니쿠코를 불렀다. 돌아보니 마키 씨였다. 마키 씨는 울고 있었다. 눈은 새빨갛게 붓고 목소리는 코 막힌 소리여서 누군지 못 알아봤다.

"마키."

니쿠코가 마키 씨를 편하게 이름으로 부르는 줄은 몰랐다. 아니면 장례식 분위기에 휩쓸려 단순히 흥분했을 뿐일지도 모른다.

니쿠코는 그러면 그렇지, 마키 씨를 보더니 덩달아 울기 시작했다. 니쿠코는 시게마쓰 안주인과 대화해본 적도 없으면서.

"갑작스럽네."

"참말로……! 아직 젊은데……!"

니쿠코의 소곤소곤은 일반적인 사람의 일반적인 목소리 볼륨이다. 한밤중 전화는 그렇게 소곤소곤할 수 있으면서 말이다. 창피했는데, 한층 더 크게 우는 여자의 목소리가 니쿠코의 목소리를 지웠다.

사람들 제일 앞, 시게마쓰 아들 옆에서 미국너구리 며느리가 울고 있었다. 아아아아, 아아아아, 목청껏.

놀랐다.

"사이가 정말 좋았거든."

마키 씨가 말하며 또 울었다.

"어, 그랬어요?"

나도 모르게 물었다.

"그래. 진짜 모녀 사이 같았어."

나는 항상 입을 다물고 있던 미국너구리 며느리와 얼굴이 둥글둥글한 시게마쓰 안주인을 생각했다. 두 사람은 시선을 마주하지도 않았고 대화도 나누지 않았다. 좁은 가게에 단둘이 있으면 너무 괴롭겠다 싶었는데, 그건 워낙 친근하기에 생기는 침묵이었구나.

"어려서 부모님을 잃고 시게마쓰 댁에 시집을 와서, 시게마쓰 안주인에게 진짜 딸처럼 귀여움 받았어."

"그랬구나……!"

"안됐어. 한동안 기운 못 차리겠지."

"그렇겠어……!"

영정사진 속 시게마쓰 안주인은 생글생글 웃고 있었고 아주 동그랬는데, 부자연스럽게 조정된 모습이었다. 상복도 합성이라는 걸 보면 알겠다. 삿산 부인의 영정사진이 생각났고, 동시에 고기 굽는 맛있는 냄새도 떠올랐다. 내가 생각해도 너무 무정한데 자꾸 고기, 고기 생각만 나서 장례식에 집중할 수 없었다.

관에 누운 시신을 봐도 나는 울지 않았다.

시게마쓰 안주인은 입을 반쯤 벌리고 멍한 표정이었다. 설마 자기가 이렇게 일찍 죽을 줄 몰랐겠지. 코에 탈지면을 채워 넣은 탓에 너무 한심해 보였다.

니쿠코가 "어쩜 이래 아름다울꼬오오!"라며 울었다. 다들 저건 뭐 하는 사람이냐고 황당해할 줄 알았는데, 니쿠코의 외침에 이끌려 같이 울기 시작했다.

남들이 하는 대로 향을 올리고 줄에서 빠져나오는데, 장례식 장에서 나가는 세쌍둥이 노인이 보였다. 하얀 연기를 몸에 걸쳤다.

저 셋도 죽음을 원통하게 여긴다.

"니쿠코, 많이 울었네."

돌아오면서 니쿠코에게 말하자, 니쿠코는 "그야 사람이 죽으면 슬프니까!"라고 대답했다. 휴일이면 자동으로 기쁜 것과 마찬가지로, 누군가 죽으면 자동으로 슬퍼한다. 고구마를 먹으면 커다랗게 방귀를 뀌는 니쿠코.

"니쿠코가 아는 사람이 죽은 적 있어?"

"있지!"

니쿠코는 여전히 염주를 손에 쥐었다. 엄지와 검지로 염주 알을 만지작거렸다.

"누구?"

"음, 초등학교 동창이랑 할머니랑 아빠랑!"

"어, 아빠?"

놀랐다. 니쿠코는 가족 이야기를 하지 않는다. 아빠가 죽었다는 소리도 처음 듣는다. 일단은 내 할아버지다.

"그래도 네 살 때였다!"

니쿠코는 장례식에서 운 게 거짓말이었던 것처럼 방긋방긋 웃었다. 이제는 장례식용 옷이 안 어울린다.

"그래도라니? 슬픈 일이잖아."

"기억 안 난다!"

"말도 안 돼. 네 살이면 기억하지."

"으음, 바보라 기억이 안 난다!"

염주 알을 만지작거린다. 니쿠코의 엄지손가락은 굉장히 굵다. 손톱이 동그래서 그게 구슬 같다.

"니쿠코는 어떤 애였어?"

묻고 나서 이런 평범한 질문을 니쿠코에게 하는 것은 처음이다 싶었다. 왠지 두근거렸다. 이상하다.

"몸이 아주 약했데이!"

"거짓말. 아, 그렇지, 미숙아라고 했었지."

"그래! 형제 중에서 엄마만 약했으니까 만날천날 누워 있었는데, 울 엄마는 일하고 울 아빠는 일찍 죽었잖아, 그래서 엄마는 할머니가 봐줬데이!"

"그랬구나."

사루 상점가에는 장례식용 옷을 입은 사람이 많았다. 다들 시게마쓰 안주인이 화장터에서 화장되기를 기다린다. 니쿠코는 '우오가시' 일이 있으니까 돌아가야 했고 나도 니쿠코를 따라갔다.

"그래서 할머니는?"

"죽었다이!"

"……언제?"

"중학생 때!"

니쿠코는 계속 염주를 만지작거렸다. 어디에 보관하고 있었을까. 얼마나 오랜만에 사용하는 걸까.

"무지무지 울었지!"

"……그야 당연하지. 엄마나 마찬가지였으니까."

"그러니까! 엄마도 남친이 있었고 형제도 일찍 집을 나갔으니께."

한밤중에 작게 속삭이는 니쿠코를, 자칭 소설남에게 밥을 차려주던 니쿠코를 생각했다. 니쿠코도 나와 같은 심정이었을 것이다. 어떤 심정인지는 나도 정확히 모르겠지만.

"쓸쓸했었다이!"

그렇구나. 나는 쓸쓸한 거구나.

그게 뭐람. 부끄럽다. 그러니까 어린애 같잖아.

"쓸쓸했었다이!"

갑자기 니쿠코의 몸이 지방으로만 이루어진 건 아니라는 생각이 들었다. 니쿠코의 그림자는 아주 크고 짙다.

"그래도 할머니가, 죽어도 곁에 있을 거라고 했데이. 한동안은 쓸쓸했지만 그래도 괜찮아졌다!"

사람의 말을 100퍼센트 믿는 니쿠코.

고등학교에 진학하지 않고 혼자 집을 나온 니쿠코를 상상했다. 아무리 해도 지금의 복스럽고 마트료시카 같은 니쿠코만 생각난다. 혹은 예쁜 여자와 같이 찍힌 '직장'에서의 사진. 뚱뚱하면서 개 같은 얼굴이었던 니쿠코.

"지, 금, 도."

"응?"

"기쿠린이 있으니까 하나도 안 쓸쓸하다!"

오코노미야키남도 있으니까, 라고 말하려다가 그만두었다.

그때 나는 놀랍게도 마음이 너그러웠다. 지금 당장 옛날로 시간 여행을 해서 초등학교 5학년인 니쿠코와 친구가 되어주고 싶었다. 혹시 누가 뚱보나 메주라고 놀린다면, 지금의 나는 온 힘을 다해 니쿠코를 지킬 수 있다. 얼마 전까지의 비겁하고 미운 애였던 나는 이제 없다. 없을 거다.

"기쿠린이 있어줘서 참 좋다이!"

니쿠코의 그림자. 커다랗고 역시 짙다.

그날 밤, 긴자 사루가쿠거리 상점가가 소란스러웠다.

'몽키매직'의 원숭이가 도망쳤다. 지렛대로 우리를 억지로 연 흔적이 있어서, 주인은 가네코 씨 짓이 틀림없다고 주장했다. 가네코 씨는 아무리 그래도 그런 짓은 안 한다고 응전해 두 사람은 거의 주먹다짐할 뻔했다.

"내가 한 게 아니라도 도망치는 게 옳아. 열악한 우리에 가둬놓으니까 매일매일 으르렁거리잖아!"

"우리에 넣은 동물을 파는 놈이 그런 소리를 잘도 하네!"

"시끄러워! 나는 애정을 담아 동물을 돌본다고. 그런 허접한 우리에 가둬두는 네놈과는 수준이 달라!"

"뭐야, 이 새끼가!"

시게마쓰 안주인이 이미 하얀 연기가 되어 하늘로 올라간 후였다. 아직 장례식용 옷을 입은 사람들이 가네코 씨와 '몽키 매직' 주인을 갈라놓았다. 고된 하루였다.

나는 원숭이를 도망치게 한 건 니노미야라고 짐작했다.

니노미야가 보여준 모형에 산을 자유롭게 뛰어다니는 원숭이가 있었으니까.

니노미야의 모형은 작은 바닷가 마을이었다.

파란 바다가 해변에 몰려오고, 해변에는 펭귄이 있다. 누워 뒹구는 펭귄도 있고, 날개를 펼친 펭귄도 있고, 바다에 잠수해 정어리 떼를 위협하는 펭귄도 있다. 전부 작지만 훌륭한 펭귄이었다.

해변을 북상하면 항구가 나온다. 새하얀 콘크리트로 만든 항구에 배가 몇 척 정박해 있다. 배가 기운 모습도 그대로 재현했고, 배 위에는 잡아 온 물고기가 팔딱거린다. 항구에서는 고양이들이 콩고물을 얻으려고 줄지어 앉았고, 그중 한 마리를 어린 소녀가 쓰다듬었다. 여자애는 빨간 옷을 입었다. 저녁놀 같은 빨강이다.

항구에서 뻗은 외길에 시장이 섰다. 생선을 파는 노점, 색색의 채소를 파는 노점, 아이스크림 노점에 금붕어 건지기 노점도 있다. 금붕어는 잉어 크기지만 그래도 제대로 된 금붕어 모양이었다. 사람들이 많았고, 목말을 탄 남자애가 나무에 맺힌 어떤 열매를 따려고 손을 뻗었다.

길 입구에서부터 차츰 마을이 구성된다. 길을 따라 빵 가게, 신발 가게, 레스토랑, 영화관이 있다. 영화관 간판에는 무슨 이유에선지 'LOVE'라고 적혀 있고, 레스토랑 창가 자리에서는 연인끼리 얼굴을 맞댔다.

길 끝은 벽돌로 지은 아름다운 교회였다. 그곳에서부터 방사형으로 거리가 펼쳐지고, 집들이 창문을 활짝 열었다. 집과 집을 연결하듯이 줄이 달렸고, 거기에 색 고운 빨래가 널렸다. 장난꾸러기 남자애가 줄타기를 하려고 했고, 하얗고 자그마한 새가 옹기종기 앉아 지저귀었다.

마을 외곽에 나무로 지은 멋진 학교가 있고, 학생들이 운동장에서 놀고 있었다. 정글짐, 그네, 또 당연히 아름드리 벚나무도 있었다.

마을 너머로는 완만한 산이 시작된다. 산 중턱에 웅장한 신사와 원숭이 무리가 있었다. 나무에 올라가 감을 먹는 원숭이,

경내에서 털을 고르는 원숭이. 모두 이를 드러내지 않는다. 원숭이들이 명랑하게 놀고 있다. 동료와 함께.

모형을 보여준 니노미야는 눈을 부릅뜨고 얼굴에 힘을 줬다. 새빨개진 니노미야의 얼굴은 정말 귀신 같았다.

"대단하다."

"그렇지? 할짝, 할짝 할짝 할짝."

니노미야는 더는 못 참겠는지 내 뺨을 핥았다.

니노미야가 다 핥고 뾰족한 혀를 집어넣었을 때, 내 뺨은 축축해져서 차가웠다.

☎

다들 올해 겨울은 이상하다고 한다.

보통 11월 말부터 내리는 눈이 아무리 기다려도 내리지 않았다.

"평년보다 따뜻한 겨울이니 뭐니 암만 해도 따뜻하긴 개뿔이게 추웠어. 그런데 올해는 진짜 아잉가. 따뜻한 겨울이야. 눈이 내리지를 않아."

삿산은 손님이 오는 족족 그런 소리를 했다. 니쿠코는 몇 번이나 들은 이야기인데도 처음 듣는 것처럼 "참말 그러네! 따뜻한 겨울이네!" 하고 커다란 소리로 맞장구를 쳤다. 마치 어려서부터 이 마을에 살았던 사람처럼 말한다.

눈이 내리지 않은 탓에 스키 수업이 계속 미뤄졌다. 그러다가 종업식이 되어 선생님이 스키는 내년에 해야겠다면서 아쉬워했다.

마리아는 겨울방학에 디즈니랜드에 간다고 했다.

"크리스마스 퍼레이드가 진짜 예쁘거든!"

다들 좋겠다, 부럽다, 입을 모아 외쳤다. 그야 예쁘겠지, 디즈니랜드니까. 나는 생각했다.

"선물 사올게!"

그래서 마리아에게 스노 글로브를 부탁했다. 스노 글로브의 눈은 녹지 않으니까 좋다.

겨울방학에 아무 예정도 없는 나는 여름방학 때처럼 젠지 씨가 배에 태워주면 좋겠다고 생각했다.

역시 눈이 오는 날이 좋다.

눈은 바다에 쌓이지 않지만, 그래도 남으려고 노력하는 해수면의 눈을 보고 싶었다.

니쿠코의 전화는 여전히 이어졌다. 니쿠코는 내가 잠들 때를 기다려 한밤중에 종종 수화기를 든다. 어둡고 아주 고요한 밤, 니쿠코가 작게 말하는 소리. 이미 익숙해졌다.

"⋯⋯그렇제?" "그런가⋯⋯." "⋯⋯라데."

나는 몸을 뒤척이지 않으려고 참고서 계속 자는 척했다.

가을까지 열심히 날아다녔던 나방은 이제 없다. 나방은 겨울이면 어디로 이동하는 걸까?

겨울방학이 시작한 금요일에 '우오가시'에 갔더니 가게에는 완벽하게 단골뿐이었다. 젠지 씨, 어업 조합 사람, 가네코 씨, 하타케야마 씨 부부. 다들 좋은 일이 있었는지 얼큰하게 취해 있었다.

"오오, 기쿠!"

"벌써 겨울방학이구나!"

나는 모두에게 가볍게 인사하고 늘 앉는 자리에 앉았다. 앉자마자 삿산의 죽은 부인과 눈이 마주쳐서 허둥지둥 시선을 피했다. 시게마쓰 안주인의 장례식 이후로 삿산의 부인도 말을 걸기 시작했다.

"죽은 소의 고기가 아니라 죽인 소의 고기예요."

차분하게 말하니까 무섭다.

가네코 씨는 오늘도 눈을 동그랗게 뜨고 맛있게 고기를 먹는다. '몽키매직' 주인에게 한 대 얻어맞아 왼쪽 눈에 멍이 들었는데, 이제 다 나았나보다.

"기쿠, 오늘 저녁은 저거야, 그러니까."

"미쳤다니까!"

어업 조합 사람이 외쳤다.

"그래, 미쳤어! 와하하하하하."

뭐가 그렇게 재미있지. 가게에 웃음꽃이 퍼졌다. 묘한 표정으로 웃는 내게 가네코 씨가 "그거야, 요즘 젊은 애들은 뭐든 미쳤다고 하잖아?"라고 말했다. 다 그렇지는 않다고 대답했는데, 그때 이미 가네코 씨는 술을 마시느라 내 말을 듣지 않았다.

"부챗살이야, 기쿠!"

"미쳤네."

무심코 말했다. 다들 아까보다 크게 웃어댔다.

"니쿠코, 오늘은 고만 간판 들여라. 니도 부챗살 묵어라."

"와아!"

니쿠코가 앞머리를 휘날리며 밖으로 뛰어갔다. 엉덩이가 말도 안 되게 푸짐하다. 입에 퍼지는 부챗살의 지방을 상상하니까 나는 질질 흐르는 침을 자제할 수 없었다.

"성씨 미스지라고 쓰고 고기 미스지로 풀어봅니데이!"

니쿠코가 시시한 소리를 외쳤다. 부탁이니까 더는 말하지 마, 간절히 바랐으나.

"그 의미는 같은 이름!"

결국 외쳤다. 내가 조금 더 어른이었다면 니쿠코를 후려쳤을지도 모른다.

삿산이 자기 잔과 세숫대야를 들고 나타나자 모두 "오오" 하고 감탄했다. 세숫대야 안에 아주아주 맛있는 부챗살이 한껏

반짝이며 담겨 있었다.

"이야, 조금 이른 크리스마스 선물이네!"

"정말!"

"그건 죽은 소의 고기가 아니라 죽인 소의 고기예요."

"응? 기쿠, 뭐라꼬?"

"아무 말도 안 했어요."

"기쿠린, 밥 얼마나 줄까?"

"보통."

"기쿠린의 보통이랑 내 보통은 다른데."

"그럼 니쿠코의 적게."

"호호호."

가네코 씨의 커다란 주먹 크기의 밥이 나왔다. 요즘 식욕이 돌아오긴 했는데, 이렇게 많은 양을 보면 가슴이 꽉 채워진다. 사발에 봉긋하게 담긴 흰 쌀밥은 마치 '행복' 그 자체인 느낌이었고, 내 주변에 부챗살을 놓고 신이 난 어른들이 있으니까 왠지 부끄러웠다.

"굽는다."

삿산이 어딘지 엄숙한 태도로 불판에 부챗살을 올렸다. 지글지글거리는 소리와 함께 배가 꼬르륵 울렸다. 부끄러운 수준이 아니다.

"와, 기쿠린 배가 꼬르륵거렸다! 밥 그거 부족하지 않겠나?"

"충분해."

"오오, 기쿠는 사춘기구나."

"아니에요."

"먹어, 배부르게 먹어야지. 다이어트는 절대 꿈도 꾸지 마."

"그럼, 기쿠린! 기쿠린은 너무 말랐다!"

"니쿠코는 다이어트 좀 하지 그러누."

"호호호."

"다 구워졌다. 기쿠부터."

삿산이 잘 구워진 부챗살을 고봉밥 위에 놓아주었다. 밥의 김과 부챗살의 김이 뒤섞이자 입 안에 침이 축축하게 고였다.

입에 넣자, 고봉밥이 앞에 있는데도 "한 공기 더!"를 외치고 싶었다. 이 정도 양의 밥이라면 단번에 먹을 수 있어. 맛있다, 맛있다, 맛있다.

"맛나냐, 기쿠."

"네, 미쳤어요."

"와하하하하하하!"

지금 '미쳤다'는 서비스지만, 삿산이 기뻐하니까 나도 좋다. 가네코 씨도 젠지 씨도 어업 조합 사람들도 부챗살을 먹고 "으음"이나 "아아" 하고 신음했다. 귀중한 부위인데 니쿠코는 거의 씹지도 않고 삼켰다.

"맛있다아아아앗!"

그러니까 찌지.

"그건 죽은 소의 고기가 아니라."

삿산 부인의 영정을 봤는데, 부인의 입에서 투명한 침이 주르륵 흘렀다.

부챗살은 정말로 위험하다. 꿈만 같은 금요일이었다.

다음 날, 배가 아파서 깼다.

아랫배가 콕콕 쑤셨다. 이불을 덮은 채 '귀 없는 고흐'를 보니 11시 5분이다. 커튼 너머로 쏟아지는 빛을 보며 생각했다. 오늘도 눈은 내리지 않겠네.

옆을 보지 않아도 니쿠코가 푹 잠든 것을 알았다. 토요일. 삿산은 부인의 기일이어서 낮 영업을 쉰다고 했다. 성묘하러 가는 거다.

"대그으으윽, 대그으으윽!"

니쿠코의 코골이에도 배가 울린다. 조심조심 몸을 일으키니 조금은 나아졌다. 똥이 가득 차서 그러나? 하지만 그런 아픔과는 다른 것 같다.

니쿠코를 깨울까 생각했으나 대그으으윽을 들으니 망설여졌다. 그냥 신경 쓰지 않기로 하고, 나는 이부자리에서 나왔다.

근육통인가. 배가 당기는 듯한 아픔이다. 어제 뭘 했나 짚어보다가 조금 오싹했다.

설마. 부챗살 때문에 배탈이 난 건 아니겠지.

"아니야."

소리 내어 말했다. 배탈이 났다면 분명히 설사가 따라온다. 아니야, 이건 부챗살 때문에 아픈 게 아니다.

삿산이 우리를 여기에서 저렴하게 살게 해주는 것은 우리가 배탈이 나지 않기 때문이다. 그게 유일한 조건이었다.

부챗살 때문에 아픈 게 아니야.

아픈 배를 무시하고, 세수하고 이를 닦았다. 물을 뱉으려고 수그리는데 욱신욱신 아팠다. 경험해본 적 없는 아픔이다. 그래도 못 참을 정도는 아니다. 괜찮아, 괜찮아.

일단 니쿠코가 깨기 전에 위장약을 먹어두려고 약상자를 열었다. 감기약과 반창고, 체온계만 들어 있었다. 우리, 이렇게 건강하구나. 기쁜 일이지만 이때만은 절망했다.

"말도 안 돼."

아무리 건강하다지만 초등학생인 내가 갑자기 복통을 호소하거나 고열이 날지도 모른다는 생각을 아예 안 한다니. 니쿠코를 보니, 여전히 대그으으윽을 외치고 있었다. 왠지 얄미워서 근처에 있던 수건을 던졌다. 수건이 팔랑팔랑 소리를 내며 니쿠코의 엉덩이쯤에 떨어졌다.

12시가 지나자 니쿠코가 간신히 깼다.

"기쿠린, 잘 잤나!"

그때는 막 잠에서 깼을 때보다 더 아픈 것 같았지만 기분 탓이겠지, 아니, 기분 탓이라고 여기기로 하고 가만히 있었다.

"……안녕."

"어라? 기쿠린, 입술이 파라네?"

"어, 정말? 추워서 그러나……."

"감기 아이가?"

"아니야, 괜찮아……."

고타쓰에 들어가 몸을 동글게 말았다. 이렇게 따뜻하게 해주면 괜찮겠지. 니쿠코는 꾸물꾸물 이부자리에서 빠져나와 춥다고 연신 말하며 화장실에 갔다.

"아, 또 화장실 휴지가 떨어졌다!"

니쿠코가 화장실에서 외쳤다. 평소에는 내가 사러 다녀오겠다고 나서겠지만, 오늘은 안 되겠다.

"기쿠린! 엄마, 화장실 휴지랑 빵이랑 또 세제랑 사올라칸다!"

"세제?"

"그래, 대청소할라꼬!"

"응."

"연말이니까!"

"응."

대청소라니 절대 못 할 것 같은데. 나는 고타쓰에서 점점 더

둥글게 몸을 말았다. 아파. 니쿠코가 내 얼굴을 들여다보았다.

"기쿠린, 괜찮나? 진짜 감기 걸린 거 아니가?"

니쿠코에게 배가 아프다고 말하고 싶었다. 생전 처음 겪는 아픔이라고 말하고 싶었다. 그러나 말하면 일이 커질 것 같다.

왜 그러는데!

배가 아프다고!

지금까지 그런 적 없었는데!

아!

부챗살 때문에 배탈 난 거 아니가!

니쿠코의 입에서 나올 말을 생각하면, 도저히 말할 수 없다.

"괜찮다니까."

"참말이제!"

니쿠코는 내 말을 늘 100퍼센트 믿는다.

"그럼 다녀올게! 점심도 사서 올 거다. 우동 괜찮나?"

"응."

"다녀오겠습니다!"

니쿠코는 세수도 안 하고 활기차게 뛰어나갔다. 문이 닫히는 순간, 역시 가지 말라고 말하고 싶었으나 그러지 못했다.

니쿠코는 왜 사람의 안색이나 분위기를 파악하지 못할까. 남이 하는 말을 곧이곧대로 믿을까. 말하지 않아도 알아주기를 바라는 내가 참 어린애 같다는 생각이 들어 울고 싶어졌다.

니쿠코가 없으면 방은 역시 한색이 된다. 창문에서 빛이 이렇게 잘 들어오는데도 춥다. 일단 춥다고 생각하면 너무, 너무 춥게 느껴진다. 난로도 고타쓰도 소용없다. 눈은 내리지 않았는데도.

이 마을의 겨울이 이렇게 추웠었나.

12시 25분이 되자 배가 본격적으로 아팠다. 콕콕 찌르는 듯한 아픔이었고, 완급이 빨랐다. 동시에 토할 것 같았다.

역시 부챗살 때문에 배탈이 난 건가.

"아니야."

말하는 것조차 괴로웠다.

화장실에 가려고 용기를 내 고타쓰에서 나왔는데, 춥다고 느끼기 전에 있는 힘껏 배를 꼬집히는 것처럼 꽉 조여드는 아픔이 있었다. 그리고 강렬한 구역질. 나는 그대로 쓰러져 한참 바닥에 머리를 박고 있었다.

머리가 핑핑 돈다.

좁은 집, 화장실까지 거리를 의식해본 적도 없는데, 지금은 너무 멀어서 절망스럽다. 말도 안 돼. 나는 기어서 조금씩 조금씩 화장실로 갔다. 간신히 도착했을 때는 추운데 땀이 뻘뻘 났다.

변기를 본 순간 토했다. 회색기 도는 노란색, 검붉은 고기도 섞였다. 아아, 구역질이 멈추지 않는다. 무서워. 문득 보니 화장실 휴지가 또 반대 방향으로 걸렸다. 왜 니쿠코는 학습을 못 할까. 배가 아파. 아파.

니쿠코는 언제 돌아올까. 누구든 이웃 사람을 부를까. 하지만 내가 이런 상태인 걸 보면 어떻게 생각할까.

부챗살 때문에 아픈 게 아니라도 배가 아프고 구토까지 하는 걸 보면.

"우오가시에 그 애, 배가 아파서 토했다더라."

어쩌지.

땀이 뻘뻘 났다. 아파, 아파. 배가 아파. 토한다. 잔뜩. 이게 뭐야.

어쩌지.

이런 작은 마을에서.

죄다 동급생만 있는, 다들 알고 지내는 이런 작은 마을에서.

아픔과 구역질을 느끼면서 나는 빨리 어른이 되고 싶다고, 몇 번이나 했는지 모를 생각에 잠겼다. 빨리 어른이 되어서 이 마을에서, 이 작은 공동체에서 빠져나가고 싶다.

사진가의 얼굴은 한참 못 봤으니까 이미 잊어버렸다. '〈듀프〉' 는 이 마을에서는 팔지 않는다. 아무것도 없다. 아무것도.

"아파."

입 밖에 냈더니 그게 전부인 것 같았다. 그게 사실이기도 했다. 지금 아픔은 내 온몸을 뒤덮었다. 숨쉬기 괴로웠다. 아픈데 배가 꿀렁이고, 더는 나올 것도 없는데 뭔가가 목에 차오른다.

안 돼, 어떻게든 혼자 나아야 한다. 어쩌지. 약을 먹으면 되나. 하지만 약이 없다. 이 집은 뭐야, 대체 뭐냐고.

새삼스럽게 촌스러운 물건만 가득한 이 공간이 증오스러웠다. 버드와이저, 개구리, 달마, 고흐, 덩굴풀 무늬, 뭐냐고, 이 방은!

"아파."

눈물이 났다. 이대로 죽을지도 모른다. 부챗살을 먹고 죽으면 삿산에게 너무 폐를 끼치잖아. 삿산, 그렇게 다정한 사람인데. 나와 니쿠코에게 그렇게 잘해줬는데.

"아프다고!"

울먹이며 크게 외친 순간, 눈앞이 캄캄해졌다.

그녀는 작은 마을에서 자랐다.

네 살 위인 오빠와 부모님과 살았다. 아름답다고 평이 자자한 그녀였으나, 부모님은 매일 싸우느라 바빴다.

집 근처에 작은 강이 있었다. 더러운 강이었다. 그래도 잘 보면 까만 물고기가 헤엄쳤다. 진흙을 먹고 사는 물고기라고 했다. 그녀는 어려서부터 부모님이 싸우기 시작하면 밖에 나와 그 물고기를 지켜보며 지냈다. 물고기의 몸은 미끌미끌해서 기분 나빴지만, 빛에 따라 가끔 놀랍도록 예뻐 보일 때가 있었다.

아빠도 엄마도 빚이 잔뜩 있었다. 매일 벌어지는 말다툼은 그게 원인이었다.

엄마는 자기에게 화를 내는 아빠를 나무랐고, 아빠는 말문이 막히면 엄마를 때렸다. 그러고는 분노에 휩쓸려 또 돈을 빌렸다. 그런데도 두 사람은 헤어지지 않았다.

아빠도 엄마도 일했다. 그러나 빚은 줄지 않았다. 오빠는 고등학교에 진학하지 않고 가족을 위해 일했으나, 어느 날 밤 말없이 집을 나가 그대로 연락을 끊었다. 부모님은 오빠를 찾지 않았다. 원망하지도 않고 슬퍼하지도 않았다. 그저 일해서 빚을 갚았다.

그녀의 가족은 그녀가 열세 살 때 이사해야 했다. 이사한 곳에는 강이 없고, 물고기도 물론 없었다. 그녀는 실망했다.

그녀는 중학교를 졸업한 뒤 고등학교에 진학하지 않고 오빠처럼 일을 시작했다. 그녀는 당시 오빠보다, 부모님보다 돈을 잘 벌었다. 나이를 속이고 밤의 세계에서 일했기 때문이다. 가게 주인은 그녀의 진짜 나이를 알았으나, 아름다운 그녀에게 손님이 잘 붙자 눈을 감아주었다.

마을 사람들 모두 그녀의 직업을 알았다. 저 집 딸이 이러니저러니 쑥덕이는 여자도 있었다. 물론 그 여자도 그녀가 부모님을 위해 일하는 것을 알고 있었을 것이다. 아름다운 그녀를 질투했을 뿐이다.

그녀의 수입 덕에 빚은 줄었는데, 부모님이 일에서 손을 놓았다. 지쳤다며 공장을 결근하는 아빠, 기분 전환도 못 하면 몸이 썩어 들어간다면서 파친코에 다니는 엄마는, 여전히 매일 심각하게 말다툼했다.

어느 날, 그녀도 오빠처럼 집을 나왔다. 열여섯 살 때였다. 마지막 월급 절반을 책상 위에 놓고 나머지 절반을 가방에 넣었다. 아빠는 술에 취해 잠들었고, 엄마는 파친코에 가서 집에 없었다. 그녀는 조용히 집을 나왔다. 그대로 연락을 끊었다.

집을 나오기로 연인과 미리 말을 맞춰두었다.

가게에서 알게 된 남자였다.

그는 스물네 살로, 그녀의 엄마가 다니는 파친코에서 일했다. 열여섯 살인 그녀에게 연인은 충분히 어른으로 보였다. 둘은 전철을 타고 마을에서 가장 가까운 도시로 갔다. 2시간 반이 걸렸다. 그동안 그녀는 계속 연인의 어깨에 머리를 기대고 있었다. 넘치도록 행복했다.

연인은 도시에서도 또 파친코에서 일했다. 사원 기숙사가 있어서 그녀도 함께 살 수 있었다. 그녀는 연인의 월급으로 사는 대신 집안일을 전부 도맡아 해냈다. 연인이 출근하면 청소하고 이불을 널고 빨래를 했다. 졸리면 잠깐 자고 저녁을 준비하며 텔레비전을 봤다. 그 생활이 그녀의 전부였는데, 동시에 한창 아름다운 시절을 평범한 아줌마처럼 보낸다는 생각도 들었다.

거리에서 보이는, 옷을 사고 놀러 다니는 또래 여자들은 그녀의 눈에도 찬란하게 빛나 보였다. 나는 저 여자들보다 훨씬 더 아름다운데 저들은 어쩜 저렇게 멋질까. 그녀는 부모님 집에 '절반'을 남기고 온 마지막 월급이 아쉬웠다. 그건 그녀가 일해서 그녀가 번 돈이었다.

어느 날, 그런 생활이 갑자기 끝났다. 연인에게 새로운 여자가 생겼다.

그녀가 겨우 열아홉 살이 되었을 때였다.

슬펐다.

사회에서는 앞으로 1년이 지나면 어른으로 대해준다고 한다. 그게 무엇을 의미하는지 그녀는 몰랐다. 열아홉 살의 마지막 밤과 스무 살의 첫 아침에 무슨 차이가 있을까. '어른'은 이 쓸쓸함을 어떻게 견딜까.

그녀는 혼자 살기 위해 또 밤의 세계에서 일을 찾았다.

가게의 기숙사에 들어가 '미우'라는 이름을 받았다. 그녀는 이름이 마음에 들었다. 이후 가게 밖에서도 미우라는 이름을 썼다.

미우는 젊고 매우 아름다웠으니까 금방 찾는 손님이 많아졌다. 10대 때부터 말을 잘하는 편이 아니었고, 손님이 든 담배에 불을 붙이는 것을 종종 깜박했는데도 미우를 지명하는 손님은 많았다. 두 달 만에 가게의 넘버 투가 되었고, 반년 후 넘버 원이 되었다. 스무 살 생일에는 가게에 다 들이지 못할 만큼 꽃이 도착했다. 미우를 축하하러 쉴 새 없이 손님이 찾아왔다.

모두 자신을 귀엽다고, 아름답다고 칭송하며 돈과 선물을 바친다. 게다가 그 전부가 자신의 것이다. 미우는 기뻐서 어쩔 줄 몰랐다. 이때껏 돈이 넘치는 삶을 살아본 적 없었다.

미우는 처음으로 자신을 위해 돈을 썼다. 비싼 옷, 향이 좋은 화장품, 반짝거리는 구두를 샀다. 목에는 진짜 다이아몬드를 걸고, 수백만 엔이나 하는 손목시계를 날마다 바꿔 찼다. 그런 생활이 2년쯤 이어지자 몸 어딘가가 꽁꽁 마비되어 절대 풀리지 않았다.

어느 날, 가게의 여자가 데리고 가준 호스트클럽에서 한 호스트와 만났다. 스물한 살 때였다.

처음 사귄 연인과 조금 닮았다. 그래도 그는 옛 연인보다 멋있고 다정했다. 미우는 그에게 푹 빠졌다. 그의 가게에 다니고, 그를 위해 비싼 양주를 주문하고, 생일에는 샴페인 타워를 세웠다. 그는 가게 밖에서는 절대 만나주지 않았으나 매일같이 메시지를 보내주었다. 그게 미우의 모든 것이 되었다.

그렇게 많았던 돈이 순식간에 사라졌다. 가게에 빚을 졌고, 매일 낮까지 노느라 무단결근이 잦았다.

가게에서 해고당했을 때, 미우는 이미 윤락업소에서 일할 생각이었다. 먼저 그만둔 여자가 그쪽이 돈을 더 잘 번다고 했었다. 미우는 아직 젊고 아름다웠다.

때때로 들르는 편의점에서 일하는, 화장기 없고 촌스러운 여자를 보면 그렇게 살아서 뭐가 즐거운지 물어보고 싶을 때가 있었다. 여자는 남에게 귀엽다거나 아름답다는 소리를 들어야 한다고 믿었다. 그 말을 듣기 위해 거의 목숨을 걸었다.

호스트 남자는 미우를 많이 칭찬해주었다. 아름다워. 귀여워. 가장 비싼 샴페인을 주문하면 귀에 살짝 키스해주었다. 그 키스가 미우를 세계의 정상까지 데려갔다.

미우에게 윤락업소 일은 편했다. 오랜 시간 지루하게 대화하지 않아도 되고, 다른 여자애처럼 재깍재깍 재떨이를 청소하지 못한다고 혼나지 않으니까.

"나한테는 한 명씩 상대하는 일이 맞나봐."

그에게 말하자, 그는 미우를 독점할 수 있어서 좋겠다고 했다. 미우는 그에게 단둘이 만나자고 간절히 부탁했으나, 그는 손님과 개인적으로 만나면 안 되는 거 알지 않느냐며 슬프게 말했다.

"미우와 매일 만나고 싶으니까 열심히 일해서 가게에도 더 와줄 거지?"

미우는 그렇게 속삭이며 어깨를 안아주는 그가 세상에서 제일 좋았다.

어느 날, 미우가 일하는 가게에 여자가 들어왔다. 일하는 여자와 마주쳐도 대기실에서 잠깐 얼굴을 보거나 개별실 벽 너머로 목소리를 듣는 정도여서, 어떤 여자가 일하는지 흥미는 없었다. 그런데 그 여자는 미우의 눈을 사로잡았다.

여자는 뚱뚱하고 아주 추했다.

다른 여자도 그 여자를 비웃었다. 여자 중에는 이가 없거나 닭 뼈처럼 비쩍 마르거나 나이를 속인 사람도 있었는데, 그들 모두가 쑥덕거릴 정도로 뚱뚱한 여자는 독보적이었다.

그래도 그 여자는 붙임성이 좋고 밝았다. 대기실에서는 다들 옷을 후다닥 갈아입고 개별실로 가니까 대화할 일이 없는데, 그 여자는 말이 많았다. 우습게 보던 여자들이 어느새 그 여자와 대화하며 깔깔거렸는데, 미우는 그 광경이 신기했다. 지금까지는 그런 일이 없었다.

게다가 그 여자에게 어느새 손님이 몇 명이나 생겼다.

"심각하게 뚱뚱하고 못생겼는데 손님이 잘도 생기네."

미우가 신기해서 그런 이야기를 하자, 호스트 남자는 "뚱보 전문이나 추녀 전문도 있으니까"라며 웃었다. 미우도 웃었지만, 그 여자가 인기 있는 것은 단순히 그런 이유는 아닐 것 같았다.

어느 날 밤, 비가 왔다. 미우는 무료했다. 무료한 것 자체는 괜찮은데, 월급이 적으면 비싼 샴페인이나 과일을 시키지 못하니까 싫었다. 최근 그는 미우가 조금 저렴한 술을 시키면, "나를 좋아하는 거 아니었어?"라고 화내기 시작했다. 그대로 다른 여자의 자리에 가서 절대 돌아오지 않았다. 미우는 그게 싫었다.

"너는 내 여자니까 나를 응원하는 게 당연하잖아. 다른 여자가 매상을 응원해주는 이 상황, 어떻게 생각해?"

그렇게 말하는 그의 눈이 흉흉하게 빛나서 너무 무서웠다.

미우는 휴대전화를 꺼내 단골손님에게 연락하려고 했다. 전에 일하던 가게의 손님들은 미우가 이곳에서 일하는 걸 알자 자주 찾아주었다. 가게의 넘버 원이었던 미우를 돈으로 살 수 있다는 것에 손님들은 만족감을 느끼나 보다. 또 전에는 절대 보여주지 않았던 심술궂은 눈으로 미우를 보곤 했다. 미우는 그 눈빛이 싫었는데, 그중에 미우에게 설교하는 남자도 있었다. 그래 봤자 할 건 다 하니까 어이없어서 속으로 욕했다.

"저기 저기, 잠깐 얘기하자!"

그때 입구 파티션에서 여자가 불쑥 고개를 내밀었다. 놀라서 휴대전화를 떨어뜨렸다.

"뭐야! 갑자기 문 열지 마!"

미우는 화를 냈다.

"미안, 미안, 미안, 미안!"

그러나 눈썹을 팔자로 늘어뜨리고 두 손을 모은 여자를 보자 이상하게 화가 가라앉았다. 무엇보다 뚱뚱한 여자의 얼굴이 왠지 미우를 안심시켰다.

전에 있던 가게에서도 지금 가게에서도, 어디서든 여자가 자신을 볼 때면 미우는 품평 당하는 기분이었다. 자신은 다른 여자와 비교도 안 될 만큼 아름답지만, 가끔 여자들의 눈빛을 견디기 어려울 때가 있다.

"그냥 비도 오고, 한가하니까!"

그러나 앞에 선 이 여자, 뚱뚱하고 못생긴 여자는 미우를 그런 눈으로 보지 않았다.

"잠깐 얘기하자! 괜찮제?"

여자의 밝은 성격이 결국 미우의 마음을 열었다. 여자의 이름은 달리아였다.

"달리아라는 커다란 꽃 있지 않나? 커다란 거 말고 공통점은 하나도 없다!"

달리아는 커다란 몸을 흔들며 웃었다. 대체 뭐가 재미있나 싶어 의아했으나, 계속 웃는 달리아를 보니까 자연스럽게 미우도 웃었다.

그날부터 둘은 조금씩 대화를 나누었다.

달리아는 10대 때 집을 나온 후로 가족과 연락하지 않았다. 연인의 빚을 갚으려고 지금 이 일을 한다고 했다. 게다가 그 연인은 이미 자기 곁을 떠났다지 뭔가.

"그거 속은 거잖아?"

미우가 묻자 달리아가 웃었다.

"그렇지!"

미우는 그런 상황에서 달리아가 어떻게 웃는지 이해할 수 없었다. 자신은 10대의 한 시절을 오로지 부모의 빚을 갚기 위해 살았다. 아름다운 어린 시절을 빼앗겼다. 그녀는 여전히 부모를 원망했다.

그런데 지금 앞에 있는 여자는 혈연관계도 아닌 남자, 자신을 버린 남자의 빚을 갚는다고 말하면서 웃는다.

"당신, 바보네."

미우가 말하자 "그런 것 같데이!" 하고 달리아는 웃었다.

"그래도 뭐, 목숨은 있으니까!"

달리아는 미우보다 두 살 위였다.

달리아와 말을 트면서 미우는 손님이 없을 때 무리해서 누구를 부르려 하지 않았다. 그래도 비싼 샴페인을 시키지 않으면 그가 화를 내니까 미우는 빚을 졌다. 이 정도 빚이야 손님을 몇 명 늘리면 금방 만회할 수 있다고 믿었다. 하지만 슬슬 손님을 부를까 생각할 때면 꼭 달리아가 찾아왔고, 미우는 달리아를 내보내지 않았다. 시간이 있으면 대화를 나눴다. 여자와 이렇게 대화하는 것은 처음이었다.

"달리아의 가족은 아직 본가에 있어?"

"음, 모르겠다. 그래도 증조할아버지 집이라 집은 아직 있을 기다!"

"뭐야, 부잣집 자식이었네."

"아니다, 집만 있을 뿐이다! 밋짱 본가는?"

달리아는 미우를 '밋짱'이라고 불렀다. 그 호칭은 촌스러워서 싫었다. 그러나 미우가 싫다고 말하면, 달리아는 알겠다고 대답하고 바로 다음에 또 밋짱이라고 불렀다. 미우는 달리아의 머리가 좀 나쁘다고 생각했다.

"우리 집은 본가라고 할 수도 없어. 좁고 더러워. 부모는 여전히 빚을 지고 갚고, 그렇게 살 게 뻔해. 어쩌면 옴짝달싹 못하고 죽었을지도 모르지."

"죽었다고?"

"몰라, 그럴지도 모른다는 거."

"······밋짱, 괜찮나?"

"왜 이래, 뭘 울어. 바보 아냐?"

순식간에 눈물이 고인 달리아를 보며 미우는 몇 년 전부터 마비되어 꽁꽁 얼었던 몸이 풀리는 것을 느꼈다. 괴롭다고 생각한 적은 한 번도 없었는데, 사람과 눈을 마주 보고 평범하게 대화하는 것이 마음을 이토록 편하게 할 줄이야. 놀라웠다.

"부모님은 뭐 하셔?"

"내는 아빠가 일찍 죽었고 엄마가 계속 일했는데, 남친 생겨서 집을 나가버렸다!"

"최악이다. 그 사람이 죽어도 울 거야?"

"그 사람이라니, 엄마?"

"응."

"울지!"

"왜? 달리아를 버린 사람이잖아."

"그래도 사람이 죽는 건 슬픈 일 아이가!"

"달리아, 정말 바보구나."

"내도 그래 생각한다!"

달리아는 웃고 미우도 웃었다. 소리가 너무 커서 다른 개별실에 있던 여자가 조용히 하라고 외쳤다.

달리아는 미우를 여동생처럼 아꼈다. 어느새 미우도 달리아를 언니처럼 여겼다.

"밋짱은 참말로 귀엽데이! 부러워라!"

남자에게 들을 때보다 달리아가 말해주는 게 미우는 더 기뻤다. 달리아의 '귀엽다'에는 오로지 '귀엽다'라는 의미뿐이었다. 달리아는 그렇게 생각하니까 말하는 것이다.

남자는 미우에게 귀엽다고 말할 때 반드시 어떤 대가를 요구했다. 손을 잡거나 억지웃음을 강요해도 미우는 그걸 기쁘게 여겼다. 그러나 지금 달리아의 쩌렁쩌렁한 "귀엽다!"를 들으면, 미우는 자신이 응석받이인 아주아주 귀여운 아기가 된 기분이 들었다.

미우의 빚은 점점 불었다.

돈을 빌리는 것에 마비되었던 부모님의 기분을 미우는 이해할 수 있었다. 사금융에서 주는 카드는 은행 ATM에서도 쓸 수 있다. 돈이 없으면 자기 돈을 찾는 것처럼 간단히 빌릴 수 있다. 카드 한도에 도달하면 다른 카드를 만든다.

마침내 쓸 수 있는 돈이 단 한 푼도 없어졌다. 빚은 500만 엔을 넘었다. 솔직히 털어놓자 연인은 갑자기 미우에게 냉담해졌다. 연락해도 답이 없었고, 가게에 가고 싶어도 갈 돈이 없었다. 어쩔 수 없이 그가 가게에서 나오기를 낮까지 기다렸다. 가게에서 나온 그는 미우를 보자 "꺼져! 경찰 부를 거야!"라고 외쳤다. 그의 말보다 그와 함께 있던 여자애가 미우를 보고 키득거려서 괴로웠다. 화려하게 꾸미고 값비싼 가방을 든 여자애는 정말 예뻤다. 10대로 보였다. 그때 미우는 겨우 스물세 살이었으나, 나이를 많이 먹은 기분이었다. 비참했다.

미우에게 남은 것은 빚뿐이었다. 창백해진 얼굴로 출근한 미우를 달리아가 걱정해주었으나, 미우는 아무 말도 하지 않았다. 달리아도 행방불명된 남자의 빚을 갚고 있다. 예전에 얼마인지 물었더니 "눈알이 튀어나올 정도다!"라고 말했다. 내 빚은 내가 낸 빚이다. 갚지 못할 것도 없다. 미우는 그렇게 생각했다.

미우는 일에 더욱 몰두했다. 직접 연락해 손님을 불러내고, 단 하루도 쉬지 않았다. 일에 지나치게 열을 올리는 미우를 달리아는 걱정했다. 무슨 일이 있는지 물었으나 미우는 입을 다물었다.

달리아와 미우는 같이 살았다. 서로 돈 때문에 곤란하기도 했고, 혼자보다 둘이 보내는 밤이 즐거웠다. 일은 힘들었지만, 미우는 잘 웃었고 달리아 곁에서 푹 잠들었다. 눈을 떴을 때 달리아의 시끄러운 코골이 소리를 들으면, 미우는 누군가 등을 쓰다듬어주는 듯한 신기하고 따스한 정적에 감싸였다.

그러나 허리띠를 바싹 조이고 일을 늘려도 미우의 빚은 도무지 줄지 않았다. 달리아는 이런 생활을 벌써 5년이나 해왔다.

"그래도 언젠가는 끝날 거데이!"

달리아가 미우의 어깨를 가볍게 두드려줬으나, 미우는 달리아처럼 열심히 할 자신이 없었다. 나이를 먹어버린 자신이 비참했다.

어느 날 처음 온 손님이 콘돔 없이 하게 해주면 2만 엔을 더 내겠다고 했다. 물론 가게에서 금지한 일이니까 그 2만 엔은 그대로 미우의 것이 된다.

미우는 좋다고 대답했다. 가게에는 그런 식으로 일하는 여자가 몇 명 있었고, 겨우 몇 분 만에 2만 엔을 얻으니까 쏠쏠했다. 미우는 그 남자뿐 아니라 다른 남자에게도 그 거래를 제안했다. 미우의 소문이 점차 퍼져 매일 미우를 지명하는 손님이 가게를 찾았다. 달리아는 미우가 하는 일을 모르는 것 같았다. 그래도 가끔 피곤해하는 미우를 걱정하며 "너무 힘들게 일하면 안 된다 이!" 하고 충고했다. 달리아는 빚을 성실하게 갚고 있었다.

어느 날, 한 남자가 실수했다. 아, 하고 소리를 냈을 때는 이미 늦었다. 남자는 미우에게 연신 사과했으나, 미우가 따지고 들자 가게에 이 일을 밝히겠다고 협박했다.

빚은 많이 줄어든 상태였으나, 미우는 아기가 생기면 어쩌나 싶어 벌벌 떠는 나날을 보냈다. 이렇게 됐으니 에라 모르겠다 싶어 돈을 더 내면 안에 해도 좋다고 손님에게 말했다. 손님은 2만 엔, 많을 때는 5만 엔이나 두고 갔다.

아기는 생기지 않았다.

내 몸은 원래 그렇다고 생각해 안심했지만 동시에 쓸쓸했다. 아기를 원한 적은 없었어도 막연하게 언젠가 엄마가 되리라 생각했다. 귀여운 아기를 낳아 키우고, 곁에는 근사한 남편이 있으리라 믿었다.

아니야. 미우는 마음을 다잡았다.

지금 자신에게 그런 평범한 생활은 불가능했다. 거울로 보는 미우의 얼굴은 여전히 예뻤으나, 예전처럼 그 사실에 기뻐하지 못했다. 달리아 이외의 사람과는 만나기 싫었다.

"언니. 나는 임신을 못 하는 몸인가 봐."

그 무렵에 미우는 달리아를 언니라고 불렀다. 진짜 친언니처럼 여겼고, 달리아 역시 그랬다.

달리아는 미우를 가만히 바라보았다. 미우가 무슨 짓을 했는지 달리아는 그때 처음 알았나 보다. 미우는 겁을 먹었으나, 달리아의 눈빛에는 비난하는 기색이 없었다.

이 눈이다. 미우는 생각했다. 언니의 이 눈이 나를 진정시킨다.

"밋짱, 아기 갖고 싶나?"

"음, 갖고 싶다고 생각한 적은 없는데 안 생긴다고 생각하니까 역시 좀 쓸쓸해."

쓸쓸하다고 말한 순간, 미우의 눈에서 눈물이 흘렀다. 미우 자신도 놀랐다.

이렇게나 아기를 원했다니.

"밋짱!"

달리아가 미우의 등을 쓸어 주었다. 금방이라도 덩달아 울 것 같은 표정이었다. 눈썹은 팔자, 입술은 시옷, 코는 새빨개져서 술 취한 것 같다. 미우는 웃음이 터졌다.

"언니, 이상한 얼굴 좀 하지 마."

"밋짱! 뭐야, 다행이다. 웃었다, 웃었데이!"

달리아의 왼쪽 코에서 콧물이 흘렀다.

"밋짱, 괜찮다! 밋짱에게 아기가 안 생기면, 내 언젠가 아기를 낳아서 밋짱한테 줄 테야!"

미우는 또 웃었다.

"언니, 무슨 소리야?"

"참말이다"

미우는, 언니는 역시 머리가 조금 나쁘다고 생각했다.

그래도 미우는 달리아가 정말 좋았다. 이렇게 다정하고 올곧게 자신의 마음에 들어오는 사람은 처음이었다. 머리가 나쁜 인간이나 할 짓일지 몰라도, 그래도 달리아는 미우를 진심으로 안정시켜준다. 나는 잘못하지 않았다고 생각하게 해주는 소중한 언니였다.

"알았어, 그럼 언젠가 아기가 갖고 싶으면 언니가 낳아줘."

"응! 맡겨둬라!"

"상대 남자를 잘 골라야지."

"아, 그러네! 상대가 있어야 하네!"

"언니는 진짜 바보라니까."

미우는 영원히 둘이서 살면 좋겠다고 바랐다.

둘, 혹은 아이까지 셋이서 번잡하지 않고 조용히 사는 것이다. 아기를 갖지 못하는 이 몸이라면 지금 하는 일을 계속할 수 있다. 언젠가 빚을 다 갚으면 언니 빚도 갚아줘야지. 그리고 멋진 집으로 이사를 할 것이다. 그때는 이런 일은 그만두고 편의점이라도 좋으니까, 초라해도 좋으니까 다른 일을 찾자.

결심한 날부터 미우는 강해졌다. 손님이 무슨 말을 해도 아무렇지 않았고, 어떤 일이라도 돈을 위해서라면 흔쾌히 받아들였다. 그렇게 빚을 전부 갚았다.

늘 똑같던 풍경이 찬란하게 빛나 보였다.

이제부터 새로운 인생이 시작된다, 하고 생각했다. 달리아는 빚이 아직 남아 있었지만, 미우의 변제 완료를 진심으로 기뻐했다. 그날은 가게를 쉬고 집에서 냄비 요리를 먹었다. 추운 밤이었다. 그러고 보니 곧 크리스마스라고 말하자, 달리아는 "불교 신자라 상관없다!"라며 웃었다. 그러는 달리아가 신은 양말이 빨강과 초록의 크리스마스 색이어서 미우가 손가락질하며 웃었다. 웃는데 배가 아프고 갑자기 기분도 나빠졌다. 화장실에 가서 팬티를 내리다가 그러고 보니 싶었다.

생리가 시작하지 않는다.

미우는 거의 확신했다. 빚을 전부 갚은 날. 자신이 자유로워진 날. 오늘을 제외하고 자신이 '그렇게 되는' 날이 있을까.

"언니."

화장실에서 미우가 달리아를 불렀다. 테스트기를 쓰지도 않았고 당연히 의사에게 가지도 않았다. 그래도 미우는 확신했다.

"임신했어."

문이 벌컥 열리고 달리아가 "거짓말!" 하고 외쳤다. 벌써 울고 있다. 미우는 그 모습을 보고 역시 웃고 말았다.

미우는 일을 그만뒀다.

달리아의 빚은 아직 조금 남았으나, 달리아가 미우를 부양했다. 생활은 팍팍했다. 그래도 미우가 잘 꾸려나갔다.

미우는 이 도시에 처음 도착해서 연인과 함께했던 생활을 떠올렸다. 아침에 일어나 청소하고 밥을 차리고, 잠깐 낮잠을 잤다가 또 밥을 차린다. 연인은 돌아오지 않았으나 미우의 언니는 밤이 되면 돌아왔다. 미우의 배에 손을 올리고 아기에게 말을 걸었다. 언니는 뚱뚱하고 예쁘지도 않았으나 다정했다. 정말 다정했다.

병원에는 가지 않았다. 아빠가 누군지 모르는 이유도 있었고, 둘 다 병원에 가면 돈이 들 거라고 생각했다. 무엇보다 둘이서 힘을 합치면 어떻게든 된다고 믿었다. 둘은 이상하게도 자신감이 넘쳤다.

달리아는 매일같이 빨리 태어나라, 빨리 태어나라, 하고 노래를 불렀다. 이상한 노래였지만 미우는 그 노래를 듣는 게 좋았다.

봄이 되자 입덧이 심해졌다. 밥 짓는 냄새, 생선 굽는 냄새가 제일 기분 나빴다. 너무 배가 고파서 빵을 먹으면 맛있다고 생각한 바로 다음 순간 전부 토했다. 배는 점점 불렀으나 미우의 뺨은 푹 꺼졌고, 애초에 컸던 눈은 굴러떨어질 것처럼 보였다.

"밋짱! 내 빚, 다 갚았다!"

여름 기운이 돌기 시작할 무렵, 달리아가 마침내 빚을 다 갚았다. 달리아도 미우도 기뻐서 그날은 축하 파티를 열었다. 신기하게도 달리아가 변제를 끝낸 그 날부터 입덧이 가라앉았다. 미우는 배 속에 있는 아기가 축복을 받았다고 믿었다.

다음 날, 달리아가 일을 그만두었다. 빚을 다 갚았고 어느 정도 저축이 있으니까 출산까지 미우를 살뜰히 돌보겠다고 했다. 미우는 기뻤다. 이보다 마음이 든든할 수 없다고 생각했고, 달리아에게 그렇게 말하기도 했다.

"밋짱이 건강한 아기를 낳아야제!"

입덧이 끝나자 미우는 먹었다. 지금까지 못 먹은 것을 만회하려는 듯이 고기와 생선, 밥, 빵, 달콤한 것, 손에 잡히는 대로 먹어치웠다. 홀쭉했던 뺨에 살이 붙었다. 어느 날, 거울을 봤다가 미우는 너무 변해버린 모습에 놀랐다.

"어떡해! 나, 언니처럼 됐잖아."

"무슨 소리야! 밋짱은 원래 말랐다! 아기가 있으니까 살이 쪄야 한다!"

체중계를 사서 재보니 10킬로그램이나 불었다.

미우와 달리아는 가끔 동네를 이리저리 걸어 다녔다. 지금까지 맨션 주변을 제대로 다녀본 적 없는데, 뒤편으로 조금 가보니 좁은 강이 흘렀다.

"강이다!"

미우가 흥분했다.

"우리 집 근처에도 강이 있었어. 엄청 더러운 강이었어. 물고기가 살았어."

"물고기가 있으면 깨끗한 강 아닌가?"

"아니야, 진흙만 잔뜩 있었어. 그 진흙을 먹고 사는 물고기라고 하더라."

"오오! 씩씩한 물고기네."

미우는 엄마를 때리는 아빠의 모습을, 일하고 집에 돌아가면 고타쓰* 안에 누워 자고 있던 엄마를 생각했다. 거기에 분명 없었는데, 이상하게 물고기를 보는 미우 곁에 달리아가 서 있던 것 같다. 기억 속에서 두 사람은 처음부터 언니와 동생 사이였던 것처럼 느껴졌다.

"나, 아기가 태어나면 정말 행복하게 해줄 거야."

미우는 당당하게 말했다. 강은, 물고기는 없었지만, 빛을 반사해서 아름다웠다.

"그럼! 아주 즐겁게 해주자!"

달리아의 외침에 이웃집 창문에서 할아버지가 고개를 내밀었다.

여름이 끝날 무렵, 아기가 움직이기 시작했다. 처음으로 '그것'을 느꼈을 때, 미우는 큰 소리로 외쳤다.

"움직였다!"

---

* 아래에 난로가 달린 상 위에 이불이나 담요 등을 덮은 일본의 온열 기구.

그때 달리아는 널던 빨래를 내던지고 미우에게 달려왔다.

"어때, 어디!"

달리아가 귀를 대자, 그 귀를 꾹 힘차게 밀었다. 달리아가 "꺅!" 하고 비명을 질렀다. 옆집에 사는 남자가 벽을 쾅 쳤다.

"아기가 움직였다니까!"

그래도 달리아가 옆에 대고 소리를 지르자 조용해졌다.

"대단하다, 대단하다, 대단하다, 밋짱! 아기가 움직였어!"

"언니, 얘 건강해. 아주 건강해."

"참말이네, 밋짱, 밋짱, 참말로 장하다!"

"무슨 소리야, 나는 아무것도 안 했는데."

"아니다, 밋짱은 장해."

그렇게 말하는 달리아의 눈에 금세 눈물이 고였다. 미우는 달리아를 보고 웃었다.

"우는 거 이르지 않아?"

아기는 몇 번이나 몇 번이나 배를 찼다. 빨리 내보내달라고 외치는 것 같았다. 예정일이 언제인지 몰라도 미우는 얼마 남지 않았다고 확신했다. 엄마가 된다.

산통을 느낀 것은 새벽이었다. 아파서 눈을 뜨고 '아' 하고 생각한 순간 이미 양수가 터졌다. 흠뻑 젖은 이불을 보며 미우가 큰 소리를 냈다. 달리아가 벌떡 일어났다.

"언니."

미우가 눈을 커다랗게 뜨고 부르자, 달리아가 크게 숨을 들이마시고 "자!" 하고 외쳤다. 출산 때 뭘 해야 하는지는 전혀 몰랐다. 그래도 달리아는 익숙한 조산사처럼 물을 끓이고, 그녀의 배를 쓰다듬고 그녀와 함께 호흡했다.

"텔레비전에서 봤다! 히히후, 이렇게 하라카더라!"

미우는 달리아가 시키는 대로 히히후, 하고 호흡했다. 달리아도 함께 들이마시고 내쉬었는데, 미우의 소리보다 훨씬 컸다.

"언니, 아파! 아파!"

미우가 비명을 질렀다. 이런 아픔은 겪어본 적 없다. 배를 세게 잡아당기는 듯한 아픔, 또 엉덩이 사이의 구멍을 누가 세게 잡아당기는 것 같은 아픔이었다.

"밋짱, 힘내!"

"아파!"

"밋짱!"

"아파아!"

매번 벽을 두드리는 옆집 남자는 신기하게도 아주 조용했다. 싸구려라 소리가 다 들리는 공동주택인데 아무도 화를 내지 않았다. 아픈 와중에도 미우는 역시 이 아이는 축복받았다고 생각했다.

"밋짱, 할 수 있어, 할 수 있다!"

"ㅇㅇㅇㅇㅇㅇㅇㅇ웅!"

몇 번인가 힘을 줬을 때 달리아가 머리가 나왔다고 외쳤다. 달리아는 이미 울고 있었다. 이리 온나, 어여, 자, 이리 온나! 미우의 다리 사이에 대고 계속 외쳤다.

"아파아아아아아아!"

"이리 온나! 이리 온나!"

미우는 자기 다리, 크게 벌린 다리에 또렷하게 불거진 시퍼런 혈관을 바라보았다. 그것만 이상하게 또렷이 보였다.

지금까지 살면서 겪었던 아픔이 일제히 몰려오는 것 같았다. 이러다가 죽을지도 모른다.

아기는 코까지 나왔으나 거기서 더 나오지 못했다. 달리아는 콧물 범벅이 되어 울며 힘내, 힘내라고 소리쳤으나, 그 외침도 미우의 비명에 지워졌다.

"아아아아아아아아!"

죽을 거야.

눈을 감자 펑펑 터지는 불꽃 같은 것이 보여 눈을 떴는데, 잔상이 그대로 남았다. 미우의 허벅지 혈관이 터져 내출혈이 생겼다. 뭔가를 강하게 움켜쥐었는데 그게 뭔지 모르겠다.

달리아가 뭐라고 외쳤다. 이젠 저 큰 소리도 들리지 않았다. 갑자기 하반신을 누가 강한 힘으로 잡아당기는 느낌이 났다. 주르륵주르륵, 내장이 뽑히는 기분이었다.

태어났다.

갓 태어난 아기가 유리 너머에서 외치는 것처럼 웅얼거리는 목소리로 울었다. 아이를 낳은 순간, 미우는 조금 전의 아픔을 잊었다. 아기의 목소리가 이상한 건 아닐까 걱정했다.

"아기."

"미우, ○△…!"

달리아가 뭐라고 하는지 모르겠다. 엉엉 울며 안아 든 아기를 미우에게 주었다.

"아기."

아기는 피투성이였고, 몸에 하얗고 파란 얼룩 반점이 있었다. 얼굴만 빨갛다, 아주 새빨갰다. 그때 비로소 미우는 자기 귀가 이상한 것을 알았다. 침을 삼키자, 뻥 공기가 통하는 소리가 났고, 미우의 귀에 아기의 진짜 목소리를 들렸다.

으아아아아아앙, 으아아아아앙!

지금까지 들은 그 어떤 목소리보다 크고 강했다. 이렇게나. 미우는 아기의 힘에 압도되었다. 이렇게나. 이렇게나.

"밋짱, 장해! 밋짱, 참말로 잘했다!"

달리아가 같은 말을 반복하며 울었다.

"언니. 내 아기."

"응, 밋짱, 잘했어! 차, 참말로 잘했다!"

미우의 품에 안긴 아기는 작고 부러질 것 같았지만, 가슴을 압박할 정도로, 숨이 막힐 정도로 살아 있는 냄새가 났다. 아아, 이렇게나.

"언니."

"밋짱!"

"이 애, 여자애다."

"여자애애애애애애애!"

달리아의 울음소리에 드디어 옆집 남자가 벽을 쳤다. 쿵, 평소에는 지긋지긋했던 소리인데, 미우는 간신히 자신이, 자신들이 세계와 연결된 기분을 느꼈다. 기뻤다.

"여자애야."

"귀여워라아아아아아!"

여자아기는 탯줄을 단 채 큰 소리로 계속 울었다. 미우의 다리 사이가 완전히 찢어져 있었는데, 미우는 이 구멍으로 아기를 낳았다는 것에 새삼스럽게 놀랐다.

눈을 뜨자 새하얀 천장이 보였다.

우리 집 천장은 낡은 나무여서 때때로 무늬가 사람 얼굴처럼 보인다.

254

아무것도 없는 새하얀 벽은 기묘했다. 순간적으로 고토부키 센터에 왔다고 생각했는데, 잠시 후 병원이라는 걸 깨달았다. 알싸하게 소독약 냄새가 났다.

"기쿠. 정신이 드냐?"

누운 다리 쪽으로 샷산이 보였다. 나는 6인 병실의 창가 침대에 누워 있었다. 주위를 둘러봤는데 병실에는 나와 샷산 이외에 아무도 없었다. 병원에 아무도 없을 수 있나? 나는 의아했다.

"다른 사람은요?"

"니랑 또 한 명만 입원했어. 그 사람은 새해 전까지는 일시 퇴원해서 없는 기다."

오늘은 크리스마스였다. 하필이면 이럴 때 쓰러지다니, 나는 나를 저주하고 싶었다. 게다가 샷산 부인의 기일이다. 샷산은 무사히 성묘를 다녀왔을까? 묻고 싶었지만 무서워서 물어볼 수 없었다.

"괜찮으냐. 기분 나쁘진 않고?"

"네, 괜찮아요."

조금 움직이자 배가 콱 당겼다. 느낌이 이상했는데 아까처럼 아프지는 않았다.

"니, 맹장이라데."

샷산이 설명하며 침대에서 멀어졌다. 화가 난 줄 알았는데, 의자를 들고 베개 쪽으로 다가왔다. 샷산은 연지색 추리닝을 입었다. 쉬는 날에 늘 입는 옷이다. 가게를 쉬었다고 생각하니 가슴이 아팠다.

"얼마나 참은 게야. 하마터면 복막염까지 갈 뻔했어."

복막염이 뭔지는 모르지만 큰일이 날 뻔했다는 것만은 알겠다. 삿산에게 미안해 차마 얼굴을 볼 수 없었다.

"수술했어요?"

"기래. 배가 당길 기야. 너무 움직이면 안 돼."

"……니쿠코는요?"

"지금 간호사실에서 입원 설명을 듣는다."

"나, 입원해요?"

"당연하장가. 그래도 일주일 정도일 기다."

"일주일이나."

"멍충이. 그것도 짧은 기야. 3일은 금식해야 한다. 계속 링거 맞아야 해."

"그렇구나."

내가 한심했다. 왜 연말에, 하필 이 시기에 맹장인 거야. 삿산은 성묘도 못 가고 '우오가시'를 쉬어야 한다. 또 돈 없는 니쿠코에게 일주일 분의 입원비를 내게 하다니.

"미안해요."

삿산은 말이 없었다. 주머니에서 담배를 꺼냈는데 잠깐 고민하다가 그만두었다.

"니 왜 사과하냐."

"미안해요."

눈물이 났다. 창피하고, 삿산이 곤란해하는 건 싫은데 눈물이 났다.

"기쿠."

"미안해요, 그만 울 거예요."

"어이, 기쿠."

삿산이 화가 난 것처럼 말했다.

"니는 뭘 그렇게 참누."

무릎에 놓인 삿산의 손등에 굵은 혈관이 지났다. 그게 때때로 움찔움찔 움직였다.

"한참 전부터 아팠을 거라고 의사가 말하데."

"⋯⋯쉬는 날인데 미안해요."

"기쿠, 그런 걸 묻는 게 아이야."

삿산은 본격적으로 화가 난 것 같았다.

"기쿠, 여 봐라."

나는 혈관에서 시선을 떼고 조심스럽게 고개를 들었다. 앞에 보인 삿산의 얼굴은, 턱은 하얀 수염에 뒤덮이고 머리고 새하야며 짙은 주름이 새겨졌다. 항상 보는 삿산인데 모르는 사람처럼 보였다.

"왜 참은 기야."

"……"

"니, 설마 나 때문에 조심한 기냐."

"……"

"어이, 기쿠. 내가 배탈 나면 안 된다고 해서 참은 기냐?"

"……"

삿산에게서 다시 시선을 피했다. 손등의 혈관은 여전히 거기에서 움찔움찔 움직였다. 파랗고 굵고, 그것만으로도 다른 생물처럼 보였다.

"기쿠. 그러냐?"

"……미안해요."

삿산이 몸을 쑥 앞으로 내밀었다.

"왜."

"……"

"기쿠, 왜 참은 긴데."

나는 잔뜩 야단맞은 아이처럼 몸을 작게 말았다. 조금만 움직여도 배가 팽팽하게 당기니까 그때마다 나는 소리를 참았다.

"기쿠, 니는 항상 그러데. 늘 뭔가를 조심하지. 나만이 아니라 다른 어른을 대할 때도, 애들을 대할 때도 조심하고 배려하지."

"……"

"그러는 이유가 뭐냐? 뭐 말 좀 해보라."

손을 꼭 쥐었다. 내 손등에도 혈관이 도드라졌으나 삿산의 혈관처럼 굵고 파랗지 않았다.

"……그야."

"그야, 뭐?"

"나는, 아무도 원하지 않았는데 태어났으니까."

말해놓고 맹렬하게 창피해졌다. 그러나 이 생각을 멈출 순 없었다.

나는 아무도 원하지 않았는데 태어났다. 나만 없으면 니쿠코는 훨씬 더 행복했다. 내가 니쿠코의 발목을 잡으면 안 된다.

"한심한 게 다 있나."

"……삐진 게 아니에요. 하지만 진짜야. 나는 니쿠코의 발목을 잡으면 안 된단 말이에요."

"때례줘인다."

"좋아요."

그러나 삿산은 꼼짝하지 않았다. 그저 후욱후욱, 거칠게 콧김을 내뿜으며 필사적으로 때리려는 충동을 참고 있었다. 나는 때려주길 바랐다. 그렇게 해줘야 내가 훨씬 편해질 거다.

편해진다.

나는 늘 그랬다. 내가 편해지는 쪽만 선택했다. 공격하기보다 공격받는 쪽을 골랐다. 그렇다고 공격받기 위해 내가 먼저 나서서 공격하는 일은 절대 없었다. 미리 예방책을 세워놓고 아무 일도 벌어지지 않게 도망쳤다.

나는 지금 삿산이 때려주길 원했다. 그래, 너는 아무도 원하지 않은 애야. 이런 소리를 듣는 게 편했다. 그러나 결국 나는 그 말도 듣지 않으려고 미리 도망쳤다. 최대한 착한 아이로 굴며 폐를 끼치지 않으려고 하고, "아무도 원하지 않았는데 태어났다"라는 말을 듣지 않으려고 살아왔다.

"기쿠."

삿산의 목소리는 혈관처럼 굵어서 병실에 쩌렁쩌렁 울렸다.

"니는 살아 있장가."

갑자기 쥐를 바다에 던지는 삿산의 모습이 떠올랐다.

"알았냐. 니는 살아 있어."

강한 놈은 헤엄쳐서 돌아온다고 말한 삿산. 영정사진 속에서 웃는 삿산의 부인.

"살아 있는 한 폐를 끼친다고 주눅 들면 안 돼."

내 팔에 링거 튜브가 연결되었다. 내가 지금 이걸로 살아 있다고 생각하니까 기분이 묘했다. 삿산이 말하는 '살아 있다'와 내가 지금 '살아 있는' 것이 같다고 생각하니까 이상하게도 정신이 아득해질 것 같았다.

"살아 있는 한 쪽팔리는 걸 두려워할 것 없어. 애답지 않다는 소리는 안 할 기야. 애답다느니 뭐니는 어른이 만든 환상이니까. 모두 각자 알아서 있으면 되는 기야. 다만 마찬가지로 제대로 된 어른이고 뭐고 없다. 그러니 니가 아무리 노력해서 좋은 어른이 되려 해도 괴롭고 쪽팔리는 일을 반드시, 틀림없이 겪게 될 기야. 그건 피할 수 없지. 그러니까. 그때를 위해 비축해 두라. 어릴 때 잔뜩 쪽팔리고 폐를 끼치고 혼나고 일일이 상처받으면서 그렇게 또 살아가는 기야."

내 눈물이 링거처럼 뚝뚝 떨어졌다. 삿산의 하얀 수염. 짙은 주름.

"폐를 끼쳐도 괜찮아. 나는 니한테 조심하지 않을 기야. 남이 아니니까. 기쿠, 알아듣겠냐. 피가 연결되지 않았다고 해서 가족이 아닌 건 아이야. 나는 니를 가족으로 여기고 제대로 화를 내련다. 니가 화를 내고 짜증 난다고 난리를 쳐도, 제대로 화를 낼 기라고."

가족이라는 말이 부끄러워서 나는 역시 삿산을 볼 수 없었다.

"그러니 괜찮다. 니는 쪽팔리지 않으려고, 폐를 끼치지 않으려고 뭐든 앞서 생각할 필요가 없어."

나는 목소리조차 내지 못했다. 그래도 그 대신 고개를 열심히 끄덕였다.

"괜찮으니까."

삿산이 내 머리에 손을 올렸다. 맛있는 양념 냄새가 났다. 내 배가 꼬르륵 울었다.

"뭐, 벌써 다 나은 기냐."

"……배고파요."

"하하, 그러냐. 퇴원하면 고기를 실컷 묵어라!"

"네."

드디어 삿산을 볼 수 있었다. 삿산의 머리카락은 역시 하얗고, 주름은 역시 짙고, 아아, 삿산이었다. 뭐야, 삿산이 여기 있네.

"그리고."

삿산이 손을 자기 무릎 위에 다시 얹었다.

"니는 원했으니까 태어난 기다."

복도에서 누가 걸어온다. 소리가 가벼우니까 간호사일지도 모른다. 나는 이 병실에서 새해를 맞이하겠구나. 갑자기 그런 생각이 들었다.

"기쿠, 틀림없이 원했으니까 태어난 기다."

여자아이 이름은 생각해두지 않았다.

그래도 미우는 아기와 그 곁에서 연신 우는 달리아를 보고 정했다.

"이 애, 언니랑 같은 이름을 붙여도 돼?"

달리아는 헉 하고 소리를 냈다. 작은 눈을 더는 크게 뜰 수 없을 만큼 뜨고 이어서 또 크게 울었다. 그 소리에 옆집 남자가

"시끄러워!" 하고 외쳤으나, 그에 지지 않을 목소리로 달리아가 "그짝이 시끄럽소!" 하고 받아쳤다. 미우는 그 모습을 보고 웃었다. 아기를 보니, 아기도 의아한 듯이 달리아의 소리가 난 쪽으로 고개를 돌렸다. 여자아이를 낳아서 다행이다.

아기는 귀여웠다. 놀랍게도 미우를 쏙 닮았다. 커다란 눈, 분홍색 입술, 조개껍데기 같은 귓불. 애초에 누군지 모를 아빠의 존재가 완벽하게 흐려졌다. 이 아이는 나와 언니의 자식이다.

아기가 젖을 빨면, 미우는 세상 전부를 손에 넣은 기분이었다.

하도 맛있게 빠니까 달리아도 한 번 미우의 젖을 빤 적이 있었다.

"전혀 안 나오네!"

아기의 힘에 둘 다 놀랐다.

달리아는 아기를 눈에 넣어도 아프지 않을 정도로 귀여워했다. 건강한 아기는 밤에 울기 시작했다. 수없이, 결국 1시간에 한 번씩 울어댔다. 달리아는 그때마다 일어나 아기를 안고, 한밤중에도 즐겁게 상대해주었다.

"왜 우노! 그래, 자다 깨서 멍하나? 그럼 그만 인나라! 그만 인나라!"

한편 미우는 아기를 키우는 게 이렇게 힘들 줄 몰라 놀랐다.

배가 고프다고 울고, 외롭다고 울고, 춥다고 울고, 똥을 쌌다고 울고, 심지어 졸리다고 운다. 졸리면 그냥 자면 될 거 아닌가.

그런데 아기는 졸려 죽겠다고 한바탕 울지 않으면 직성이 안 풀리나 보다.

아기가 빼앗아간 것은 미우의 수면시간만이 아니었다.

출산 후, 미우의 배는 처졌고 유두는 까맣고 딱딱해졌다. 너무 괴로워서 이를 악문 탓에 어금니가 상했고, 이가 전체적으로 누리끼리해진 것 같았다. 배꼽 주위에 짙은 털이 나더니 온몸으로 퍼졌다. 끊어진 혈관은 다시 연결되지 않아 하얗고 윤기 흘렀던 그녀의 허벅지에서 검붉게 변색했다.

불어난 몸무게도 잃어버린 아름다움도 아기를 낳으면 원래대로 돌아올 줄 알았다. 그러나 미우의 체형은 달라지지 않았다. 미우는 거울을 거의 보지 않았다.

어느 날, 자꾸 울어대는 아기를 달리아에게 맡기고 미우는 밖으로 나갔다.

"우리가 잘 모르는 이유로 우는 거다! 밋짱은 잠시 기분 전환하고 와라!"

옆집에서는 여전히 남자가 시끄럽다며 벽을 두드리는 소리가 들렸으나, 달리아는 호락호락하지 않았다. 그때마다 똑같이 벽을 두드리며 "그짝도 아기였을 때가 있었다!" 하고 외쳤다. 미우는 달리아를 진심으로 존경했다.

오랜만에 혼자 밖을 걸었다. 몸이 가벼워서 놀랐다. 아이를 품은 열 달간 서서히 몸무게가 불었으니 자신이 어떤 식으로 걸었는지를 잊었다. 아기를 낳은 지금은 '혼자' 상태로 걷는 것이 이토록 가볍다는 것에 놀랐다.

발걸음이 자연스럽게 공동주택 뒤쪽의 강으로 향했다. 처음에는 오랜만에 번화가에 가려고 했는데, 주택의 유리에 비친 모습을 보고 그만뒀다.

강은 여전히 좁고 작았다. 물고기도 없지만, 미우는 반짝이는 수면에서 팔딱거리는 물고기를 본 것 같았다. 지금 나는 혼자가 아니다. 언니가 있고 귀여운 아기도 있다. 그런데도 어렸을 적, 싸우는 부모님에게서 도망쳐 혼자 진흙을 먹는 물고기를 보던 때처럼 허전하고 불안했다.

집에 가보니, 아기는 달리아의 배 위에서 건강하게 새근새근 자고 있었다. 달리아도 잠들었다. 코골이 때문에 아기가 깨면 어쩌나 걱정했으나 아기는 깨지 않았다.

미우는 둘의 모습을 보며 울었다.

두 달이 지난 후, 달리아가 일을 시작했다. 집 근처 슈퍼에서 계산하는 일이었는데, 그것만으로 두 사람의 생활비와 아기 용품을 감당할 수 없으니까 주에 세 번은 또 번화가 스낵바에서 일했다. 싫은 추억뿐인 곳에서 일해도 괜찮은지 미우가 묻자, 달리아는 "집에 가면 아기가 있다고 생각하니까 왠지 세상이 달라 보인다이!"라고 말했다.

"싫고 괴로운 일도 많았던 곳이라도 집에 아기가 있다고 생각카믄 전부 다 괜찮다이! 왜 그러나 모르겠다!"

미우는 달리아처럼 느끼지 못해서 미안했다. 아기가 밤에 울면 화가 나고, 이웃 중 누가 화를 내지는 않을지 두려웠다. 아기를 데리고 슈퍼에 가면 아비 없는 자식이라는 소리를 듣는 기분이었고, 그걸 눈치챘는지 아기가 울면 아기가 미웠다. 미우에게는 세상이 달라 보이지 않았다.

어느 날 밤, 또 아기가 울어서 잠에서 깼다.

달리아가 일을 시작한 후로 미우는 대부분 시간을 아기와 둘이서 보냈다. 그날도 달리아는 아직 돌아오지 않았다. 일이고, 그 일로 자신과 아기를 부양하는 줄 알면서도 남자와 술을 마시고 있을 달리아가 엉뚱하게도 원망스러웠다.

"왜 그래, 왜 우니?"

아기는 젖을 물리자 싫다는 듯 고개를 돌렸다. 잔뜩 성질을 내며 기저귀를 봤는데 젖지 않았고, 안고 흔들어도 울음을 그치지 않았다.

"왜 그러니, 왜 그러는데?"

미쓰는 아이가 태어난 이후로 2시간 이상 푹 자본 적이 없었다. 항상 머리가 지끈거렸다.

"뭔데, 뭐가 불만인데?"

뭘 원하는 걸까. 새빨개진 얼굴로 울고 또 우는 아기는 뭔가에 화가 난 것처럼 보였다.

"네가 왜 화를 내는데. 무슨 이유로 화를 내는데? 내가 어떤 마음으로 널 낳은 줄 알아? 나는 그렇게 예뻤는데, 돈도 전부 나를 위해 썼는데 너를 낳은 뒤로 몽땅, 몽땅 다 잃었어. 그런데 네가 왜 울어? 왜 울어. 뭐가 불만이야."

세게 흔들자, 아기는 미우에게서 도망치려는 듯이 등을 팩 젖히고 허공에 손을 뻗었다. 운다. 운다.

"뭐가 불만이야!"

아기의 목소리가 점점 커지며 절망적으로 바뀌었다. "시끄러워!" "보자 보자 하니까!" 옆집 남자뿐 아니라 다른 방에서도 남자의 목소리가 들렸다.

미우는 지금까지 자신을 귀엽다고, 아름답다고 칭찬하며 많은 것을 주었던 남자들을 떠올렸다. 결국 그들은 미우에게 아무것도 해주지 않았다. 빼앗을 만큼 빼앗고 떠나버린 남자들이었다. 그런데 지금 미우는 그 남자들을 갈구했다. 생긋 웃으면 귀엽다, 아름답다고 말해주고, 웃기만 해도 무언가를 주는 남자들을 원했다.

지금 품 안에 있는 아기. 자신이 아무리 주고 또 줘도 빽빽 울기만 하잖아. 뭐가 불만이야. 내게서 얼마나 더 빼앗아가야 성에 차는데.

그녀는 갑자기 아기를 떨어뜨렸다.

아기는 이불 위에 떨어졌다. 순간 조용해진 아기를 보고 미우는 겁에 질려 눈앞이 핑 돌았다. 저질러버렸다.

아기는 곧 불에 댄 듯이 울음을 터뜨렸다.

"시끄러워!"

"죽여버린다!"

"못 울게 해!"

아무 소리도 낼 수 없었다. 미우의 온몸이 떨리고, 식은땀이 줄줄 흘렀다.

미우는 부엌으로 뛰어가 꺼낼 수 있는 모든 식기를 꺼냈다. 플라스틱 컵, 빵을 사고 경품으로 받은 하얀 접시, 타버린 한 손 냄비, 손잡이가 녹은 주전자, 이상한 캐릭터가 그려진 카레 접시, '불효'라고 적힌 컵. 거기에 미친 듯이 젖을 짜기 시작했다. 젖은 쪼르륵 소리를 내며 식기 안에 떨어졌다. 튀고 넘친 젖이 책상을 적시고, 미우의 얼굴을 더럽혔다.

아기는 울음을 그치지 않았다.

젖은 아기가 빨지 않으면 금방 단단해져서 아프다. 아기가 힘껏 빨아들이니까 유두가 크게 부풀어 보기 흉했다.

나는 이 아이 곁에 있으면 안 돼.

미우는 계속해서 젖을 짰다. 손톱이 자랐는지 유두에 상처가 나 피가 흘렀다. 더는 무리겠다 싶어 커다란 가방을 꺼내 짐을 쌌다. 속옷, 겉옷, 쌀 것이 별로 없었다. 참 검소하고 초라하게 살았구나. 나는 아직 이리도 젊은데, 거울에 비친 나는 어쩜 이렇게 추할까.

가방을 들고 일어서는데, 기적처럼 아기가 울음을 그쳤다.

아우, 아부, 아아, 아.

아기가 알아듣지 못할 소리를 하며 미우를 보고 손을 쭉 뻗었다.

눈물이 흘렀다. 귀엽고 귀여운, 사랑하는 내 아기.

미우는 아기를 안는 대신, 펜을 찾아내 광고지 뒤에 휘갈겨 썼다. 언니에게, 라고 쓰고 잠깐 멈췄다. 미안하다고 썼다.

'이 아이를 잘 부탁해요.'

이어서 이렇게 썼다. 사랑한다고 쓰고 싶었으나 쓰지 못했다.

나는 아기를, 이토록 사랑스러운 아기를 죽이려고 했잖아.

미우는 눈에 보이는 아무 신발이나 떨리는 손으로 신었다. 신발을 신은 채 방으로 돌아가 아기의 얼굴을 5초간 들여다보다가 탄환처럼 밖으로 뛰어나갔다.

아기는 방석 위에서 아우, 아아아, 뭐라고 말했다.

아름답고 아름다운 아기였다.

니쿠코가 병실로 들어오자 교대하듯이 삿산이 돌아갔다.

"기쿠, 그럼 또 오마."

"네."

나는 그때는 울음을 그쳤고, 팔에 꽂은 링거는 4분의 3쯤 남았다.

"기쿠린! 깼구나! 괜찮나!"

아무도 없어서 다행이다. 니쿠코의 목소리가 병실에 메아리쳤다.

"괜찮아."

"그래 그래 그래, 수술해서 배에 조금 상처가 생겼는데 이제 괜찮지, 이제 아프지 않제!"

"응."

니쿠코는 흥분했는지 내 손을 놓지 않았다. 추운데도 축축하고 참 따뜻하다. 포동포동 살이 붙은 니쿠코의 손.

걱정을 끼쳐서 미안하다고 말하려고 했는데.

"기쿠린, 미안해!"

니쿠코가 먼저 사과했다.

"기쿠린 배가 아픈 거, 알아차리지 못해서 미안하데이!"

니쿠코는 자기 목소리 크기에 놀란 것처럼 눈을 동그랗게 떴다. 작은 눈이지만 제대로 동그래졌고, 곧 눈물이 물씬물씬 번졌다.

"미안하데이, 미안하데이!"

니쿠코가 잘못한 거 아니야, 내가 참았으니까 그렇지, 입원비 큰일이다, 바쁠 시기에 미안해.

하고 싶은 말은 정말, 정말 많았는데 하지 못했다. 입을 열면 또 울 것 같았다.

"이제 괜찮을 거다, 미안해!"

니쿠코의 우는 얼굴은 못났다. 눈썹이 팔자고 콧물이 흐르고, 벌어진 입에서 때운 이가 잔뜩 보인다. 또 둥실둥실 흔들리는 촌스러운 앞머리. 나는 울고 싶었는데 그걸 보니 무심코 웃을 뻔했다.

"니쿠코."

"응? 기쿠린, 왜? 어데 아프노!"

"아니야, 니쿠코는."

"응응?"

"내 엄마가 아니지."

헉…… 하는 소리를 내며 니쿠코가 굳었다. 어찌나 놀랐는지 말문까지 막혀버렸나보다. 나는 그 모습을 보자 웃음이 터졌다.

니쿠코, 들키지 않았을 줄 알았나 봐.

말도 안 돼. 애초에 이름이 같은 부모 자식이 어디 있어?

"기쿠린……."

"사실 나 네 살쯤부터 알고 있었는데."

"에에에엑!"

"그렇게 놀랄 일이야? 전혀 안 닮았잖아. 친척이랑 만난 적도 없고."

"기쿠린……."

"그리고 사진도 봤어. 니쿠코랑 어떤 여자랑 찍은 사진. 그 사람이 내 엄마지."

"끅……."

"알아. 나랑 똑같이 생겼으니까."

"기쿠린……. 네 살 때부터 알고 있었나?"

"네 살은 과장이겠지만 그래도 응, 유치원 때는 알았어."

"그걸 지금까지 감추고……?"

"감췄다고 해야 하나."

"아!"

니쿠코가 마음 짚이는 데가 있는지 내 손을 잡았다.

"기쿠린, 그래서 나를 엄마라고 부르지 않은 거가? 계속 니쿠코라고 부른 거……."

맥이 빠졌다. 마음 짚이는 데가 그거라니.

"으음, 뭐 그것도 있지만, 그래도 니쿠코라고 부르는 게 어울리니까."

"기쿠린……."

"니쿠코, 그리고."

"응……."

"요즘 계속 전화하지."

"끅……."

"그거, 나 신경 안 써도 돼. 더 당당하게 전화해. 나는 니쿠코한테 감사해. 친자식도 아닌데 이렇게 열심히 키워줬잖아, 뭐 앞으로도 신세를 지겠지만. 그래도 정말로 감사해. 그러니까 나한테 괜히 신경 쓰지 마."

"……끅."

"오코노미야키남이지."

"엉?"

"오코노미야키남."

"뭔데, 그거 무서운 얘기?"

"아니야. 새로 사귄 남자친구잖아."

"엉?"

"당당하게 전화해. 니쿠코는 니쿠코의 행복을 찾아. 나, 진심으로 그렇게 생각해."

"남자친구라니?"

"어, 아니야? 전화 상대."

"……으윽……."

"말하기 어려워?"

"……기쿠린……, 충격 받으면 안 돼……."

"어……, 응."

"알았제!"

"……괜찮다니까."

"그 전화……, 기쿠린의…… 친엄마랑 하는 거다."

"엑."

심장이 쿵쿵 소리를 냈다. 그것뿐인데 배가 당겼다. 나는 정말로 맹장 수술을 했구나, 쓸데없는 생각을 했다.

"충격? 충격 받았나? 그래도, 그래도, 걔, 참말로 참말로 기쿠린을 사랑한다!"

"……."

"그게, 그게 밋짱은 결혼해서 최근에 드디어 아이가 생겼다 카데! 밋짱도 어른이니까, 사랑받으면서 아이의 소중함을 절절하게 느꼈다칸다. 그렇다고 기쿠린이 소중하지 않았다는 게 아니야. 진심으로 원해서, 진짜 아기를 원한다고 하면서 울었다 아이가! 그냥 걔는 어렸다. 불안했어! 그래도 나이를 먹어서 애가 생기니까 자기가 얼마나 심한 짓을 했는지 알았다칸다! 기쿠린이 얼마나 소중한지 알았다카더라!"

"심한 짓이라면, 나를 버린 거야?"

"……윽……!"

"그리고 엄마 이름은 밋짱이라고 하는구나."

"끄으윽!"

"아니야, 괜찮아. 말해줘."

"아니야, 버린 게 아니다, 버린 게 아니다! 괴로웠던 거다, 걔는 어렸고 정말 솔직하고 좋은 애라서……!"

솔직하고 좋은 애가 친딸을 버리나.

"어어, 우리 아빠는."

"……윽."

"아빠는 모르는구나."

"아마 그, 오사카의…… 누군가…….”

"불특정 다수잖아."

"……끄으윽……!"

"쓰레기네. 그래도 괜찮아. 그래서?"

"……그래서, 밋짱과 내는 같이 살았는데, 어느 날 집에 왔더니 기쿠린만 있어서…….”

"없어졌다고. 도망친 거네."

"도망친 거 아니라도! 그러니까 그게, 무서워진 걸 거다. 기쿠린을 참말로 소중하게 생각했어! 지금도 계속, 계속 생각한다칸다!"

"그래서?"

"응?"

"그래서 전화에서 무슨 얘기를 했는데?"

"……그게."

"나랑 만나고 싶대?"

"아니야! 아무리 그래도 개가 그러진 못하제. 잘 지내는지 알고 싶다카데. 기쿠린이 잘 지내는지. 대단하데! 내 전화번호를 어떻게 알았나 했더니만 탐정을 고용했다더라! 드라마 같지 않나! 개는 참말로 전국 방방곡곡 우리를 찾은 거야! 그만큼 기쿠린이 소중한 거다! 운동회도 보러 왔었다!"

나는 운동회 때의 무의미한 플래시가 생각났다. 학교의 사진가일 수도 있지만, 나는 사진을 찍은 사람이 내 '엄마'라고 확신했다. 밋짱이라는 이름의 나를 낳은 여자다.

"니쿠코, 그때 주먹밥 들고 화장실에 갔었지?"

"……딸꾹."

"딸꾹이라니……. 그거 그 여자한테 준 거구나."

"기쿠린, 우째 그리 예리하노……."

댁처럼 둔한 사람이 어딨겠어.

자세를 고쳐 니쿠코를 정면으로 바라보는데, 니쿠코의 눈썹은 역시 또렷하게 팔자였다.

"밋짱은 고베에서 일부러 온 거다? 기쿠린의 운동회를 보려고! 그리고 주먹밥을 먹으면서 울었다! 기쿠린이 귀엽고 훌륭하게 커서 다행이라고 엉엉 울었어! 그 어리고 귀여웠던 밋짱이 으윽, 훌륭해져서…… 밋짱이…….”

니쿠코는.

“내는 말했다. 기쿠린, 행복할지 아닐지는 몰라도, 내는, 내
가 기쿠린을 위해 할 수 있는 건 뭐든 다 하겠다고!”

니쿠코는.

“그래도 기쿠린이 밋짱이랑 만나고 싶고, 밋짱이랑 살고 싶
으면 그래 말해도 된다! 내는 이런 인간이라, 제대로 된 엄마
가, 아니고…… 밋짱은 지금 부자랑 결혼해서, 행복해 보이니
까, 만약 기쿠린이 같이 살고 싶다카면, 기뻐할…… 테……니
까……, 그야…… 끄으윽, 내는…… 스, 스, 슬프겠지만…… 으
윽, 크으응, 그래도 기쿠린이, 기쿠린이…… 행복하다면…….”

니쿠코는. 어쩜 이렇게 바보일까.

왜, 왜 이렇게 바보야.

바보야. 바보 멍청이야. 벌게진 코로 줄줄 콧물을 흘리고, 눈
썹은 팔자, 입 안에 수북한 은니, 폭포처럼 눈물을 흘리고 그걸
훔치는 손은 상처투성이잖아.

“니쿠코.”

“……끄으으으윽, 기쿠린!”

“나는 니쿠코처럼 되기 싫어.”

“끄으으으윽!”

“남의 애를 키우고 쓰레기 같은 남자한테 속기나 하고, 애를

떠맡기고 도망친 사람까지 감싸고."

"끄으으으으으으으으윽……!"

"자기는 찢어지게 가난해서 싸고 촌스러운 옷만 사대고."

"……끄으으윽……!"

"뚱뚱하고 못생기고."

"……끄윽…….

"재미있는 얘기도 못 하고 머리도 나쁘고."

"……저기, 기쿠린…….

"나는 니쿠코처럼은 절대로, 절대로, 저얼대로 되기 싫어."

니쿠코는 상처투성이인 복스러운 손으로 자기 뺨을 감쌌다.
역시 못생겼다. 니쿠코는 모습 자체가 못생겼다.

"그래도."

나는 콧물과 눈물범벅인 니쿠코의 손을 잡았다. 니쿠코와 대
조적으로 나는 전혀 울지 않았다.

"나는 니쿠코를 정말 좋아해."

그 순간, 니쿠코가 내 침대에 콰당 얼굴을 묻었다. 커다란 찹
쌀떡이 하늘에서 떨어진 것 같다.

"으허어어어엉, 으허어어어엉, 기쿠리이이이인!"

"좋아해, 니쿠코."

"으허어어어어어어어엉, 으허어어어어어엉!"

"니쿠코."

역시 병실에 아무도 없어서 다행이다.

"좋아해."

"으허어어어어어어어어어어어엉!"

고개를 든 니쿠코는 못생김을 넘어 무슨 특수 촬영 분장 같
았다. 울고 싶었는데 니쿠코를 보면 어쩔 수 없이 웃게 된다. 복
부에서부터 명랑한 웃음이 흘러넘친다. 그게 니쿠코다.

"좋아해."

"으허어어어어어어어어어어어엉!"

너무 추하니까 나도 모르게 니쿠코에게서 시선을 피했다. 미
안해. 그래도 덕분에 창밖에 아른거리는 하얀 것을 발견했다.

"아."

눈이었다. 하얗다. 이렇게 하얬나. 눈은 하나둘 떨어지나 싶
더니 곧 끝없이 내렸다.

으어어어어엉, 으어어어어어엉!

역시 멋있다. 눈은 멋있어.

내 곁에서 니쿠코는 언제까지나, 언제까지나 울었다.

가족을 잃은 세쌍둥이는 오늘 밤이 크리스마스인 줄 알고
있다.

언제부턴가 설날보다 떠들썩해진 이 크리스마스라는 날은,
자기들이 원하는 것을 산타클로스가 가져다주는 날이라고 한다.

세쌍둥이의 바람은 하나, 단 하나지만 언제 이루어질지는 모
른다. 이미 죽어버린 세쌍둥이는 그래도 기다린다. 항구에 앉아
바다를 보며, 이 바다 너머에서 가족들이 돌아오기를, 언제까지
나 기다린다. 언제까지나.

니쿠코는 옆 침대에서 잠들었다. 울다 지쳤나 보다. 아기 같
다.

"대그으으윽, 대그으으으으으으으윽!"

간호사의 특별 허가를 받아 니쿠코가 병실에 함께 묵었다.
침대에서 자는 건 처음이라면서 아주 좋아하더니 눕고 몇 초
지나지 않아 코를 골았다. 조금 전까지 으어어어엉 하며 영문
을 알 수 없이 오열하던 사람으로 보이지 않는다.

니쿠코가 집에서 소설을 몇 권 가져다주었다. 전부 읽은 책

이었다. 《달과 6펜스》《여치》《고독의 발명》 그리고 운동회에서 빌린 《고개 상》이다.

니쿠코에게 《고개 상》을 빌려준 할아버지가 어울리니까 가지라고 줬다. 《고개 상》과 어울리는 여자는 대체 뭐지.

전부 최근에 읽었다. 니쿠코니까 '기쿠린에게 책을 가져다줘야지! 아, 이거 알아, 이거 본 적 있어! 이것도!' 하고 골랐겠지. 알고 있고 본 적 있는 것은 내가 읽었기 때문이라고 추리하지 못한다.

같은 책을 다시 읽는 것을 좋아하지만, 몇 쪽인가 들췄다가 덮었다. 나는 침대 곁에 놓인 텔레비전을 켰다. 어차피 입원비를 내야 한다. 이용할 수 있는 건 마음껏 이용해야 이득이다.

그때 손이 미끄러져 리모컨이 떨어졌다. 리모컨이 콰당 소리를 내며 옆 침대 아래로 미끄러졌다.

"미쳤다."

중얼거리자 삿산, 모두와 먹은 부챗살 맛이 생각났다. 그건 정말 '미친' 맛이었다.

그렇게 생각한 순간, 주르륵 눈물이 흘렀다.

놀랐다.

슬픈 것과도, 감동한 것과도 다르다. 다만 내가 인지하지 못하는 아주 거대한 것과 대치했을 때처럼 가슴이 떨렸다.

나는 뭔가에 압도되었다.

니쿠코 앞에서는 무서울 정도로 냉정했는데, 나는 지금 마침 내 울었다. 끝을 모르고 흘러내리는 눈물이 창밖의 눈 같았다.

"사실은 한자도 나랑 똑같이 菊子를 쓰려고 했다. 그래도 내 호적에 올리면서 한자를 살짝 바꿨지. 그 정도는 해도 되지 않나? 그래서 喜久子야. 기쁨을 오래오래 느끼는 아이라고 써서 기쿠코라고 읽는다이!"

내 옆에서는 그렇게 말하면서 울었던, 내 엄마가 코를 골고 있다.

오늘은 크리스마스다.

♡

다들 병문안이 처음인지 흥분했다.

마리아는 믿을 수 없이 예쁜 꽃을 가지고 왔고, 리사는 마리아에게 빌리는 만화책 순서를 양보해주었다. 가네모토는 좋아하는 코미디언의 DVD를 가지고 왔다. 병실에서 보지 못하는 걸 알자, 개그를 자세하게 재현해줬는데 하기 전부터 웃으니까 하나도 재미없었다.

"기쿠린, 어때? 재미있어?"

"재미있어."

"하지만 안 웃는데?"

"웃으면 수술한 데가 아파서."

맹장이라 다행이다. 이 변명, 앞으로 반년쯤은 써먹을 수 있겠다.

오는 사람들 모두 수술 자국을 보고 싶어 했다.

마키 씨도 보고 싶어 해서 놀랐다. 마키 씨는 어른스러운 여자인 줄 알았는데. 그래도 곧 〈듀프〉를 험담하던 마키 씨가 생각났다.

"제대로 된 어른이고 뭐고 없다."

삿산은 어른을 넘어 이미 할아버지다. 할아버지쯤 되어야 간신히 제대로 된 인간이 될 수 있을까? 애초에 제대로 된 인간이란 뭘까.

배를 보고 모두 으아아 하고 놀랐다. 어리다고 생각했다. 그러나 곧 상처를 보여주고 우쭐거리는 나도 어리다고 생각했다.

니노미야는 퇴원 하루 전에 왔다.

"이제 슬슬 병문안이 지겨울 때잖아? 그럴 때 오는 게 나란 말씀."

거들먹거리며 말했다. 무슨 의미인지 모르겠다.

니노미야는 선물로 프라모델을 가지고 왔는데, 그게 내가 준성 프라모델인 데다 퇴원 전날에 줘도 곤란하니까 돌려줬다.

"모형, 계속 만들어?"

"만들지. 겨울방학이니까!"

겨울방학이랑 무슨 상관인데. 니노미야는 머리를 벅벅 긁고 혀를 내밀었다가 집어넣었다. 그러더니 갑자기 "날름 날름 날름!"이라고 외쳤다. 나는 이상한 영매사 달리시아가 생각났다. 모두 가족, 이라고 외쳤던 턱수염이 자란 달리시아와 병실에서 텔레비전을 보며 웃었던 니쿠코가 겹쳤다.

풀썩, 소리가 들렸다. 차양에 쌓인 눈이 떨어지는 소리였다.

"니노미야는."

"응?"

"정말 특이하다."

"왜?"

"다른 애한테는 이상한 모습 안 보여주잖아."

"그야 너랑 있으면 마음이 편하니까."

"왜?"

"그야 너도 되게 특이하니까."

"내가? 어디가?"

"왜냐하면 혼잣말 엄청나게 많이 하잖아. 갈매기가 지나가면 한계니 뭐니 외치고, 도마뱀이 있으면 늦겠어 늦겠어 늦겠어 라고 외치고."

"……."

"네가 훨씬 더 특이해."

"그래도 그렇게 말해야 활기차잖아."

"뭐야, 그게. 뿌웅!"

니노미야가 뺨을 빵빵하게 부풀렸다. 부풀리는 바람에 침이 툭 튀었다. 니노미야는 침이 잘 고인다. 흥분해서 말하면 양쪽 입가에 보글보글 거품이 일 때가 있어서, 한번은 여자 앞에서 그런 식으로 말하면 절대로 안 된다고 충고해주었다.

니노미야는 입을 크게 벌리고 천장으로 목을 쭉 뺐다. 침대 옆에 난로가 있어서 위에 올린 주전자가 치익치익치익 소리를 냈다.

"아, 아까부터 너무 지루해!"

"니노미야…… 잘도 그런 말을…….'

"병원은 지루하구나. 으아아아!"

니노미야가 두 팔을 크게 벌렸다. 눈을 크게 뜨고 외쳤다.

"빨리 퇴원해라!"

나는 니노미야가 만든 멋진, 과하게 멋진 모형을 생각했다.

퇴원하고 얼마 후, 조금 늦었지만 니쿠코와 에로 신사에 새해맞이 참배를 하러 갔다.

내일부터 새 학기가 시작된다. 친구들이 연하장을 보냈으나 나는 당연히 한 장도 보내지 않았다. 그것도 맹장 탓으로 돌릴 수 있다.

신사에는 참배하러 온 사람이 많았다. 개를 여러 마리 데리고 온 사람이 계단을 올라가고 있어서, 바로 가네코 씨인 줄 알아차렸다.

"기쿠린! 무슨 소원 빌 거고?"

"에이, 그건 남한테 얘기 안 하는 게 좋아."

"내 소원도 알려줄까?"

"내 말 들었어?"

"내 소원은…… 비, 이, 미, 일!"

"진짜 짜증 난다."

"내 안의(內)의 사자(絲者)라고 써서 비밀이라고 하지!"*

"사자가 뭔데."

계단을 올라가는데 갑자기 사진가가 생각났다. 몇 달 전, 그가 이곳에 있었다니 믿기지 않는다. 또 그 아름다운 여자애가 여기 앉아 있었다니, 꼭 꿈을 꾼 것 같다.

겨우 몇 달 전 일인데 그때의 나와 지금의 나는 전혀 다르다. 그렇게 생각하니 신기했다. 가슴은 납작하고 다리는 가늘고, 머리카락도 그다지 자라지 않았다. 그래도 그때의 나는 이미 여기에 없다. 그 사실이 기적 같았다.

---

* 일본어로 비밀은 '内緒'라고 쓴다.

가네코 씨가 데려온 개들은 헌금함에 뛰어오르거나 종에 달린 줄을 씹으며 제멋대로 굴었다. 아마 다른 사람의 개겠지. 가네코 씨에게 맡긴 것이다. 주인은, 예의범절 교육을 제대로 안 했다, 네놈이 게으르게 구니까 강아지가 사람들에게 미움을 받는다며 가네코 씨에게 야단맞을 것이다.

나는 가네코 씨가 좋다.

니쿠코와 둘이서 나란히 합장했다. 니쿠코는 신사에서 참배하는 방법을 몰라 나를 힐끔힐끔 살폈다. 눈을 감자 어딘가 멀리서 원숭이가 끼익 우는 소리가 들렸다. 니쿠코 못 보게 나는 살짝 웃었다.

"기쿠린, 무슨 소원 빌었나?"

"그러니까 내 말 안 들었어? 그런 건 남한테 말하는 게 아니라니까."

"엄마는 합장했더니 머리가 새하얘져서 안녕하세요 소리밖에 못 했다!"

"바보네."

"아까워라!"

"그래도 나도 이해해."

곧장 집으로 가려는 니쿠코를 데리고 항구로 갔다. 니쿠코는 뚱뚱해도 추운 건 춥다면서 고집을 부렸지만 들어주지 않았다.

"조금은 운동해야지."

세쌍둥이는 없었다.

아무도 없어서 항구가 조용했다. 파도 소리만 들리고 때때로 철썩, 큰 소리가 났다. 정말 파랬다.

"완전히 바다구나!"

"그 감상은 뭐람."

나는 바다의 도랑을 바라보았다. 파란색에서 더욱 짙은 파란색으로 바뀌는 지점을 봤다. 아마 정어리가 소용돌이치듯 헤엄치겠지. 나는 내가 정어리 떼로 돌진하는 모습을 상상했다. 정어리 떼는 사방으로 흩어졌다가 금세 원래대로 돌아오겠지. 한마리의 생물처럼.

"니쿠코."

"응?"

"또 수족관에 가자."

"좋다! 펭타를 만나러 가야지!"

"그리고 오는 길에 커피를 마시고, 밤에는 집에서 미트 스파게티를 만들어서 먹자."

"좋다! 미트 스파!"

"스파라고 부르는 거 진짜 촌스러워."

"말하니까 갑자기 먹고 싶다! 집에 가자, 가자, 가자, 가자!"

니쿠코가 내 손을 잡아끌었다. 그렇게 추워했으면서 니쿠코의 손은 참 따뜻했다.

집 마당에 들어왔는데 갑자기 배가 아팠다.

"배가 아파."

"헉! 아직 다 나은 거 아닌데 무리해서 그러나!"

"괜찮아, 그 아픈 거랑 달라."

니쿠코에게 손을 잡힌 채로 천천히 문을 열었다.

신발을 벗고 화장실에 갈 때는 이미 예감했다. 확실하게.

팬티를 내려도 나는 놀라지 않았다.

무섭다거나 창피하다거나, 그 어떤 감정도 맞아떨어지지 않았다.

"기쿠린, 괜찮나? 괜찮나?"

문밖의 니쿠코가 성가시다. 나는 응, 괜찮다고 작게 대답하고 빤히 팬티를 바라보았다.

"니쿠코."

이름을 불렀다. 니쿠코가 "왜 그라노?" 하며 문을 열었다. 발목까지 팬티를 내리고 변기에 앉은 나를 니쿠코가 봤다.

"기쿠린."

나는 니쿠코를 보고 웃었다. 그리고 또 팬티를 봤다.

거기에는 빨간 피가 있었다.

너무 빨개서 조금 거뭇거뭇한, 나의, 누군가의 피였다.

니쿠코는 숨을 쓰읍 들이쉬고, 처음으로 조용한 목소리로 "축하해"라고 말했다.

작가의 말(2011년 초판)

　　니쿠코와 기쿠코 모녀가 사는 항구 마을은 미야기현 이시노
마키시가 모델입니다. 설정상 도중부터 동해의 항구 마을로 진
화해 완전히 가공의 항구 마을이 되었지만, 원래는 편집자인
히노 아쓰시 씨의 고향인 이시노마키에 역시 편집자인 기하라
이즈미 씨와 셋이서 여행을 간 것을 계기로 이 이야기가 탄생
했답니다.

　　히노 씨 본가에 신세를 지며 아버님이 운전해주시는 차를
타고 이시노마키를 쭉 돌았습니다. 멋진 수산물 가공 공장, 커
다란 배 모형이 있는 공원, 아기자기한 상점가, 수상쩍은 스낵
바 거리. 밤에는 히노 씨의 동급생이 맛있는 요릿집에 데려가
주었고, 이후 귀여운 여자 종업원이 있는 가게에도 갔습니다.

생선이 참 맛있고 종업원들이 귀엽고, 술값은 눈이 튀어나올 정도로 저렴했어요. 이시노마키에서 하루 묵고 마쓰시마를 둘러보고 맛있는 초밥을 먹었어요.

오나가와 항구에 들렀을 때, 작은 고깃집을 발견했어요. '고기 잡는 항구여서 생선이 맛있어도 가끔은 고기도 먹고 싶은 법이지' 하고 흐뭇하게 생각했어요. 그 고깃집이 돌아오는 길에도 생각나서, 몹시 뚱뚱하고 아주 밝은 여자가 그 가게에서 일하면 재미있겠다고 계속 상상했죠. 그 여자를 친근하게 느낀 마을 사람, 어부, 상점가 사람, 어린애들까지 고깃집에 모이면 재밌겠다고요.

몹시 뚱뚱하고 아주 밝은 여자는 니쿠코가 되었고, 항구 마을의 사람들은 삿산과 마키 씨, 젠지 씨가 되었죠.

이렇게 《항구의 니쿠코짱!》이 탄생했습니다.

소설을 쓰기 시작하고 몇 달 후, 이 이야기를 〈파피루스〉라는 잡지에서 연재하는 도중에 동일본 대지진이 일어났어요.

이시노마키와 오나가와가 어떻게 되었는지는 여러분도 잘 아시죠.*

이시노마키라고 공표하지 않았고, 결과적으로 이 세상 어디

---

* 이시노마키와 오나가와는 동일본 대지진으로 일어난 쓰나미로 인해 많은 피해를 입었다.

에도 없는 마을의 이야기가 되었지만, 원래 모델로 삼은 마을 이고 고향이 그렇게 된 상황에서 이 소설을 연재하면 괴로울 것 같아 걱정했는데, 히노 씨는 계속 연재하자고 말해주었어요.

소설은, 아무리 온 힘을 퍼부어도 단 한 개의 주먹밥을 이기 지 못한다는 것을 지진이 일어나기 전부터 알고 있었어요. 아니, 알고 있다고 '지레짐작'했습니다. 그러나 그 지진은 제게 아주 조금이라도 남아 있었던 작가로서의 밉살스러운 자부심을 깨부쉈습니다.

《항구의 니쿠코짱!》이라는 이야기는 남는다. 그 이야기가 누군가의 힘이 되면 좋겠다는 생각은 그만두자. 그저 완성한 이야기를, 반짝이던 이시노마키 덕분에 태어난 《항구의 니쿠코짱!》을 사랑하자고 생각했어요. 글을 쓴 제게 모든 책임이 있습니다. 그만큼 이 이야기를 가장 사랑하는 건 저예요.

이토록 사랑스러운 작품을 저 이외의 누군가가 읽는 이 기적과도 같은 일을, 잘 알고 있다고 '지레짐작'하지 말고 누군가가 페이지를 넘기는 순간을 소중히 생각하려고 해요.

여러분이 《항구의 니쿠코짱!》을 읽어주셨다는 사실을 계속 생각하려 합니다.

작가의 말(2014년 문고판)

이 책을 출간하고 얼마 후, 미야기현 오나가와에 사는 K 씨라는 분께 편지를 받았습니다.

《항구의 니쿠코짱!》을 읽었는데, 맺음말에 모델로 삼았다고 쓴 고깃집에 니쿠코와 닮은 주인이 정말로 있었다는 내용의 편지였죠. 밝고 좋은 사람이어서 지역 사람들의 태양 같았던 그 여성분이 지진으로 세상을 떠났다는 사실도요.

항구 마을에 있던 그 가게를 보고 상상을 붙여나간 건 사실이지만, 설마 그 가게에 정말 니쿠코 같은 여성이 있을 줄은 당연히 몰랐어요.

K 씨도 오나가와에서 지진을 겪었으나 다행히 무사했고, 수산물 가공 공장도 재개했다고 합니다. 나는 K 씨에게 답장을

썼어요. 그로부터 1년 후 봄에 K 씨를 만나러 갔습니다. 모델로 삼은 고깃집 주인이 가설주택에서 가게를 다시 열었다고 들어서 꼭 고기를 먹어보고 싶었어요. 편집자인 기하라 이즈미 씨와 이번 문고본의 해설을 맡은 히노 아쓰시 씨와 미야기현으로 갔습니다.

약속 장소에서 만난 K 씨는 70대라는 게 믿어지지 않는 아주 젊고 활발한 신사로, 지역의 명사 같았습니다. 가는 곳곳마다 K 씨에게 말을 거는 사람이 있었고, 그때마다 K 씨는 즐겁게 대답했죠. 참 멋진 분이었어요.

오나가와의 풍경은 전혀 달라졌습니다. 어딜 봐도 황무지였고, 여기저기 떠밀려온 건물이 쓰러져 있었죠.

"고깃집은 저 근방에 있었습니다."

손가락으로 가리킨 곳에는 아무것도 없었습니다.

그래도 가설주택에 생긴 고깃집은 아주 활기찼어요. 좋은 가게였어요.

가게 주인은 《항구의 니쿠코짱!》의 표지 사진을 벽에 걸어두었습니다.

돌아가신 부인의 사진도 보여주었어요. 통통하고 정말 멋진 분이었습니다.

나는 부인이 이곳에서 수많은 사람에게 사랑받으며 바쁘게 일하는 모습을 상상했어요. K 씨가 가져오신 토속주를 마시고 고기를 먹으며, 동석한 동네 분들에게 많은 이야기를 들었죠. 모두 재미있고 다정한 분이어서, 면목 없을 정도로 넘치는 기운을 받았습니다.

말로 표현하면 너무 주제넘고 또 드라마틱해지는 것을 각오하고 쓰겠습니다. 제게 소설을 쓰는 것이란 이 세상에 있는 '니쿠코'를 쓰는 일입니다.

우리는 언젠가 사라져요. 이 세상에서 사라집니다.

그래도 우리의 마음이나 우리가 확실히 '거기 있었던' 순간을 남길 수 있지 않을까요. 제 안에서 찬란하게 빛난 이시노마키가, 오나가와가 사라지지 않는 것처럼 '니쿠코'가 있던 그 순간은 절대 사라지지 않습니다. '그 순간'을 켜켜이 쌓아 남기는 것이 곧 소설을 쓰는 일이라고 생각합니다.

이 세상에 있는 '니쿠코'를 쓰는 것.

작가로서 앞으로의 결의를 하게 해준 K 씨, 고깃집 주인, 오나가와에서 만난 모든 분, 특히 최고로 멋진 부인께 감사합니다.

기하라 씨, 히노 씨, 멋진 만남의 기회를 주어서 고마워요. 여러분 덕분에 '니쿠코'를 쓸 수 있었어요.

또 《항구의 니쿠코짱!》을 읽어주신 여러분, 진심으로 감사합니다. 여러분이 읽어주신 덕분에 '니쿠코'가 이 세계에 더욱 뿌리 깊게 존재할 수 있습니다.

작품 해설

왜 이시노마키였는가.

맺음말에서 니시 가나코 씨 본인이 썼듯이 이《항구의 니쿠코쨩!》은 미야기현 이시노마키시 1박 2일 여행을 계기로 만들어졌다. 니시 씨에게 여행을 권한 것은 당시 겐토샤幻冬舍 출판사에서 일하며 〈파피루스〉라는 문예 잡지 편집장을 맡았던 나였다.

지금도 또렷이 기억하는데, 또 다른 편집자인 기하라 이즈미 씨와 셋이서 "어디 가보고 싶은 곳 없어요?"라고 대화하던 중에 (다들 술에 거나하게 취했다) 니시 씨가 "항구에 있는 고양이를 보고 싶어요"라고 말했다. 니시 씨의 열정적인 독자라면 니시 씨가 고양이 덕후인 것을 알 텐데, 도쿄에 온 지 20년 가까이 지난 나는 본가 바로 근처가 이시노마키 항구여도 그 지역의 고양이 서식 상태에 관해서는 아무런 지식이 없었다. 그랬으면서도 "있어요, 고양이. 우리 본가 근처에요"라고 주장해 반강제로 이시노마키행을 결정했다.

취재 여행이란 말이 제법 유명해졌는데, 작가와 편집자가 꼭 여행을 가야 하는 건 아니다. 애초에 그 시점에서 소설을 쓰겠다고 정한 것도 아니니 취재 여행이 아니라 단순한 여행이었다. 여행을 계기로 삼아 새로운 소설을 부탁하고 싶은 편집자로서 속셈은 있었지만, 그보다 니시 씨와 함께 여행을 가고 싶었다. 니시 씨에게 내 고향 풍경을 보여주고 싶었다.

어떤 여행이었는지는 니시 씨의 '맺음말'에 잘 표현되었다. 우리는 이시노마키시 주변 항구를 부지런히 돌아보고, 밤에는 맛있는 생선을 먹고 가라오케 스낵바에서 놀았다. 그러는 동안 여행 목적이었던 고양이는 단 한 마리도 보지 못했다. 대신 니시 씨는 오나가와 항구에서 고깃집 한 채를 발견했다. 어려서 몇 번이나 앞을 지나다녔을 내가 존재하는지도 몰랐던 작은 고깃집을.

《항구의 니쿠코짱!》은 인상적인 제목대로 항구 근처에 사는 니쿠코라는 여성(서른여덟 살)을 중심축으로 한 이야기이다. 니쿠코의 본명은 기쿠코. 그러나 동글동글 뚱뚱한 그녀를 아무도 본명으로 부르지 않는다. 항구 뒤편의 고깃집 '우오가시'에서 일

하는 것까지 더해 그녀는 니쿠코 그 자체다. 생선이 풍부한 마을
에 사는 사람들은 담백한 생선 맛에 질릴 대로 질렸으니, '우오가
시'에서 제공하는 육즙 풍부하고 기름 자글자글하며 양념 맛이
강한 고기는 아주 인기다. 게다가 소박하고 말수 적은 사람이 많
은 북쪽 지방의 소박한 항구 마을에서 걸쭉한 간사이 사투리를
쓰는 니쿠코의 존재는 이채롭다. 체형과 언동으로 고기라는 개
념을 있는 그대로 표현하는 듯한, 가게 주인 삿산의 말대로 '고기
의 신' 같은 니쿠코는 '우오가시'의 훌륭한 간판이 된다.

　원래 오사카에서 물장사를 했던 니쿠코. 남자에게 속고 버
림받고 빚을 떠맡고 뒤쫓기를 반복한 끝에 도착한 이 항구 마
을. 소설의 화자인 딸 기쿠코(니쿠코는 기쿠린이라고 부른다)와 함
께 더부살이하는 형식으로 '우오가시' 부지의 작은 집에서 산
다. 불행하다고 해도 좋을 상황인데, 니쿠코는 전혀 개의치 않
고 늘 지나치게 밝다. 밝은 수준을 넘어 제멋대로에 둔감하고,
모든 일에 무관심하다. 솔직, 순수, 천진난만이라고 바꿔 말할
수 있는 성격이다. 이 뚱뚱하고 어떤 의미에서 신 같은 니쿠코
는 마을 사람들에게 사랑받는다.

　"3월 4일, 삼촌 사팔뜨기!"

　니쿠코는 말도 안 되는 말장난을 좋아한다.

　"스스로(自) 크다(大)를 써서 냄새난다(臭)!"

　한자를 자기 마음대로 해체해 의미까지 엉망으로 만든다.

니쿠코의 발언은 대부분 그때그때 생각난 것으로, 말하고 싶으니까 할 뿐이어서 대부분 의미가 없다. 그런 소리를 하면 주위에서 어떻게 생각할지 불안해지도 않는다. 옷 입는 감각도 부족한 니쿠코는 다른 사람 눈에 어떻게 보일지 걱정하지 않는다. 모든 기준은 자기 자신. 먹고 싶을 때 먹고 말하고 싶은 건 전부 말하고 졸리면 잔다. 니쿠코는 니쿠코인 것을 일절 부끄러워하지 않고 반성하지도 않는다. 니쿠코의 동글동글한 윤곽에 꼭 겹쳐진, 니쿠코 그 자체로서 있는 그대로 살아간다.

이 뚱뚱한 신 같은 니쿠코도 딸인 기쿠린에게는 때때로 거북한 존재다. 어디에서든 있는 그대로 살아가는 니쿠코와 외출하는 일은 자의식이 급속도로 발달하는 초등학교 5학년 소녀에게는 위험도가 너무 높다. 동급생이 니쿠코를 볼까 봐, 니쿠코의 딸이라고 인식될까 봐 일일이 각오해야 한다. 학교에서는 누가 누구를 좋아한다거나 여자들 사이의 항쟁 같은 예민한 문제가 산적해서, 항상 어떻게 행동해야 좋을지 고민해야 하니까 답답하기만 하다. 고민을 니쿠코에게 상담해봤자 아무 의미 없다는 것을 아니까 차라리 니쿠코처럼 있는 그대로 살면 좋겠다고 생각한다. 그러나 자신이 니쿠코와 달리 영리하고 귀엽다는 걸 아는 기쿠린의 자의식은 그걸 용납하지 못한다.

이 《항구의 니쿠코짱!》은 니쿠코와 항구 마을 사람들의 숨결을 생생하게 담아낸 이야기인 동시에 있는 그대로 살고 싶은 마음과 그에 저항하려는 자의식을 동시에 갖춘 기쿠린이 다양한 사건을 겪으며 성장하는 이야기이기도 하다.

이 소설의 내용과는 조금 벗어나는데, 이 '있는 그대로'와 자의식의 대립이라는 주제는 니시 씨의 작품에서 형태를 바꾸며 종종 등장한다.

이 소설보다 2년 반 전에 겐토샤에서 문고본으로 만들어진 《아름다운 사람*》에서는, 자의식에 얽매여 정신적 균형을 잃은 여성이 여행지인 작은 섬에서 어떤 만남을 겪으면서 자기 본바탕에 있는 아름다움을 깨닫는다. 또 2013년 '키노베스!**' 1위를 거머쥐며 큰 화제를 모은 《후쿠와라이***》에서는, 세상과 자신 사이의 벽을 지나치게 의식한 탓에 커뮤니케이션에 지장이 있는 주인공이 나온다. 그리고 주인공은 서툴게 살 수밖에 없는 사람들이 내뿜는 압도적인 빛에 매료된다. 또 이번 문고본이 발매된 시점의 최신간인 《무대》에서는, 자기 욕망이 드러나는 것을 극도로 부끄럽게 여기는 청년이 처음 방문한 뉴욕에서 자신이라는 규모를 넘어선 체험을 한다.

니시 가나코라는 작가는 왜 '있는 그대로의 모습 VS 자의식'

* 2009년 출간.
** 일본의 키노쿠니야서점 직원들이 선정하는 베스트셀러 차트.
*** 눈을 가린 상태에서 얼굴 윤곽만 그린 종이 위에 눈썹·눈·코·귀·입을 그려 오린 종이를 얹어 얼굴을 완성하는 일본의 설날 놀이.

이라는 구도의 작품을 반복해서 그리는가. 그런 대립을 니시 씨 본인이 자신의 문제로 줄곧 생각하기 때문이다. 따라서《항구의 니쿠코짱!》의 니쿠코라는 캐릭터는 작가인 니시 씨에게도, 또 비슷한 마음을 품은 많은 독자에게도 궁극적인 동경의 대상, 역시 신과 같은 존재다.

세상을 둘러보면 '있는 그대로 살면 된다'라는 표어가 온갖 곳에서 당연하게 통용된다. 그대로면 돼, 생각하는 대로 하면 돼, Don't think, Feel! 같은 비슷한 표현까지 포함하면 하도 많아서 일일이 셀 수도 없다. 그러나 있는 그대로를 실천하면 일순간의 해방감을 느낄지 몰라도 결국 남에게 폐를 끼치거나 그 대가가 자기에게 돌아올지 모르니까 겁난다. 뒤에서 멍청한 놈이라고 욕을 먹는 것도 당연히 기분 나쁘다. 언제나 있는 그대로를 유지할 순 없다. 그렇다고 자의식 속에 자신을 가두면 답답해서 무너질 것 같다. 다들 그렇게 성장한다는 어른스러운 의견도 이해할 수 있으나 이 무한해 보이는 고리에 지쳤을 때는 아무 도움도 안 되는 단순한 궤변일 뿐이다.

그럼 어떻게 하면 되는가?

일개 글 쓰는 사람인 내가 모두가 인정할 만한 명쾌한 답을 낼 수는 없다. 그저 나는 무한한 고리에 빠질 것 같을 때면 니쿠코를 떠올린다. 왁자지껄한 웃음소리가 가득한 '우오가시' 풍경이나 삿산이 기쿠린을 혼내는 명대사, 기쿠린의 동급생 니노미야의 이상한 얼굴 등을 같이 떠올린다.

다들 지금, 이 순간에 있는 그대로 살고 있다. 바라거나 말거나 상관없이, 자의식이 어떻게 작용하더라도. 갈등도 후회도 전부, 전부 통틀어 결국 있는 그대로 사는 수밖에 없다. 주의해야할 점은, 있는 그대로가 절대 멈추는 것이 아니라 시시각각 변화한다는 것이다. 기쿠린이 조금씩 성인 여성이 되어가듯이, 니쿠코가 점점 더 뚱뚱해지듯이, 혹은 시게마쓰 안주인이 갑자기 죽었듯이, 나는 사실 단 한 순간도 똑같은 나로 있지 못한다. 그러므로 그때그때의 나는 나를 사랑해야 한다. 말도 안 되는 소리다, 듣기에나 좋은 헛소리다, 이런 식의 투정에 귀를 기울일 여유는 사실 없다. 왜냐하면 여기 있는 지금의 나는 두 번 다시 이 세상에 등장하지 못하니까.

있는 그대로는 동경할 대상이 아니라 지금 이미 여기에 있다. 다음 순간에는 또 다른 모습으로, 또 새로운 있는 그대로로 바뀐다.

사람과 마찬가지로 마을도 늘 똑같은 모습을 하고 있지는 않다. 2011년 동일본 대지진 때, 그 사실을 강렬하고도 잔혹하게 깨달았다. 가족도 집도 기적적으로 쓰나미에 휩쓸리지 않은 내가 그 참상을 두고 감상적인 기분을 느껴서는 안 된다. 그저 서두의 이시노마키 여행 이야기에는 후일담이 있으니 여기 기록해두고 싶다.

2013년 봄. 평소처럼 미팅 핑계로 술을 마실 때, 니시 씨가 나와 기하라 씨에게 말했다.

"이시노마키에 가지 않을래요?"

《항구의 니쿠코짱!》을 읽은 오나가와 거주자에게 연락이 왔다고 한다. 그는 '우오가시'의 모델인 고깃집의 단골이었다. 쓰나미로 흔적도 없이 휩쓸려간 그 가게에 우연히도 니쿠코와 비슷하게 동글동글 살찐, 웃음소리가 아주 큰 주인이 있었다. 그분은 쓰나미로 세상을 떠났으나, 홀로 남은 남편이 언덕 위 가설 상점가에서 가게를 다시 열었다.

"니쿠코의 감사 인사를 해야지."

그렇게 우리 셋은 다시 여행을 떠났다. 전혀 달라진 이시노마키와 오나가와를 둘러보고, 연락을 준 분과 만나 고깃집에 방문했다. 무시무시한 쓰나미가 마을을 통째로 휩쓸어 간 상황이나 생전의 주인이 얼마나 니쿠코와 닮았는지 이야기를 들으며, 남편이 특별히 잘라준 맛있는 고기를 먹고 즐겁게 맥주를 마셨다. 가게에 걸린 통통한 주인 사진을 보며 마음속으로 합장했다.

그때 나는 이《항구의 니쿠코짱!》을 비롯한 이야기라는 것이 분명히 '남는다'는 사실을 15년 가까이 편집자로 살아오며 가장 뚜렷한 형태로 이해했다.

그 기억이 아직 선명히 남은 몇 개월 후에 나는 회사를, 편집자를 그만두었다. 있는 그대로인 나를 사랑하려면 나도 달라져야 했다고 말하면 너무 허울 좋은 말이겠지만, 있는 그대로의 내가 그때그때 무엇을 남길지 혼자 차분히 생각하고 싶었다.

마지막으로. 이야기 종반에 기쿠린과 함께 바다를 바라보는 니쿠코의 말을 인용하고 싶다.

"완전히 바다구나!"

그렇다. 니쿠코는 완전히 니쿠코이고, 니시 가나코는 완전히 니시 가나코이다. 그리고 나는 완전히 나이고, 이 글을 읽는 여러분은 완전히 여러분이다.

설령 그렇게 생각하지 않을 때가 오더라도 지금 순간, 완전히 그렇다는 사실은 그 어떤 일이 생겨도 절대 흔들리지 않는다.

2014년

히노 아쓰시

옮긴이의 말

이 책《항구의 니쿠코짱!》을 사전 정보 없이 만났을 때는 불행이 몰아치는 이야기라고 짐작했다. 시작부터 뚱뚱하다는 이유로 기쿠코라는 멀쩡한 이름을 두고 고기 육(肉)을 붙여 니쿠코라고 비하하고, 죽어도 싼 남자들 때문에 전전했다는 과거가 나오지 않나. 십중팔구 스스로 인생을 망치는 엄마 때문에 딸도 괴로워하는 이야기일 테니 마음의 준비를 했다. 그런데 뭐든 지레짐작하면 안 되는 법이니, 나름의 단단한 각오는 설레발이나 마찬가지였다. 사실 감정을 배제하고 객관적으로 보면 괴로운 이야기인 것은 맞다. 그래도 니쿠코와 기쿠린의 삶을 한 문장씩 따라가다 보면 그 이상의 것이 보인다. 이 책은 거대한 사랑을 품은 니쿠코를 보여준다. 바다에 의지해 살아가는 사람들과 오가는 수많은 배를 지켜주는 항구처럼 아주 든든한 사람인 니쿠코를 말이다.

처음에 니쿠코는 부담스러웠다. 대사마다 찍힌 느낌표 때문인지 불타는 에너지덩어리처럼 열정적으로 보였다. 더운물보다는 찬물, 얼어 죽어도 아이스 아메리카노, 안정과 조용함을 선호하는 내향형 인간인 내게 니쿠코는 너무 뜨거운 당신이었다. 번역하는 동안 기가 빨리는 기분이었는데, 니쿠코가 영 못마땅한 딸 기쿠린이 적당한 때 시크한 말을 던지는 덕분에 웃음이 나오기도 했다. 뜨거움과 차가움의 절묘한 조화였다. 이렇게 기 빨리다가 웃다가를 오가며 번역하다 보니 점점 니쿠코가 매력덩어리로 보였다. 마법에 걸린 것처럼 정신 차리고 보니 니쿠코와 기쿠린을 살뜰하게 돌보고 있었던 피해자(?) 삿산처럼 니쿠코 모녀에게 홀라당 넘어간 셈이다.

에너지덩어리에서 매력덩어리로 진화한 니쿠코. 좋은 일이라곤 거의 없는 인생을 살아왔는데도 사람이 밝다. 자기 처지를 슬퍼하고 세상을 원망해도 될 텐데 그러지 않는다. 한없이 긍정적이고 상황이 어떻든 살아있음에 행복할 줄 안다. 대부분 기쿠린 시점으로 이야기가 진행되므로 기쿠린이 안 볼 때의, 표현되지 않은 니쿠코가 어떨지는 모른다. 그래도 소설 속에 보이는 니쿠코는 인간을, 세상을 진심으로 사랑한다. 수없이 배신당했는데도 어떻게 그럴 수 있을까. 이런 사람을 두고 이

른바 '머릿속 꽃밭'이라고 하려나. 머릿속 꽃밭인 사람이 편하게 산다던데, 그래서 니쿠코도 즐겁게 웃을 수 있나 보다. 기쿠린의 표현대로 인도에 사는 들개처럼 생명력이 강하다. 험난한 삶을 옹골차게 살아가는 모습을 보면 존경스럽다.

한편 기쿠린은 니쿠코가 지긋지긋하다. 하기야 미성년자는 보호자의 결정으로 인생이 뒤바뀌니 짜증 낼 권리가 있다. 따돌림을 당하진 않았어도 친구를 오래 사귀지 못한다. 지금 정착한 항구에서도 언제까지 살지 모른다. 얼마나 불안정하고 외로울까. 집 안 물건들이, 바깥세상의 사물들이 말을 걸어줄 정도로. 지금 기쿠린에게는 좋든 싫든 니쿠코가 보여준 세상이 전부이고, 그 안에서 몸도 마음도 자란다. 니쿠코 덕분에 책을 읽는 재미를 알았고 귀여운 펭귄과 만났고 마리아와 니노미야 같은 친구를 사귀었으며 삿산이라는 버팀목을 얻었다. 이제 기쿠린의 세상은 점점 더 넓어질 것이다. 머지않아 스스로 자기 세상을 선택할 순간도 올 것이다. 그런 토대를 마련해준 사람이 지긋지긋하고 짜증 나는 니쿠코였다. 기쿠린도 그 사실을 잘 알기에 엄마를 사랑하고 미안해한다.

니쿠코가 보여주는 사랑은 대단하다. 기쿠린에게 퍼붓는 사랑은 물론이고, 지금까지 만난 사람들에게 퍼부은 애정은 헤아릴 수 없을 정도로 크다. 그런 감정을 이용하려는 남자에게 잘도 속아 넘어가지만 속이는 놈이 쓰레기지 피해자를 욕할 순

없다. 순수하게 애정을 줄 줄 아는 니쿠코는 위대하다. 남에게 빼앗길지언정 본인이 무언가 바라거나 의도하지 않는 점도 얼마나 그릇이 큰지 보여준다. 배움이 짧아 아는 게 없고 달리는 자세가 우스꽝스러워도, 건강이 걱정될 정도로 뚱뚱해도 기쿠린의 최고로 멋진 엄마다. 모녀 관계가 아니더라도 이런 사람이 곁에 있으면 든든한 내 편을 얻은 기분일 것 같다. 니쿠코가 곁에 있어준다면 가끔 우울해져도 툭툭 털고 일어날 수 있겠지. 음, 그래도 오리지널 니쿠코는 부담스러우니까 희석한 버전이 좋겠다.

작가 니시 가나코의 맺음말에서 알 수 있듯이 니쿠코와 기쿠린이 사는 항구 마을의 첫 모델은 미야기현 이시노마키시이고 니쿠코가 일하는 '우오가시'의 모델도 항구 근처 고깃집이다. 이시노마키시는 2011년 3월 동일본대지진 당시 쓰나미로 큰 타격을 받은 곳이다. 집필 과정에서 가공의 항구와 고깃집으로 바꾸었다지만, 처음 이야기를 구상했던 곳인 만큼 글을 쓰는 내내 얼마나 마음이 복잡하고 힘들었을까.

"제게 소설을 쓰는 것이란 이 세상에 있는 '니쿠코'를 쓰는 일입니다"라는 작가의 말이 유독 기억에 남았다. 이 세상에 있는 니쿠코를 굳건하게 써준 덕분에 나도 이렇게 니쿠코와 기쿠린을 만났으니까 작가에게 고마움을 전하고 싶다. 모녀가 나누는 뭉근한 정과 열렬한 사랑에 울고 웃는 행복한 시간이었다. 이 귀여운 모녀가 우리나라 독자에게도 에너지를 내뿜으며 다가가기를 바란다. 또 앞으로 작가가 보여줄 '니쿠코'들에게 기대를 품는다.

이소담

항구의 니쿠코짱!

2023년 4월 28일 1판 1쇄 발행

저 자	니시 가나코
옮 긴 이	이소담
발 행 인	유재옥

본 부 장	조병권
편 집 1 팀	김준균 김혜연
편 집 2 팀	정영길 조찬희 박치우 정지원
편 집 3 팀	오준영 이해빈
편 집 4 팀	전태영 박소연
디 자 인	김보라 박민솔
표지디자인	곰곰사무소
라 이 츠	김정미 맹미영 이윤서
디 지 털	박상섭 김지연
발 행 처	(주)소미미디어
발 행 등 록	제2015-000008호
주 소	서울시 마포구 토정로 222, 403호(신수동, 한국출판콘텐츠센터)
판 매	(주)소미미디어
제 작 처	코리아피앤피
영 업	박종욱
마 케 팅	한민지 최원석 박수진 최정연
물 류	허석용 백철기
전 화	편집부 (070)4260-1393, (070)4405-6528 기획실 (02)567-3388 판매 및 마케팅 (070)4165-6888, Fax (02)322-7665

ISBN 979-11-384-7798-7 (03830)

* 책값은 뒤표지에 있습니다.
* 파본은 구입하신 서점에서 교환해드립니다.